영숙이에게

영숙이에게

발행일 2017년 5월 19일

지은이 진 난 희
펴낸이 손 형 국
펴낸곳 (주)북랩
편집인 선일영 편집 이종무, 권혁신, 송재병, 최예은
디자인 이현수, 이정아, 김민하, 한수희 제작 박기성, 황동현, 구성우
마케팅 김회란, 박진관
출판등록 2004. 12. 1(제2012-000051호)
주소 서울시 금천구 가산디지털 1로 168, 우림라이온스밸리 B동 B113, 114호
홈페이지 www.book.co.kr
전화번호 (02)2026-5777 팩스 (02)2026-5747

ISBN 979-11-5987-558-8 03810(종이책) 979-11-5987-559-5 05810(전자책)

진 난 희 작 품 집

영숙이에게

진난희 지음

북랩book Lab

서문

어려서부터, 지금도 그러하지만 예쁜 종이와 편지지, 수첩 같은 것을 모으기를 좋아했다. 그리고 볼펜, 연필 따위를 내 마음에 드는 걸로 깎거나 정리해서 필통에 가지런히 넣어두는 일을 게을리하지 않았다. 필시 학교를 땡땡이치거나 수업을 빼먹는 날, 좋은 가을날이나 될라치면 그것들은 코스모스를 그리고 박목월을 베끼고 릴케와 니체를 엽서에 끄적거려 벗에게 날리는 일에 일조하였다.

사계의 환절기를 지나는 매시간들, 편두통과 현기증에 시달렸으며 쓸쓸하고 피로한 몸과 마음을 철마다 보살피며 다스려야 했다. 그리 달래며 안고 살아도 어느샌가 우울은 심장의 굴레 속에 미련들을 접붙였다.

지병이 된 지 오래다. 초췌한 몸을 돌보기 위해 간간이 써 왔던 말과 글들을 모조리 지우고 내다 버린 행동이 후회막급한 지금에 와서 억지로 그 먼 날을 더듬어 다시 흐리게나마 편린들을 맞추어 본다. 지난날 갈기던 열정은 온데간데없지만 힘써 나를 위로하는 데 집중해 본다.

모처럼 써 보는 글이라 좀 거창하게 나가고 싶었는데 마음 같지 않다. 그래서 욕심 한 꾸러미 내려놓고 나니 드디어 희열에 차올랐다. 싱거운 말들이 모여 글을 낳았다. 역시 나는 시시하다.

나를 만들어 내던 그 뜨겁고 황홀했던 순간, 세상천지에 하나뿐인 나를 탄생시켰던 나의 부모, 당신들의 정사에 운 좋게 뛰어들도록 허락해 주셔서 감사를 전한다. 산천을 사랑하여 천지 사방 날뛰던 내게 그 큰 자연에 뿌리내리고 성장할 수 있도록 길러주신 조부께 책을 열어 읊조려 올릴 참이다. 또 봄이다.

2017년 청명

진 난 희

차례

차례

청개구리

하늘이 맑았다. 오늘도 어딘가로 발길을 잡아 보고 싶어 집을 나섰다. 그냥 행선지도 목적지도 없이 터벅터벅 걸었다. 발길 닿는 대로 걸어지는 대로 내 발자국을 따라가는 일도 괜찮으리라.

새들도 한 무리를 지어 날아가는 모습이 보였다. 봄이 너무도 짙은 향을 내고 있음은 더 말할 것도 없었다. 핑핑 도는 두통을 안겨주다시피 하는 봄 내음은 여기저기 아지랑이와 함께 스멀거리며 피어오르고 있었다.

휑한 마음도 아닌데 마을 한쪽을 돌아 들판으로 나가 보기로 했다. 한 바퀴씩 돌아보는 나에게는 멋진 산책로다. 농기구들이 드나들어야 하므로 논길 사이로 난 길은 잘 닦여져 쓸데없이 사색하거나 고독에 빠지거나 낭만을 물고플 때 그 마음들을 끌어안고 걷기에 참 좋은 '길'이다. 지금쯤이면 키 작은 모들이 줄지어 논에 들어 심겨 있을 것이다. 그 생각만으로도 이미 가슴은 벅차오르고 있었다. 역시나 연록의 모들은 논 흐린 물빛 속에서 짧은 몸들을 가늘게 파르르 떨고 있었다. 참 정겹고 어여쁜 광경이었다.

논둑길을 걷다 보니 모내기를 다 마친 논들의 정갈한 매무새가 고요한 호수같이 잠잠해 보이기까지 했다. 계절은 한 차례 진통으로 언 땅을 뒤집어엎고 우리의 양식을 키워내기 시작하는 일에 이미 몰두해 있었다.

봄이 당도했을 무렵 하늘은 비를 내려주기도 하고 햇빛을 적당히 잘 내려주기도 한다. 그럴 때 산과 들로 초록의 엷은 빛깔이 둘러쳐 질 때쯤 네모 반듯하거나 모서리가 둥글거나 호리호리하거나 둥글 뭉실한 논마다 못

판이 들어선다.

이런저런 종류의 볍씨를 뿌려서 잔디같이 예쁘고 촘촘한 모를 키운다. 네모난 판대기에 볍씨를 뿌려 올리고 가지런히 줄을 세워두고는 낮은 비닐하우스를 치고 그 안에서 따뜻하게 모를 키우는 것이다. 신기하게도 몇 날이면 삐죽이며 연둣빛 풀 잎사귀는 목을 내밀고 솟아 나온다. 한 몇 날을 더 보내면 수북이 살을 붙여서 통통한 밭을 이룬다. 점점 더 자라나서는 마침내 큰 벌판으로 나갈 준비를 한다.

줄줄이 논으로 실려 나온 모판은 기계에 옮겨 실어 끼워져서는 넓디넓은 물이 그득한 논바닥에 기계의 발을 빌어 타박타박 꽂힌다. 많은 손도 필요치 않다. 혼자서 기계 하나만 잘 몰고 작동시키면 줄줄이 오밀조밀하게 기가 막히게 심어진다.

이렇게 하는 건 요즘 이야기이고 예전에는 그럭저럭 많이 정겨웠다. 하우스 비닐을 걷어낸 모판에는 찰랑거리는 모들이 폭신한 그림을 그리며 논바닥에 드러누워 있다. 한 서너 고랑이나 되나 보다. 큼지막하게 모둠모둠을 만들어 놓고 있다. 그리 모가 자라난 논으로 사람이 들어가서 모를 쪄내야 논에다 모내기를 할 수 있지 않았던가?

모를 찐다, 참 오랜만에 끄집어내 보는 말이다. 봄이면 시도 때도 없이 모내기 철 내내 듣고 자랐던 말인데 말이다. 물이 그렁그렁한 모판으로 고무 대야에 지푸라기를 둥글게 말아 깔고서 엉덩이를 집어넣고 깔고 앉아 샥샥 찬찬히 뽑아내던, 쪄내던 일. 찰랑거리고 흙을 털어 씻어 내고는 X자로 엮어가며 한 모더미가 되어갈 때 물에 젖은 짚 몇 가닥을 뽑아서 단단히 뭉쳐 묶어 내던 일. 점점 모판에 모들은 다 쪄내어지고 앉아 지나온 자리 뒤로는 수많은 모 뭉치들이 초록의 꽃다발처럼 여기저기 뒹굴고 있었다.

그렇게 쪄낸 모다발들은 논두렁으로 끌어 올려져 물기를 쫙쫙 빼며 물을 담아 제 몸을 받을 준비를 마친 큰 논으로 갈 채비를 하느라 물 빼는 일에 집중해 있다. 물이 빠져 뿌리 부분이 까슬해지면 리어카나 경운기에 한 그득 실어 나른다. 그리 날라져 온 모 뭉치들은 모내기 될 논 여기저기에 뿌리듯 던지면 제 자리를 찾아 날아가듯 보였다. 그렇게 철퍼덕거리며 논바닥에 착취한 모 덩이들은 나름대로 멋진 광경을 보여주기도 했다. 모두 알다시피 두레로 서로 일손들을 모아 동네의 농사일들은 이루어져 왔지 않았던가? 동네 사람들은 저마다 노란 장화나 구멍 난 양말 혹은 스타킹을 신고 논으로 다 모여 주었다.

혹시 이 이야기를 읽어 내려가는 이들 중에 어린 친구들이 있을까 하여 붙이는 말을 쓰자면 스타킹이나 양말이라도 신고 논으로 들어가던 이유는 논에는 각종의 벌레들도 많았지만, 특히 거머리라 하는 놈에게 당하지 않으려고 착용했다는 말을 전한다. 그 거머리라는 놈은 피부에 한 번 물어서 붙으면 쉽사리 떨어지지도 않을뿐더러 나중에 물린 자리엔 큰 자국이 나서 피가 철철 흘러 잘 멎지도 않게 되니 보호할 수 있는 양말 따위를 신고 논을 출입하였던 것이다. 그렇게 한 논에 모여 모내기 즉 모심기를 시작하게 되지 않던가?

논두렁 양 끝에는 어르신들이 서로 마주하시어 줄잡이가 되어 앉아서 "줄이야!"를 힘차고 통쾌하게 외치고 그 줄을 한 줄씩 넘기며 착착 모를 떼서 흙이 곱게 갈린 논바닥에 찔러 심었던 기억은 힘겹기도 했지만, 재미도 있었다.

모내기를 하며 콧노래를 부르는 동네 아재들과 수다가 오가는 아낙들과 몇몇 동네 아이들은 키득거리고 장난치며 논에 푹 빠져서 한나절을 보내지 않았던가? 그러다가 차려져 나오는 새참 먹기는 또 어떻고. 어른, 아이 할 것 없이 국수를 한 그릇 말아먹고 아재들은 막걸리 한 사발씩을 곁들여 걸치며 걸쭉한 입담들을 잠깐씩 풀곤 하였다. 아이들은 고구마 등을 까먹으며 동네에 웃음을 걸어 두었다.

그리 놀았던 그 시절을 떠올리고 논둑길에 잠깐 앉았으니 아이 때의 깔깔대는 모습이 어른거리고 푸근한 품에 안긴 듯 모든 스며드는 기억들은 봄 햇살처럼 따사롭다. 시간이 지나 성장하여 초록빛 통통한 몸매를 자랑할 들판으로 나는 자주 드나들 것이다. 뜨거운 여름의 태양을 쬐며 알맹이가 패고 달리며 나락이 황금으로 익어들 무렵 내 마음도 들판으로 뛰어나가 그들의 추수처럼 한 그득 결실을 따서 거둬들일 것이다.

가끔 들판에 나가 지난 시절을 끄집어내서 살고 오는 날은 싱글거려지는 것이 개운하게 맑게 갠 날처럼 낭랑하다. 목욕을 하고 난 느낌 같은 것이 살풋해지기까지 한다.

차 한잔을 다 비웠다. 푹한 햇빛 속에서 봄이 잘 여물어가고 있다. 파란 들엔 여전히 바람이 잔잔히 불고 가는 모들은 파릇한 향기를 날리고 있을 것이다. 군데군데 논에 빠진 개구리떼들도 선명한 합창을 부를 것이다.

… 논에 빠져서 모 찌고 싶다. …

그림자

벗님.

아침이다.

서럽다.

이 기분은 또 뭘까?

사실은 새벽도 아니고 아침도 아닌 그즈음이다. 잠에서 깨어나는데 무언가 좀 힘겨웠다. 마음이 무거워지기 시작한다. 오늘을 어찌 버틸 것인지가 걱정이 되기도 하는 감정이 쳐들어와 있다.

서글픈 벗!

앞뒤 시작도 없이 들이닥치는 서러운 무엇!

해 질 무렵 하늘을 나는 새떼들에게서 서럽도록 화려하게 푸득대던 야윈 날갯짓을 곁눈질하기도 했었던 그런.

세상 어디에도 없거나 가보지도 않은 낯선 땅이 보고 싶어지는 울컥거림 같은 그런.

장난감을 잃어버려 엄마보다도 허공에다가 울음을 토해 내 버리는 어린아이의 따가운 마음 같은 그런.

나한테만 찾아드는 객인지 다른 이에게도 들락거리다가 오는 건진 몰라도 방심한 채 흐트러져 있는 이른 아침 어느 틈으로 비집고 들었는지 능청스런 낯이다. 속이 어수선을 떨고 있어 냉수라도 마시려고 부엌으로 갔을 땐 한 번 더 멍해졌다.

어젯밤엔 무얼 그리 맛나게 먹어 치웠던 것일까? 설거짓거리가 잔뜩 쌓여 있다. 설거지도 안 하고 난 무엇을 했던 건가? 어디 처박혀서 맛있는 공상에라도 도취하여 있었단 말인가? 설거지통은 물 끼얹은 채로 밤새 헐렁한 꿈을 꾸었을 것이다.

아! 진짜 오늘 아침 이리저리 마음에 안 든다는 걸 감지한다. 아침이 회색빛 미로 사이에서 길을 잃은 것처럼 나도 잠깐 넋이 나갔었다. 가만히 생각해 보니 참 익숙한 것인데도 더러 잘 까먹는다. 서러움 같은 것이 나를 단잠으로부터 깨웠든지 아니면 더 서글퍼지기 전에 얼른 설치고 있던 잠을 깨워 둔 건지는 모르겠으나 이 아침 허전한 기운이 온몸에 파고들어 주체할 수가 없다. 그래도 나는 이 감정과 무척이나 친하다. 가끔은 오히려 내가 들러붙어서 진하게 포옹하고 있기도 한다.

벗님. 언제나 그 무엇이 서러운지조차도 모르고 그 마음을 붙안는다. 언젠가는 지쳐서 떨어지는 날들도 있겠거니 하지만 마음대로 잘 되지 않는다. 혹시 내가 그냥 떼어 놓지를 못하는지도 모르는 일이다.

어쩌다가 낮잠 냄새 풍기며 몸을 일으키는 어느 양명한 오후, 고집을 피우고 방문해서 버티고 있기도 한다. 그나 나나 엉켜 있는 게 힘겨워 억지로라도 헤어 나오기를 바라나 더욱 봉합되어 버리는. 몸은 돌덩이라도 올려놓은 듯 찌뿌드드하고 내 속은 빈곤한 마른 땅 위에라도 선 기분이다. 불귀의 순간이라도 맞닥뜨린 것 같이 그도 제 할 일에 열중하고 있을 것이다. 다만 힘찬 행군을 꾸리지 않기를 바란다.

저만치 떼어 보내놓고 싶다가도 난 그를 안고 앉은 날이 많다. 그리 다 알면서도 엄살을 떨어가면서도 나는 그에게 나를 데리고 간다. 얌전한 태양 살이 떠오르는 수정 같은 새벽길을 열고 어디론가로 정처 없이 걸어가보고 싶은 아침이 오면 얼른 자리를 털고 일어나 서글피 흘러가듯 하는 그를 따라서 서둘러 아무 길이라도 잡아야 한다.

무엇이 나를 흔들어 깨워 가르쳤을까? 몇 년 전만 하더라도 무슨 일을 하는 데 있어서 뭔가 준비를 해야 한다고 생각하고 적당한 때가 따로 있는 줄로만 알고 살았었다. 미루고 미루어야 그런 시간을 만날 수 있는 줄로만 알았다. 지금 당장이라는 말이 버젓이 누워 있는데도 깨닫지를 못했었다. 바로 오늘이라고 생각을 못 했던 날들도 많았던 것이다.

오늘 하면 된다. 그냥 마음 가볍게 먹고 오늘 손대면 되는 것이었다.

그 사실을 알고 나서부터는 조금 수월해진 일들도 있다. 하기야 뭐 그리 큰일들은 아니라는 공통점은 있다. 모두가 알 듯, 해도 후회할 수 있고 안 해도 그만일 수도 있다.

그래도 해 보자. 그 찰나를 놓쳐 버리면 나는 웃지도 울지도 못하며 허상을 붙잡고 있어야 한다. 그게 싫어서 그가 향하는 곳이라면 어디든 아무렇게나 뻗어난 길이라도 잡고 싶은지 모른다.

그래서 이제는 따라나서 본다. 잘 닦여진 길이면 어떠하고 아직도 아무렇게나 널브러진 신작로이면 어떠하고 아무도 가지 않은 불모의 땅이면 어떠하랴. 차라리 그 땅이 더 매력은 있겠다. 내 두 발을 경쾌히 받아내어 주는 그 땅 위에서 걸음걸음이 즐거우면 그만인 것을. 그저 고마울 따름이다.

머리로 생각하고 가슴으로 무엇이든지 간에 토해내고 새겨낸 것들을 다듬고 아랫배로 호흡하며 명치에서는 싸아 해질 수 있다는 것. 그리고 싹 비워져 위로의 편린조차 맛보지 못한 허한 아침의 나를 말갛게 씻겨 낸다. 세상 만물에 감사해 보리라. 나에게 이리 많은 그대들이 줄줄이 나붙어 나를 숨 쉬게 해 주어 버거워지기까지 한다.

해가 소슬하게 뉘엿거리는 저녁녘, 나는 강을 버리고 왔었다. 빛을 잃어 지쳐서 흔들리며 창백해져 가는 저녁 해에게서도 등 돌리고 돌아왔다. 어디 강이라도 고스란히 흘러주어 물새들이 황급히 물결치는 가에를 힘차게 박차고 오르는 그런 저녁놀이 우울하게 비쳐드는 풍경을 바라볼 수 있는 곳을 찾아보아야 한다며 야단법석이었던 시절도 있었다는 이야기를 들려주러 그 강으로 그를 데리고 가기로 한다. 이 새벽에 잠잠히 흐르고 있을 그 강은 옛 시인의 시구를 타고 허허롭게 물결치고 있을지도 모른다.

아… 이즈음에서 가슴이 한 번 짠하게 스륵댄다. 강물은 뒤쫓아 갈 서글픈 기억을 남겨둔 곳이 있을까? 그는 한동안 강가에 앉아서 강물을 감고 놀 것이다. 심연으로 들어 비슷한 처지의 벗을 만나 놀라 부둥켜안고 몸서리칠 것이다. 수면 위로 뿌려지는 아침 햇살은 그들의 춤사위에 따스한 입맞춤을 내리리라.

벗님. 저쪽 세상에서 이미 넘어온 해는 더 떠오르는 이야기를 엮을 양인지, 준비일지는 모르나 아직도 채 비상하지 못하여 붉은 잔영을 수놓고 있다. 까만 밤이 들어 그저 까매져서 그냥 잊힐 때까지 색깔만 혼영하고 있을 뿐이었던 지난밤의 이야기는 떠나지도 않고 머물려 하지도 않고 창천을 우러를 뿐 아무것도 하지 않는다.

밤이나 낮이나 그의 노래를 듣고 쓰러지기도 하고 나풀대기도 하는 갈대밭 바람 골을 타는 가느다란 갈대 이파리들은 가여이 몸만 흔든다. 갈대는 그가 어두운 빈 하늘을 끌어안고 밤새 뒹굴다 밤하늘 연륜이 찬별들과 어리게 살쪄 오르는 달과 구름에 희뿌옇게 섞이어 한밤을 새벽에게 내어놓고 홀연히 돌아간다는 이야기만 알고 있을 뿐이다.

날아가 버린 새벽을 이마 반쯤 걸치고 굽어 흐르는 강물은 그의 마음은 아랑곳하지 않은 듯 어슬렁거리며 계속하여 길을 연다. 그가 길을 잃지 않기를 날마다 기대해 본다. 절대 미궁에 빠지지 않아서 내가 그를 잘 찾아낼 수 있도록.

그를 만나러 가는 길은 자주 울적하다. 즐겁게 혹은 음산하게 폴짝대기도 한다. 그는 내가 그의 속 어디 숨어들었는지도 몰라야 한다. 그의 멀리 있는 방 안으로 들어가 부드러운 숨을 뱉으며 포근하게 몸을 말고 틀어박히고 싶다. 차갑기도 하고 마르기도 하고 훗훗하기도 한 그의 손길을 받고 싶다. 몽땅 그의 세계에 묶여서 살다가 해산의 날이 차면 벼락같이 배를 따고 나와 한 움큼 통째로 자유를 삼킬 것이다.

칠흑 같은 서러움!

때로는 섬광처럼 지나가기도 하지만 어떤 때는 무릎뼈가 욱신거린다고 아픈 기색을 보이고 엄살을 떨고 지나가기도 하고 몸져눕겠다고 숨 가쁘게 달려들기도 한다. 단추를 채워주며 어깨를 토닥여주며 이마를 어루만져주며 나는 그의 곁을 잠깐씩은 머물러 있으려 한다.

돌이켜 생각해 보면 결국 나의 진영에서 내가 벌여 놓았던 향연이므로. 짙은 청춘을 안고 내 궁전에서 탈출을 감행한 그 또한 나의 유산이므로.

하늘이 참 상냥하다.

콜롬비아 캔커피를 딴다.

강물에 푼다.

… 밤새 설친 잠, 낮잠은 서럽다. …

염색을 하며

천 년쯤 길렀을까?
긴 머리카락 타래를 풀어 놓는다
빗질을 내린다
엉킨 인연들은 참참히 부드러워진다
한 무더기 곁눈질만 하던
헝클어진 머리카락 뭉치가 떨어진다
마치 빛나는 물결에게 타살당한 것같이

탄력이 줄어들고 주름이 늘었다
틈만 나면 숭숭대고 달아난다
아무리 좋은 비눗물을 먹여도 대꾸가 없다
잘라 주어야겠다
싹뚝
케케묵은 검은 땅이 추락한다
숙청당한 이웃들을 빤히 내려다보며
더 이상 청춘을 뽑아 올리지 못하는
하얀 낙원은
새파란 동맥을 마신다
나의 대지는 멀미를 한다

… 덕지덕지 염색약 바른 머리카락 빨리 감고 싶어 하며. …

마사지

꽃 피는 봄이 오면
내 몸은 근질대기 시작하는 것이다
언 땅을 새록이며 삐죽거리고
파고 기어 나오는 풀떼기처럼
모공이 다 열리는 것 같았다
확확 다 뽑아버리고 싶은
알 수 없는 새순들
내 몸 여기저기에 흐드러진 자궁들은
봄 내내 꽃을 피워 올리겠다고 아우성이다
나는 낭군에게 말했다
내 몸에 귀신이 산다고
낭군은 몹시 쇠한 것 같으니
침이라도 맞으러 가자고 하신다
나를 걱정하는 낭군의 노래가 듣기 좋다
어느 산골 멋지게 들어앉은 암자
걱정 없이 가부좌를 틀고 앉아
빙그레 웃는 부처 앞에 벌러덩 누워
비구니가 내 위를 왔다 갔다 넘이를 하며
칼춤을 추고
훠어이 훠이 물렀거라 귀신아

한 판 굿을 피워주면 날아갈 것 같겠다
그리고 터지다 만 영가들은
그만 꽃 배에 태우고
강을 건너게 밀어주고 싶다
해가 꺼진 봄밤은
가지런히 머리를 빗고
마지막 고집을 묶어 굳은 살에게 바칠
꽃 한 다발을 요구한다

… 우리 민족의 얼, 굿. …

삶은 체질이다

지하철을 탔다. 벗님.

오랜만에 남대문 시장이나 구경하고 올까 싶어서였다. 측착거리며 전철은 한참을 달려 시장 입구에 당도했다. 남산을 돌고 명동 웅성한 거리를 한 바퀴 돌고 시장으로 들 수도 있겠지만 다른 건 생략하고 그냥 시장으로 바로 갔다.

가는 길에 산마루 언덕 저 위에 남산타워가 보이고 있었다. 새파랗게 날씨 좋은 하늘가에 걸린 타워가 시원스러워 보였다. 바라보고 있으니 순간 그 아래 가서 선 기분이었다. 남산에 올라 발아래를 내려다보는 맛도 참 좋은데 말이다.

따라나서지 않겠다는 아이를 겨우 달래서 데리고 나왔다. 요즘은 조금 컸다고 제 할 일만 챙기고 살아가는 법을 벌써 배운 것 같다. 맛난 것도 사 먹고 갖고 싶은 옷가지도 사준다는 조건을 붙이고서야 집에서 데리고 나올 수 있었다. 아이가 커 가면서부터 몇 안 되는 추억을 만들어 간다는 게 늘 마음에 걸린다. 아이와의 추억 만들기, 더 열심히 채곡여야겠다.

막상 나와보니 그래도 기분이 괜찮은지 순순히 잘 따라 다녀주었다. 싱글거리는 나도 곁에서 조곤거리며 이런저런 이야기를 하며 걸었다.

시장은 입구부터 요란 시끌벅적했다. 벗님.

근사하고 요염한 속옷을 전시회장처럼 늘어지게 걸어 놓고 팔고 있는 사람. 털이 폭실폭실한 바지며 윗도리를 겹겹이 쌓아 놓고 옷가지 속에 푹 빠져서 팔고 있는 사람. 오래되고 이제는 옛날이야기 같은 노랫말이 흐르는 CD를 틀어 놓고 파는 사람. 갖가지 떡을 싸 들고나와서 따뜻할 때 사 먹으라고 외치는 노파. 호떡을 굽는 아주머니, 우리는 호떡을 사서 먹으며 시장 골목을 샅샅이 돌아다녔다. 호떡 덕분에 달콤하게 한 바퀴 잘 돌았던 것 같다.

불황으로 각 가게는 손님의 발길이 뜸해 보였다. 너무 한산해서 가게 안으로 들어가서 물건을 구경할 엄두도 못 냈다. 겨울인데 계속 불경기로 올 겨울을 나야 하고 내년을 견뎌야 하니 이만저만 걱정이 아니다.

하루가 멀다 하고 온갖 물가들은 하늘을 뚫을 기세다. 교육비가 한 달 월급의 대부분을 잡아먹을 만큼 교육정책은 오락가락하고 대학 등록금은 학생들의 촛불 든 가련한 눈총을 받고도 아예 잠잠해질 기미도 보이지 않는다.

전셋값은 치솟고 기름값은 뛰고 생필품은 그냥 없으면 없는 대로 살아가는 편이 더 편하다. 세상살이를 영위해 나가는 이용품들이 너무 비싸다. 어느 건물의 계단 입구 옆 구석진 모퉁이에서 언 손을 놀리며 나물 모 더미를 다듬어 파는 노인을 바라보며 먹고 사는 일이 겨울 새벽 칼바람같이 날카로운 시절이 찾아와 버티고 있음을 감지한다. 나도 세상 사람들과 마찬가지로 마음 나은 사람이 못 돼서 그녀의 싸늘한 초상 더미를 떨이해 주지 못했다.

골목을 돌아 나와서 남대문이 서 있는 곳으로 갔다. 불이 나고 나서 얼마 있다가 와 보았을 때보다는 조금 새 옷을 갈아입어 괜찮아 보였지만 서글픔은 어쩔 수 없었다. 꺼진 불도 다시 봐야 역사를 태우지 않는다는 어린이 불조심 포스터 대회에서 입선한 어느 어린 친구의 영특했던 포스터 문구가 순간 사르르 지나갔다.

남대문을 한참 바라보고 섰다가 뒤돌아 나오는데 달력 가게를 만났다.

세상에.

벗님.

아직도 옛것들을 만들어 진열하고 있는 것이 아닌가?

한복 곱게 차려입은 여인네들이 머리 손질 곱게 하여 달력 한가운데 커다랗게 어찌 보면 진짜 움직일 것 같은 사람들 마냥 하고선 선명하게 찍혀 있었다. 어릴 때 마루에 저런 달력이 폼나게 걸려서 활짝 웃는 여인들이 날짜를 세어 주곤 했는데, 요즈음은 찾는 사람들도 많이 줄었고 가격도 비싸다. 내 생각으로는 어디 가야 구하는지를 몰라서 못 걸어 두는 사람들도 많을 거란 생각까지 들고 앉는다. 그리고 습자지 같은 얇은 하얀 종이에 하루씩 표시된 일력도 보였다. 참 먼 시간 속으로의 여행이 즐겁구나.

아이에게 일력의 위대했던 임무를 일러 주었더니 눈이 동그래져 한 번 더 바라본다. 한 장씩 찢어서 화장실로 가지고 드나들던 지난날을 떠올리자니 몇 장 찢어내 보고 싶은 욕구까지 스멀스멀 기어 나왔다. 달력은 수많은 날을 세어가며 그의 손금대로 선을 따라서 살아가고 있는 사람들의 이야기를 잘 들어 줄까?

생선구이 골목을 돌아서 아동복 상가에 들러 아이 옷을 한 벌 샀다. 제법 커서 맞는 치수를 대보느라 몇 번이나 번복해서 입어 보고 골랐다. 보랏빛 재킷은 날개처럼 어깨 위에 내려앉았다. 입혀 놓고 보니 잘 어울렸다.

나도 뭐든 하나 사고 싶어서 몸살이 나려고 했다. 그래서 구두를 한 켤레 사기로 했다. 구두 가게 찾는데도 복잡해서 한참 걸렸다. 그냥 굽 낮고 편안하고 단순하면서 모양이 예쁜 거로 골랐다. 내가 철나고 세상 앞에 철들어 보였을 때쯤 구두를 신기 시작했던 것 같다. 산다는 건 한 찰나 달디단 것임을 구두를 신고 또닥거리며 걸으면서 순간 생각하기도 했었다.

구두를 신는다. 내 발에 신겨진 구두는 나를 태우고 구두코로 땅바닥 냄새를 맡으며 한 발씩 땅을 찍으며 나의 연속극을 줄줄 연주해 줄 수 있을까? 좀 틀리면 어떤가? 나는 다시 수정해서 똑바로 갈아 신을 것이다. 벗님.

아이가 피곤해 보였다. 한나절 따라 다니느라 힘도 부치겠다. 집으로 돌아오는 길에 슬쩍 시장을 뒷모습으로 바라보니 어지간히 시간이 묻어 묵은 나이를 홀짝이고 있는 얼굴이 보였다. 세월을 좇아가느라 그도 나름대로 허덕일 것이다. 아직 해가 지려면 뻔히 멀었는데도 해는 구름 뒤에 숨어 없는 척이다.

… 지하철 4호선, 낭만선이다. …

풀파도가 분다

벗님.

평야는 우리를 먹이기 위한 모든 행위를 다 마쳤다. 지난겨울을 강건히 났던 흙 뿌리는 제 홀로 부드러워져 우리의 손길이 덜 가더라도 이미 제 몸을 욕심껏 내달라는 인간에게 대가 없이 고스란히 다 바치고 있었다. 경운기와 트랙터와 콤바인이던가? 그러한 농기계들이 하루에도 수 번씩이나 논두렁을 넘나들며 논바닥을 갈아엎고 쓸고 다닌다.

아래 논 위 논들은 제각각 물을 받느라 물꼬를 트는 농부의 발자국 소리를 기다린다. 목마른 논 구덩이는 한 줄기 힘차게 젖줄을 빤다. 강물에서 물이 올라오고 저수지에서 물을 끌어당기는 일은 수일째 계속돼고 있다. 평야는 기계와 사람이 빠져서 분주한 한 시절을 보낸다. 초롬하게 자라난 모판의 모들은 알뜰하게 자라나서 똑똑똑 떼어져서는 기계에 의지해 기가 막히게 논에 심어진다.

벗님.

내가 어려 보았던, 경험하던 그 옛날의 모내기 풍경은 이제 어디 산골 계단 논, 다랭이 논이나 가야 볼 수 있으려나. 큰 평야로 이루어진 이곳, 반은 도심인 이 고장에서는 볼 수가 없다. 큰 논에 못자리에서 손수 쪄낸 못단을 저 멀리 논 한가운데로 올려 던지며 양 논두렁에서는 한 줄씩 못줄을 잡아 외치며 탱탱히 잡아 주던 나이 지긋하신 어르신들의 목청 좋은 우리 노랫가락 소리도 들을 수 없다.

농사란 마을의 큰일이었으며 모두가 언제나 마음을 모아서 정성을 들이던 일이었다. 그래서 언제나 모두 나의 집 농사처럼 여기며 봄 모내기를 함께 나누었으며 가을 추수를 위해 기꺼이 타작 마당에 모였었다. 왜 중요하지 않았겠는가? 나라의 큰일인 농사인 것을. 우리가, 우리의 아이들이 우리의 자손들이 귀한 곡식을 따서 맛난 밥을 지어 먹을 수 있었던 일이었는데.

그래서 지금도 농부들은 작게는 농촌에서 나고 자란 우리를 위해 멀리는 우리 국민들을 위해 농번기철이 되면 후줄근해진 누런빛 체크무늬 긴소매 셔츠에 새까만 장화 한 켤레를 끌며 삽 한 자루 괭이 한 자루 어깨에 메고 논두렁을 가만히 살핀다.

아마 아무나 그 논에 들어서서 하지 못할 일들, 그들이기에 가능한, 그들만을 알아보는 흙구덩이. 그래서 정직한 사람에게만 흙발이 되도록 허락하고 그 냄새를 안겨주는 논밭에서 뒹구는 흙 다발의 킁킁 하고 짠해지는 체취. 그 향수에 기대어 보는 봄 한 철.

어딘가는 논에 물 대지 못하여 빈 들로 쩍쩍 갈라져서 이 봄을 가슴 저미게 보내고 있다는 사람들의 소식을 몇 날 전 전해 들었는데 그래도 나가서 홀딱 대고 뛰어노는 나의 들판은 그렁그렁 그득그득 찰방대는 물길이 네모난 판을 다 메워 호수같이 고요할 때도 있고 바람이 일어 살랑거리며 논 마디마다 물결을 일으키기도 한다.

올해도 풍년이기를 그래서 모두가 배불리 밥을 얻어먹을 수 있도록 샤박샤박 비료를 치며 한 발짝씩 콧노래를 부르며 잔잔히 어린 모들이 서 있는 사잇길을 지나오는 농부의 마음에 함께 보태어 놓는다.

벗님. 밥 먹고 살기가 얼마나 힘들고 고된지를 기실 우리는 잘 알고 있으면서도 잘 까먹는다. 그러니 이만하기가 얼마나 다행인가? 사람의 속이 허기지지 않기를 염려하여 적당한 때 내려주는 비와 눈. 선선한 바람이 불어 들고 타들어 가는 여름의 태양 살. 그리고 허하지 않도록 물심양면으로 그들을 다독이고 돌보는 농심.

밥 한 수저 들며 모든 자연의 것들에게 고마워하던 내 소싯적 여리디여렸던 마음을 찾아가 보는 요즘인데 역시나 나는 너무 커 버렸고 순수는 까마득히 상실했다. 다 자라지도 않은 손가락만 한 연하고 허연 오이 한 개를 따먹으며 얼마나 그 초록 향이 짙어 신기해했으며 어린 순을 잘라 먹는 것 같아 내내 미안했던지.

하나 지금의 나는 아무렇지도 않으며 그냥 자연 속에 사는 건 그런 거라고 그리그리 여기고 산다. 그리 오이 한 개를 따먹고 깻잎 김치를 담그기 위해 깻대에 달려들어 한 잎씩 똑똑 따내며 치맛단 자락을 묶어 가득 담으며 수북이 쌓이는 깻잎 뭉치에 철없이 행복해하던 아이는 그러한 일들이 행복의 요소는 아니었단 걸 커 오면서 알았는데 또 그게 행복이었던 것도 인제 와서야 알고 넘어가는 즈음인데 나는 이미 모든 행복을 다 지나왔으며 지금 무언가를 찾고 다닌다는 게 얼마나 바보스럽고 그 지난날들까지 허허로워지게 만들어 버리고 있는지 이제 조금씩 알아 가고 있다.

나는 만날 것이다. 자연이 내게 최초로 주었던 그들의 아낌없는 선물 보따리를, 내가 모조리 보따리 싸 들고 도망쳤을 때 눈 감아 주었던 것을, 그것들을 미련 없이 아무 데나 처박아 버리고 유유자적하였을 때도 모른 척해 주었던 것을 알고 있다.

내가 벌여 놓은 판이니 찾아가서 다시 주워올 것이다. 나는 나의 고향을 만나러 갈 것이다. 내 태초에 잃어버린 나의 보물들을 다시 주워 모을 것이다. 그리하여 지독히도 허하게 도는 심장을 뜨겁게 행복하게 박동시킬 것이다. 내 잃어버린, 지나온 행복이 결코 시시하지 않았다는 것을 기록해 둘 것이다. 벗님.

… 며칠 전 모내기가 한창인 들판에서 기어올랐던 잡념들을 정리하다. …

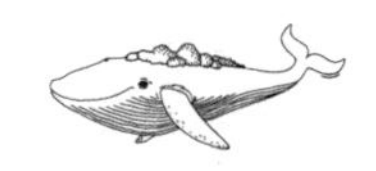

몸살

갈비뼈를 지나서 그 사이 어디쯤에다가
퇴적층을 한 겹 더 만들고 앉아 있다
퇴적물을 켜켜이 올려 쌓아서 네가 만들어 준 기억들을
나중에 후벼 파 보았을 때
잘 썩은 유해로 만들어 놓으려면 자꾸자꾸 한 가닥씩 덮어야지
그래야 부분적 기억상실에라도 걸려 의지하든지 할 것 아니니
더 이상은 어리석지 않게 그리그리 잘 굴려야지

비에 젖은 날은 격하게 울고 달려오던 싸늘한 너의 몸
훅 꼬물거리며 스멀대던 미지근한 너의 비린 살 냄새
나를 안으며 너는 달달했고 나는 슬퍼했었지
꼬마 아이의 소맷자락에 묻은
엷은 땟자국처럼 눈물을 훔치며
한참을 울다가 고개 든 문드러진 나의 낯빛
그 얼굴을 말갛게 닦아주며
나는 온몸의 소름을 지배하는
가장 도드라지고 출중해진
봉긋해진 너의 낭떠러지에 올라선다
미리 착륙한 피가 돌고 있다

… 몸살이 씻은 듯이 나을 무렵, 까불어 대며. …

갑자기 쌀쌀해진 애인의 목소리 위에

머리 위에서 뜨겁던 해는 이제 뉘엿대고 있다. 그래도 아직은 해가 많이 남아 있다. 집에는 아직 가지 않아도 된다.

늦은 가을이었던 것 같다. 들은 남아 있는 황금빛을 실컷 뽐내고 하늘은 엷은 푸른색을 풀어 놓았다. 포도밭에는 아직 몇 알씩 나붙은 말라 쭈글거리는 포도송이들이 듬성듬성 매달려 대롱거리며 모든 여인들이 송이송이마다 매만져 주기를 바라고 있었다. 포도주를 담기에는 탱탱하지 못한 것들이어서 미처 다 따내지 못한 포도도 있으리라. 그리 익어서 매달려 남아 있는 포도송이는 더 달짝지근하고 맛나다. 그러나 아이들은 마술에 걸리기라도 한 양 포도밭으로는 들지 않았다.

포도를 다 따내고 나면 포도나무 덩굴 잎사귀들도 누런빛으로 익어서 말라 떨어진다. 서로의 몸을 이리저리 엮어 부둥켜안고 새파란 한 철을 보내고는 마른 몸 선을 드러낸다. 포도나무는 이제 겨우내 언 땅 위에서 그리도 푸르고 알차게 영글었던 시절을 그리워하며 그 자리에 섰을 것이다.

논에는 아직 집으로 돌아가지 않은 아이들이 놀고 있었다. 아직 추수가 덜 끝난 논에는 누런 곡식의 여분이 남아 있었다. 짚단을 뭉쳐 공 삼아 차고 놀기도 하고 벼 이삭을 입에 문 채로 콧노래를 싱글대는 아이도 있었고 짚단을 쌓아 모아둔 더미에 올라타서는 이리 뱅글 저리 뱅글거리며 폴짝거리고 뛰고 노는 아이들도 있었다.

볏단을 모아 지푸라기 끈을 다듬어 단단히 짚단을 뭉쳐 내며 한 그득 쌓아 올리는 아이도 있었는데 볏단이 쌓여 올라갈수록 허무는 층층이 높게만 쌓여 가고 있었을 것이다. 힘이 빠지고 낮은 기운이 몰려들면 눈물은 웃음 찬 얼굴 위에 그득 쏟아지며 남은 설움마저 다 밀어내기를 마음먹을지 모르는 일이다. 멀리 시선을 보내면 저 멀리서 검붉은 포도 알맹이 구르는 소리가 들렸을지도.

아이는 아직은 힘이 많이 남아 있다. 용을 쓰고 버티면 당장은 참을 수 있으리라. 노을이 내려와서 산등성을 넘어가기 전엔 튼튼히 지켜낼 수 있으리라. 지푸라기 몇 줄기만 있어 준다면 그의 고독과 공허는 돌덩이처럼 꽁꽁 꼬아 묶어 틀어잡아 매놓을 수 있을 것임에. 공허는 무너져 내려 울음을 토하듯 웃음을 흘려놓을 수 있을 것이다. 그리하여 아이는 행복하고 안심할 것이다.

그림 몇 점을 보고 돌아온 날이다. 가을걷이를 하고 있는 해 저물녘의 논에서 노는 아이들의 푹신하게 뛰어 뒹구는 모습과 그 옆으로는 포도송이를 다 따낸 포도밭이 황량해져 가는 구도를 보이는 그림이었다. 고흐의 '붉은 포도밭'이 떠올랐고 집에 와서 찾아보았다.

고흐는 언제나 느끼지만 강인한 정신력으로 정말 쓸쓸한 색칠하기를 좋아했던 것 같다. 그래서 나는 그를 좋아한다. 아까 낮에 본 그림 속에는 추수를 거드는 아이가 있었는데 그 표정이 인상 깊어 오후 내내 고흐의 그림과 버무려져 머릿속에 머물러 있다.

추수를 끝마칠 무렵의 풍경은 텅 빈 들판이 죄다 마음속으로 박차고 들어와 함께 축복도 되고 빈곤한 마음을 침범하여 방황도 만나게 한다. 해가 지는 서산마루 어딘가를 응시하던 아이는 새로운 언어라도 만들어 저 하늘에 타고 있는 노을에게 붙여 주기라도 할 기세인양 옆으로 보이는 눈빛은 영리한 것이 똑똑해 보였다. 그도 그럴 것이 얼마나 매력 있는 빛을 띤 하늘색인가 말이다. 아이는 이미 칵테일 빛 하늘을 다 소유하고 있었는지도 모른다.

종일 애인처럼 우리를 따스하게 안아주던 해님이 사라지면서 내 온몸은 갑자기 울적하고 서러워진다. 달달한 포도를 따는 여인네들이 부르는 노래가 듣고 싶다. 노랫가락을 졸졸 따라다니며 행복하게 따라 부르고 싶다. 그러다 결국은 사람의 도시로 흘러들어와 살겠지만 아이는 이해할 것이다. 거대 도시의 빌딩 숲에 혹은 흐린 매연으로 가득 오염된 온갖 종류의 먼지들이 떠다니는 우리들의 머리 위 하늘을 가여이 쓰다듬을 것이다.

아름다운 땅 근사한 하늘을 욕심내서 가지고 바라보기 위하여 우리는 과연 진한 눈빛을 보냈던 적이 있던가? 매일매일의 어김없는 질주의 흐름을 정지해본 적이 있던가? 우리는 잃어버린 파스텔 빛 하늘색을 위하여 무엇을 할 수 있을 것인가? 그리고 나는 또 얼마나 새로운 것에 지배되어 살아갈 것인가? 나는 스스로 독백을 읊어 본다.

우연히라도 그림 속 그 아이를 만난다면 지루한 말이겠지만 풍요롭고 흥미로울 수 있는 세상 속으로 들어가는 방법 좀 물어봐야겠다. 나도 그림 속 아이의 땅으로 찾아 들어가 자유로운 방랑을 맞아 보리라. 당분간 성가신 내 주위의 세상사들도 한동안 얌전히 휴식하길 바라본다.

연말 분위기가 이제 슬슬 풍기려고 할 즈음이다. 후딱 일 년을 어디에다 썼는지 다 잡아먹었다.

아이들은 이른 하교를 하는 날이 하루 이틀씩 늘어나고 있다. 나름대로 그런 재미라도 있어야지 건조한 학교 생활을 버티고 무슨 사고할 마음이 생기는 것 아니겠는가? 일찍 돌아온 아이들은 싱글벙글대며 벗들과 약속들을 잡느라고 분주하다.

그들의 세상엔 무슨 재미나고 신나는 이야기들이 탕탕히 흐를까? 아이들도 노는 즐거움, 뭉쳐 나누는 우정의 기술을 터득하고 산다. 아이들도 숨 쉬며 살며 세상 안으로 든다. 한 세상 살아갈 준비로 힘겹게 태반을 뜯고 나온다.

다산의 『죽란시사서첩』이라는 책에 보면, 사람이 늙거나 젊거나 어린 것을 떠나 같은 시대를 함께 숨 쉬고 살아낸다는 것은 보통의 인연이 아니며 서로 만나 즐거이 웃고 무슨 일이든지 나누며 살아도 죽을 때까지 다 못 만나고 아쉬워하는 일이 잦으니 취미든 음식이든 술이든 잘 나누어 자주 모이게 해야 한다고 말했다. 한 시대 폼 나게 살라고 선생은 말했다.

옛사람들은 저리 사람 살아가는 냄새 풍겼나 보다. 왁자지껄하게 살아가며 돈독한 정에 이러저러 살 만했을 것이다. 지천에 멋들어진 벗들이다. 나는 탐욕을 줄이고 그들의 세계로 들어 흥겨워질까 한다. 마음은 이미 호쾌하게 동조하며 대문을 나서고 있다.

… 고흐의 포도밭에서 비타민D를 쬐다. …

'갑자기 쌀쌀해진 애인의 목소리 위에'는 파블로 네루다의 시구

누구에게나 비상구는 있다

벗님.

누구나처럼 나도 책을 좋아한다.

좋아만 한다.

잘 읽지 않는다.

그냥 절정의 한 문장만 뽑아 보고 대부분 산다.

안다.

나쁜 책 읽기의 습관이다.

아홉 살 때 푸시킨을 알았다. 집에 아주 큰 액자 속에 노파가 소를 부리며 쟁기질을 하고 석양이 지고 그 빛에 나무가 쓸쓸히 저녁을 맞는 배경 위에 한 편 쓰여 있었는데 어린 내 눈에 아련해지는 것이 참 근사했다. 훔치고 싶을 정도로 훌륭했다. 한 띠줄씩 알기가 뭐해서 그냥 통째로 '삶'을 외웠었다.

지금도 외운다. 무슨 말인지 하나도 모르겠다 지금은.

더러 고독한 날 끄집어내서 되새김질하기에 좋은 시구였다. 그 후로 시라는 것을 좀 알아보았다. 조그마한 녀석이 건방지게 말이다. 그 무렵 동시를 배웠었는데 갑자기 그것들은 때때로 시시하기도 했다.

어느 저무는 가을 학교 백일장이 열렸다. 담임께서는 당신의 아이들에게 열심히 참가하도록 당부하셨다. 나도 시 흉내를 대충 내며 한 편 제출하였다. 고학년들이 갑자기 몰려들어 시의 작자가 네가 맞냐고 캐물었다. 제법 큰 상이 내려졌던 것이다. 박중완 선생님께서는 기특하다는 듯 오래간 눈길만 주시고 아무 말씀 없으셨다.

열 살 때 아버지가 이효석의 『메밀꽃 필 무렵』을 너무 좋아하시는 것 같아서 궁금한 마음에 학교 도서관에 처박혀 대충 대가리 꼬리만 베어 물었다. 나중에 조금 더 커서 교과서에서 배웠다. 역시 처음 찾아들었던 감동은 어디 가서도 못 찾는다.

거기에다가 문학을 '밑줄 치고 괄호 열고'로 배운다는 게 참 이상했고 작품을 다 망가뜨리고 있다는 생각에 안타까웠다. 그와 비슷한 장르의 소설로는 『운수 좋은 날』, 『감자』, 『소나기』, 『표본실의 청개구리』가 줄줄이 밑줄 치는 일에 끼어들었다.

5학년 때 모가지가 길어서 슬픈 사슴을 만났다. 시인은 노천명이었다. 커서 알게 된 바는 친일의 향기가 난다고 해서 멋진 시들을 잘 밝히지 않고 있었던 걸로 안다.

조금 더 커서는 「이름없는 여인」과 「장날」을 알게 되었다. 무척이나 한국적이어서 가슴께가 뭉근해져 왔다. 그와 함께 병으로 일찍 죽은 여류시인이라는 사실도 알았다. 친일파 시인으로 미당이 계셨다.

벗님. 중학교에 올라가서 '세종대왕' 평을 썼다. 종일 이런저런 일들에 쫓겨서 늦은 밤 몇 자씩 적어야 했는데 나중에는 그냥 세종대왕에 관한 이야기를 아주 베끼듯 하며 방바닥에 배를 깔고 있는데 조부께서 쓰기 싫은 것 억지로 하지 말라시며 선생에게 가서 못 쓸 것 같다고 다른 아이가 쓰도록 내게는 손을 떼라고 하셨다. 나는 그날 조부에게는 온몸에 돋은 모공들이 단순한 모공들이 아니라 눈깔인지 모른다고 생각했다.

'세종대왕' 평론은 대충 잘 써 내었다. 역시 대단한 임금이셨다. 써 내려가는 내내 즐겁고 흥미로웠다. 감히 왕을 평가하다니 그것도 세종대왕을.

그러고 몇 날 후 천무숙 선생님이 불러서 교무실에 갔더니 수필을 한 편 써 보자고 하신다. 휴우… 안 한다고 했는데 부담 갖지 말고 한 편 써내라고 하시네. 우리 선생님 나를 이리까지 과대평가하시다니 싫어졌다. 갑자기 머리가 숙어지면서 얼굴이 빨개지고 온몸이 부끄러워졌다. 그럼 부담 갖지 말고 대신 핑계를 대면서 간단히 지어보기로 했다. 글을 쓰기 위해 플라타너스와 가을 길을 곁눈질해야 했고 어디서 찾았는지 약간의 감미로운 문장이 간절해 베끼기도 했던 것 같다.

어느 날 장려상이 학교로 날아들었다. 꽤 규모가 있는 글짓기 공모전쯤 되었을 것이다. 정성과 공을 들였더라면 더 나은 결과가 따랐을 것이다. 나는 내가 한 만큼의 수고를 알기에 장려상도 감지덕지였다. 아무것도 모르시는 국어 선생님은 연신 칭찬일색이셨다. 나는 다시 한 번 온몸이 후들거리고 몸 둘 바를 모르고 있었다.

벗님. 사실 선생님은 내 모든 행동을 다 알고 계셨으리라. 더러 글을 쓰는 내게 계속 글쓰기를 권하시곤 하셨다. 제자가 서운해할까 봐 다른 벗들에게 기회가 부여될 것도 일부러 마음 쓰셔서 내게 멋진 행운이 있게끔 모든 손을 써 놓으신 것을 안다.

그리하시고도 늘 잘하였다 쓰다듬으시고 꽉 안아주셨던 사랑하는 스승. 행복한 학교생활을 영위할 수 있도록 물심양면으로 돌봐주신 천무숙 선생님께 제자는 면목 없어 미안한 절을 언제 올리게 될지 모르겠다.

그리고 얼마 뒤 노봉남 선생님께서 한번 읽어 보라며 시골이라 책 구하기도 어려울 것 같다며 너무 두껍지도 어렵지도 않은, 그 유명하고 엉뚱한 『어린 왕자』를 선물로 주셨다. 참 환상적인 이야기였다. 작가가 좀 특이하기는 했다. 훌륭한 책이었고.

열대여섯 무렵 어른들의 웅성거리는 소리에 귀가 쫑긋해졌다. 먼 곳으로부터 『씨받이』라는 작품의 소문을 들었다. 하지만 책을 구하지는 못했다. 임권택 감독과 강수연 주연으로 씨받이가 영화로 나왔다. 봤다. 원래 따지자면 미성년은 관람 불가 영화다. 사람이 배우 쪽이나 관객 쪽이나 묘한 감정을 갖고 이끌려 가며 스민다는 게 야릇했다.

그 후로 얼마간 고집스레 책을 수소문해 보았지만 내 손에 들어오지는 못했다. 영화로 보아 모든 사실들이 책 속에서는 더 자세하게 기록되어 재미날 것 같아 꼭 읽어 보고 싶었지만 어쩌면 책은 없는지도 모를 일이어서 그대로 끝났다. 어찌 되었건 딱 내 나이에 권장할만한 건 아닌 게 확실했다. 이 작품으로 여배우는 베니스 영화제에서 여우주연상을 거머쥐었다.

책은 나중에 한참 커서 보니 봇물처럼 쏟아져 나와 있었다. 찾아서 들고 읽기에 그때 호기심이 온데간데없이 아무것도 아닌 게 되어 있었다. 중학교 3학년 때쯤 되면 국어책에 나오려나?

수필 시간. 피천득의 「인연」을 재밌게 배웠다. 성장해 오면서 피천득을 더 사랑한 것 같다. 특히 그가 너무도 사랑하는 가난을 나도 모르게 따라다니며 좋아했다. 틈틈이 가난을 사랑하는 시인들을 찾아 헤맸다. 조금 더 커서 백석과 천상병의 아픈 구절들을 뒤지고 다녔다. 지금도 '나의 가난'이나 '내가 생각하는 것' 등은 줄줄 윈다. 릴케의 '바닷가 마지막 집'은 쓸쓸한 구절로 가난한 노래에 끼어든다.

벗님. 고등학교 시절을 너무 게을리 보내는 바람에 학교를 쉬어야 했다. 그래서 기분이 째지도록 좋았다. 책 속에 파묻혀 살아 보기로 마음먹어 봤다. 열여덟 살 때 아주 맛깔스러운 이야기꾼들을 만났다. 장편 소설들을 읽고 나름의 독후감을 느끼는 나에게 명저를 찾아볼 수 있는 안목이 대견하다고 생각했다.

김주영, 이문열, 조정래 등을 쑤시고 다녔으며 그들이 들려주는 이야기에 밤낮을 가리지 않고 배를 깔고 엎어져 초롱초롱한 눈빛을 발하며 읽어 내려 가면서 우리에게 대단한 문학가들이 있어서 참 다행이라고 여기며 연신 내가 마치 그들 작가인마냥 즐거워하곤 하던 시간들이었다.

제일 서적과 학원 서림 등을 전전하며 아가사 크리스티와 존 그리샴과 에릭 시걸 등을 골라 읽으며 심심한 일상을 보낼 줄도 알았고 퓰리처상을 받은 몇몇 작가들을 만났으며 오쇼 라즈니쉬를 신기하고 신비스러이 여기며 몇 권의 책을 독파하는데 여러 날을 썼다. 휴 프레이더를 운 좋게 만나 무척이나 날뛰며 좋아하기도 했다. 번역가들에게 이만저만 고마운 일이 아니었다.

그즈음 『마루타 731』을 읽었는데 괜히 봤다 싶어져서 분노하며 731부대가 천벌을 받아야 한다고 여겼다. 그리고 서점 책꽂이에는 정말 흥미로운 사람들이 줄을 서 있었다. 톨스토이, 니체, 사르트르 등을 이따금 훑어보았는데 그 어린 나이에도 감칠맛이 돌았다.

열아홉 살에 『전태일』을 읽었다. 작자 변호사 조영래는 심장을 멍들게 하는 기교를 책이 끝날 때까지 부렸다. 머리를 몇 차례 호되게 후려쳐 맞은 기분으로 독후감을 대구 청년들이 보는 잡지에 기고했다. 여럿 벗들이 필력에 놀랐다고 전했다. 부끄러웠다.

그리고 내 나름대로 내 고용주에게 나를 부릴 거면 그에 해당하는 임금을 맞춰 올리라고, 또 그리 배운 한 가지를 실행에 옮겼다. 그리고 얼마 후에 '근로기준법'을 준수하라고 외치다가 요절해 버렸다는 청년 노동자 전태일의 이야기가 가시기도 전에 박노해의 『노동의 새벽』을 필환에게 선물 받았다.

내가 아는 세상은 내가 알고 있는 것이 다가 아니었다. 밤마다 그 못난 이들과 나는 울었고 그 울어서 후련해지는 마음을 핑계 삼아 더 울었다. 오늘 밤에도 노동자의 대표로 울리라는 정신으로 여러 날을 우는 일에 집중했다. 그렇게 박노해나 전태일이나 하는 꼴들이 너무 가슴에 구멍을 송송 내서 따가워 혼났다. 빨간약이 이럴 때 필요하구나 느꼈다. 그리고 지

내다가 어느 날인가 난데없이 손가락 한 개를 골라 잘 맞물려 돌아가는 톱니바퀴 속에 끼우고 손을 스르르 아래로 내렸다.

벗님. 왜 나는 그날 제정신이 아니었던 걸까? 어쩌자고 오랫동안 잠들었던 호기심이 고개를 삐죽였던 것일까? 손톱과 손가락은 이지러져 형체를 알아볼 수가 없었다. 어쩔 줄 몰라서 기절을 좀 하고 싶은데 너무 아파 그럴 정신도 아니었다. 그냥 병원에 실려 가며 소리 지르고 아프다고 앙앙대기만 했다.

병원에 당도해서도 너무 아프게 치료를 하는 것 같아서 앙탈을 부렸다. 겨우 짜서 꿰맨 손가락에 퉁퉁 감싼 붕대를 쳐다보며 다른 한 손에는 약봉투를 들고 크지도 작지도 않은 소녀는 손가락이 너무 쑤셔대서 미칠 것 같았다. 속으로도 그리 생각했다. 오늘 밤엔 콱콱 쑤셔서 아주 죽고 싶을지도 모를 거라고.

집에 돌아와서 뉴스를 보며 이내 아프지 않은 척 애썼다. 내가 다쳤다는 내용이나 그날 다쳤을지 모르는 노동자는 뉴스에 보도되지 않았다. 손가락 하나 잘리는 일은 아무것도 아닌, 세상사에 흔한 일로 기록되어 있는 듯했다. 가여운 사실은 앞으로도 손가락을 만질 때마다 쑤실 일이다. 정말 늘 손톱을 깎을 때 신경을 자꾸 건드려서 지금, 오늘도 욱신거린다.

박노해 시인의 쇳밥 절은 노동자의 서러운 한이, 전태일 열사의 부한 자는 왜 빈한 자를 손 잡아 주지 못하며, 어리고 순수하고 깨끗한 마음의 아이들이 아파할 때 안아주지 못했느냐며, 오히려 그들을 측은해 했다. 그가 온몸을 던져서 그토록이나 만들고 싶어 했던 따스한 사람 살이 세상은 아직도 미완성이다. 지금도 투쟁 중이다. 그의 전부였던 노동자들, 여공들의 삶이 공단마다 몇 가마니씩 절단되어 쌓이던, 펄떡이던 아우성들이 고된 노래가 되어 스산히 연주되었다.

내 아픈 손가락을 맨날 쳐다보고 놀리던 벗은 하루하루 내가 나아지면서 기분 좋으라고 자전거를 태워주고 서점을 함께 들러주고 책을 한 권씩

사주고 주말이면 극장가를 동행해주고 만둣집과 떡볶이집을 문턱이 닳도록 드나들었다.

어느 날 시집을 한 권 꺼내더니 시 한 편을 읽어 주는 것이다. 오래전 절판된 소년 시인 박용주의 『바람찬 날에 꽃이여 꽃이여』를 선물 받았다. 소년은 마침 우리 나이 또래인데 너무나 철들어 있었던 그에게 우리는 풀이 죽었다. 귓전에서 노래를 불러대던 맹렬이는 수일째 연락 두절이더니 군대 생활이 좀 익어 간다며 헛헛한 소식을 한 통씩 보내 왔다. 그리고 나는 스무 살을 지나면서 오랫동안 책 뚜껑조차도 열지 않고 있다. 글이 눈에 안 들어 왔다.

그 무렵 나는 나를 키우기 위해 내 고향 집 한 칸을 부수고 집에서 기어 나왔다. 확실히 부수어 놓아야 돌아갈 곳이 없어 제대로 살아낼 것 같았다. 책을 좀 보고 싶은데 여전히 책장이 안 넘어갔다.

… 책 책 책 속으로 숨어라. …

숨바꼭질

커피 한 잔 만들어 왔다. 크리스마스도 지나고 연말은 언제나 그러하듯 화살같이 쏘고 들어온다. 착하게 겨울 햇살이 오후로 비스듬히 기대고 넘어와서 사람도 기대고 싶게 만든다. 낮잠이라도 잘양 볕 잘 드는 방바닥 찾아서 슬며시 드러눕고 싶은데 쉬 잠이 들것 같지가 않다. 이럴 땐 이런 저런 쓸데없는 일들을 떠올려 잡다한 생각으로 그 여백으로 채우는 것도 나쁘지 않다.

그래서 한 꼭지 물어 온 것이, 아침나절 오늘이 마침 일요일이고, 아침 시간이고 하여 아이들도 느직이까지 잠들어 평온하고 평화로운 이 여유가 쏟아지는 복 터지는 이른 아침에 들녘에 나가 보았다.

아침의 풍경은 이제 더할 나위 없이 추운 그림을 내보인다. 할 수 없이 차가운 냄새만 여기저기서 묻어 날아와 온몸에 감아 든다. 들녘에 도착하니 언 땅의 질곡이 그득하다. 멀리서 본 것이 허옇게 얼어붙었더니 논마지기들은 풍기던 냄새처럼 역시 흰 서리 밭이었다.

어려서 두 눈으로 드는 눈 내린 날보다 서리가 내려 낀 겨울 아침이 신기했다. 눈 오는 날 아침보다 서리 내린 겨울 아침이 더 서러워 보였었다. 서리가 가장 제구실을 서럽게 짜내던 곳은 일찍이 수확하지 않은 무청이 거무틱하게 시들고 얼어붙어서 볼품없던 나의 무밭이었다.

그 시절 나에게는 냉장고나 저장장소가 마땅찮아 그냥 한동안은 무청을 매달고 오랫동안 겨울 초입을 버티게 놔두었다. 남쪽이 겨울에도 좀 따스한 작용을 일으키니 농작물도 이리 보관이 용이할 수 있는 셈이다.

그리하여 서리가 내리는 12월에도 나의 무밭은 그냥 놔두었다. 그래서 시들어 든 싱그러움이 유일하게 그 밭뙈기에만 무성히 성성했다. 오히려 땅속 보관이 더 수월하므로 더 맛나고 달달한 무를 맛보기 위해 그냥 작황이 좋은 대로 두었다. 괜히 뽑아다가 질질대고 집에 끌어다 들여 놔봐야 처치 곤란이다. 썩고 물러 터지고 감당이 안 된다. 그래서 요리할 무는 그때그때 밭으로 쏜살같이 달려가서 한 뿌리씩 뽑아 들고 오는 것이다.

몇 해째 살림살이를 소꿉장난 살듯 벌어 오다 보니 이젠 그러한 원리도 따지고 든다. 차가운 겨울 아침에는 무수 삐져 넣고 맑고 시원한 뭇국 한 사발이 참 따뜻하게 맛있다. 숟가락으로 무 껍질을 빡빡 긁어서 대충 헹구어서 '슥슥슥' 무 밑동부터 칼로 쳐 밀어내서 냄비에 바로 넣으면 된다. 쌀뜨물이 있으면 더할 나위 없는 국물 거리로 좋다. 뽀얗게 더 시원하게 끓여지므로 국물에 무른 무 몇 조각 곁들여 떠서 밥 한술 놓고 말아 먹으면 속과 가슴이 뜨끈하고 든든해지는 것이 허무까지 괜히 채워지던 순간이었던 것 같다.

자극적인 반찬이 당기던 날은 무를 '샤샤샤' 채 쳐서 고운 고춧가루, 소금간 약간, 조선간장으로 간 들여 채나물을 무쳐서 내놓기도 했는데 대부분의 가족은 밥을 비벼 먹듯 밥그릇에 바로 올려 슥삭대고는 숟가락에 대충 비벼진 밥을 떠서 찬 투정 없이 맛나게 먹어 주었다. 나도 매운 기가 잔뜩한 채 나물을 연신 젓가락질해 가며 밥을 한술 더 떠가며 얼마나 꿀같이 꿀꺽대며 먹었던지 그 맛이 생각나 요즈음 솜씨를 내보려 하지만 참 그때의 맛이 안 난다는 거다. 괜스레 어린 살림 솜씨가 은근히 다시 궁금해지기 시작한다.

그리해서 한동안 땅속에 심겨 있던 무를 나도 1월 즈음에는 뽑아야 했다. 무 굴을 파서 묏등같이 만들어 무를 잔뜩 저장해 놓고 한 뿌리씩 꺼내 먹는 것인데 그때 즈음이면 그 굴속에서 얼마나 맛난 꿀맛이 잘 베었나 흔히 그 경험을 해 본 촌사람들의 '무수맛이 배보다 더 달다'는 말이 맞다.

겨울밤 딱히 먹을 건 없고 과일도 귀해진 계절이고 우리는 시원한 무 한 뿌리 배 깎듯 사과 깎듯 깎아서 시원하게 달디달게 아슥대고 베어 물고는 속 시원해했다.

거의 다 무굴이 비어 갈 때는 얼마나 땅굴을 깊이 파 놓았나 나중엔 무 꺼내러 팔 뻗다가 그 굴로 숨어들고 싶기도 한다. 아무도 모를 것이기에. 그 무덤 같은 동그라미 속에서 한참을 처박혀 있고 싶었다. 그러한 마음이 드는 건 갑자기 가리지 않고 불쑥거리고 찾아드는 외로움 같기도 하고 서러움 같기도 하는. 나만 그럴 것 같은 아무나 가지지 못 할 것 같아 그 시절부터 이미 동행으로 든지 꽤 오래되어 벗으로 치부해 버린. 이승과 저승이 따로 있지 않다는 걸 어린 날 쓸데없이 무굴에 기어들어가 헤헤대며 장난을 벌였을까?

그 이후로 곧잘 굴을 파고들어 내 무덤에 들락날락거렸으면 하는 여러 차례의 꿈을 꾸기도 했다. 이리 꽁꽁 언 땅을 버리지 못하는 나의 무는 봄부터 늘 이렇게 심어져 성장해 왔다. 열무를 키워야 했을 때는 얼마나 무수히 어린 열무 순들을 솎아서 살이 통통하게 오른 곁열무들을 살려내는지. 어제 아침에 솎아내고 내일 아침에도 다시 팔 걷어붙이고 또 솎아내야 하는. 도무지 그 생산의 끝이 보이지 않고 스멀대며 비집고 나오는 무서운 약을 뿌려 두어도 끝끝내 처방이 없는 질병으로 질질 끌리듯 만성 두통 같은 어지럼증에 사로잡혀 나는 한 가닥씩 흰머리를 잡아 뽑듯 그들의 모난 잎사귀들을 돌봐주고 관리한다.

그리하여 겨울을 먹고 나야 하는 사람들을 위해 땅속에서 얼마나 커다란 공허로 맴돌다 튼튼한 알맹이로 살을 붙이고 자궁을 뜯고 기어 나오는 이들은 아무리 솎아내어 주고 풀뿌리들을 섞어 피워대며 기어오르는 무성한 잡초더미를 김을 매듯 손을 봐주지만 날마다 숭숭대며 끊임없이 여기저기 뿌리를 친다.

하여 그 지치고 노곤함이 야위어 꺼지는 날 자연이 허락하는 그 큰 계절 앞에서 속없이 숭덩 뽑혀 그 인생을 우리에게 선물한다. 헛헛하고 쌀랑한 오늘 저녁 무밭에 뛰어가 무 한 뿌리 뽑아다가 국물 맑게 우려내며 훈향같이 퍼지는 그의 향수에 취해 들까?

… 우울은 아무리 솎아내도 우수수 타고 오른다. …

시

시인은 이따금 시를 쓴다고 자랑한다
나도 시인에게 우기고 싶다
나도 더러 시를 쓴다고
수많은 세상이 몰려들어
헤아릴 수 없을 만큼 행복할 때도 있지만
바보같이 다 쓸어내고 비우다가
아무것도 쓰지 못할 때가 더 많다
내 속 어디까지 나를 데리고 들어야
한 줄 겨우 엮어 놓을 것인가
잃어버린 언어들을 어디 가서 수소문하나
그리움도 연민도 모두 다 분실했다
날아가려면 구걸해야 한다
삼삼한 말들 주워다가
코에도 걸어주고 귀에도 치렁이고
파란 하늘 뜯어다가 펼쳐
코스모스 활짝 박힌 원피스 해 입히고
허리엔 휘황찬란한 벨트 묶어
또각거리는 구두 끌리고 나서고 싶다
그러면 좀 시 같아지려나

… 시인과 나. …

편두통

삐그덕 어딘가 쑤시다고
늦도록 숨어 놀 궁리 중이던 해가 난다
차라리 그대로 게을러터져서
한바탕 청승이나 뿌려주든지 하지 원
어인 일로 인심 쓰고 있나 싶었다

저항도 없는 시곗바늘은 다시 하루를 돈다
여가수의 절규 섞인 곡조도
꾸물한 날씨를 끈적이게 한다
겁 없이 목련이 터지고 멀미가 나고
오늘도 봄은 다시 주인이 되어
두 다리를 뻗는다

저잣거리 쏟아지는 햇살 아래 앉아
고갯짓하며 졸음을 즐기는 노파야말로
봄 한 철을 야릇하게 맞아대는 위인이 아닌가
스르르 고요가 기댄다

바람에 샤워를 끝내고 얌전해진
그림 같은 한낮

큰바람이 움직인다
앓고 깨어난 듯 오늘도 청량하다
싱그러움이 사방에 나풀거리고
목을 푼 허밍이 4월을 흔들고 있다

… 아침부터 두통으로. …

오래된 전설

할머니는 언제나 고운 한복을 단장해 차려입으시고 허리도 넘는 은백의 머리카락을 틀어 비녀로 꽂고 참빗으로 마무리 짓는 일을 빼놓지 않으셨다. 우리 집에라도 오시는 날이면 꽃 양산을 꺼내 받쳐 이고는 너울너울 알록달록한 설렘을 하늘에 걸고 고무신 코로 넘실대는 걸음걸음을 사뿐히 놓으셨다.

모든 할머니가 다 그러시겠지만, 나의 할머니께서도 손자 손녀들을 끔찍이도 아끼셔서 언제나 무릎에서 내려놓지를 않으셨다. 나의 사촌들까지 합치면 할머니의 손주들은 꽤 많았는데 다들 할머니의 치마폭에 앉아 놀기 위해 전전긍긍했다.

그녀의 치마폭에서는 비단결의 사각거리는 소리와 실타래 냄새가 퍼졌고 옛날이야기가 주렁주렁 달려 있었고 낮잠이라도 잘라치면 미끄러지듯 부드러운 요처럼 할머니의 품을 베고 누웠다. 한잠 늘어지게 자다가 일어나도 희한하게 여느 날처럼 낮잠에서 깨면 느끼는 불안한 우울은 만나지 않았다. 나는 그 기분이 맘에 들어 할머니한테서의 낮잠을 자주 즐기곤 했다.

할머니는 막걸리를 좋아하셨다. 생각해보니 막걸리와 잘 어울리는 그녀였다. 톡톡한 액체를 걸러 마셔가며 세상사를 한탄해 보기도 하였을 것이며 당신 생의 흥망성쇠를 읊어 놓기에 그만한 벗도 없었을 것이다. 그녀가 좋아하는 술이었으므로 막걸리를 받으러 가는 날엔 그녀를 졸졸 따라 종종걸음으로 따라나서 붙곤 했다.

나는 막걸릿집 허름한 대청에 걸터앉아 손가락으로 술잔을 휘휘 저어 잔을 들이키고 저고리 고름으로 입가를 스윽 문대는 할머니의 맛 나는 모습을 감상하다가 홀짝거리매 막걸리 몇 숟갈을 얻어 숩숩 핥아 먹어 본다. 이상한 것은 세상이 빙글대지는 않는데 기분은 최고로 치닫는 듯했다.

지금 와서 생각해보니 할머니는 어린 손녀를 괴롭게 한 일 같지만 난 개인적으로 그 기분이 마음에 들었다. 그래서 날이면 날마다 그 어린 시절 막걸릿잔을 기웃댔는지도 모르겠다. 한두 숟가락 홀짝이는 하얀 떨떠름한 향기 그것이야말로 내 어린 인생에 명약이었던 것이다. 그리 한 잔을 갈라 마시고는 집에 가는 길에 한 주전자 받아서 가는 것이다. 할머니와 나는.

어느 날인가는 할머니가 술을 받으러 가시매 장구를 챙기라고 하셨다. 내 장구는 할머니 장구보다 많이 작았다. 떵까떵까 하고 치고 놀면 재미도 나고 흥겨운 것이 또 우리 고전 악기들 아닌가? 술도가로 가는 내내 할머니는 한 손으로는 나를 잡아 이끄시고 다른 손으로는 장구 몸통을 부여잡고 언제나처럼 한복 자락 물결 일렁이며 하늘하늘 길을 타셨다.

역시나 그 날도 뙤약볕을 걸어서 당도한 몸이 목마르셨던 할머니는 막걸리 한 잔을 쭈욱 들이키고는 주인아줌마와 이런 말 저런 말을 하신다. 나는 곁에서 눈깔사탕을 두어 알 얻어서 빨아 먹고 놀았다. 수다를 다 풀었는지 할머니는 장구를 매 주시겠다며 나를 보듬켜 채우신다. 오랜만에 할머니가 매어 주시는 것 같았다.

폴방폴방거리며 촐싹거리고 있는데 파리채를 들고 리듬을 타시며 따라 하라 하신다.

휘모리장단이란다.

북채는 북편을 정신없이 오가야 했다.

물고 있는 사탕도 신경이 쓰였고 영 수업(?) 내용이 하나도 머리에 들어와 앉지를 않는다.

그래서 할머니의 파리채 불호령은 여러 번이나 대청을 두드리게 되었다.

혼찌검이 나면서도 나는 장구 장단을 맞추는 놀이를 좋아했던 것이다. 이따금 마음을 가다듬고 다시 한 번 장구채를 쥐고는 어깨를 들썩이는 흉내까지는 내고 있었다.

나중에 커서 장구를 배울 기회가 있었는데 할머니가 좋은 스승이셨던 게 분명했다. 그냥 장단이 쿵닥쿵닥 스멀대고 몸 밖으로 기어 나오는 것이었다. 손녀가 나오면 장구가락을 익히게 하실 거라는 오래전의 소원을 나로 하여금 이루셨던 것이다.

할머니 소원의 자리에 내가 들어 있어서 참 좋다.

멋진 어린 시절을 쿵덕거리며 한 소절씩 깨물어 먹기가 어디 쉬운 일이랴. 장구가락이 듣기 좋다며 잘 따라한 것 같다고 칭찬하시며 상으로 내린 뽀빠이의 별사탕을 모으며 할머니 곁을 폴짝대며 집으로 돌아오는 길은 샛별을 물고 하늘에 매달려 있는 것마냥 신이 나 있곤 했다. 이 시간 나는 뽀빠이 한 봉투도 와자작 깨서 먹고 시원하게 휘모리 한 판 몰아붙이고 싶다.

더러 할머니는 향을 깎아 피워두고 정갈히 앉아 계시기를 좋아하셨는데 무언가 기도 같기도 하고 명상에 들어 계시는 것 같기도 했다.

나도 답답하게 뾰로통한 오늘 같은 날은 향 피우고 앉아 멍하게 먼 산을 탄다. 아이를 가까이 앉혀두고 머리를 땋아준다. 옛날에 할머니가 내 머리를 곱게 빗어 꽁꽁 땋아 내리셨던 것처럼.

장난처럼 나는 긴 머리칼을 풀어 오래도록 쓸어 빗고는 곱게 묶어 앉아 비나이다 비나이다 비나이다.

… 외갓집 가고 싶다. …

벗에게

문방구에 들렀다. 벗님.

문득, 편지 쓰기가 하고 싶어서 그에 필요한 물품들을 사기 위해서였다. 살다 보니 오늘같이 이런 일로 문방구엘 다 들르기도 한다는 생각이 든다. 그런데 순간, 편지지를 사는 건 둘째치고 어느 누구에게로 사연을 띄울 것인가가 갑자기 고민이 되어 들이닥쳤다.

하기야 누가 되면 어떠랴. 따따부따 자잘한 소리들을 받을 사람이 누구든지 간에 내가 즐거워지는 행위가 아니던가 말이다. 오랜만에 장문의 편지글을 한 번 써 보기로 마음먹는다.

그런 생각까지 마치고 나니 괜히 마음이 바쁘다.

아침나절 텔레비전을 잠깐 보는데 어느 아낙의 지나간 시간 돌려 보기 정도의 이야깃거리 정도를 잡아서 들려주고 있었다. 어릴 땐 이쁜 편지지 골라서 누군가에게 편지 부치는 일을 좋아했다고 한다.

나도 그랬다. 벗님. 어여쁜 편지지는 안 사고는 못 배겼다. 멋진 종이 문양에 꾀여 넘어가는 날엔 한 다발 가슴에 안고 헤헤거리는 날도 많았다. 화려한 편지 봉투에 봉해진 이바구들은 이러쿵저러쿵 시작하여 호호거리고 깔깔대며 벗에게도 몇 장 써져 날아갔고 존경해마지않는 스승들께도 올려지곤 했다.

위문편지도 꽤 보냈던 기억이다. 길쭉하게 네모 마크 도장이 찍힌 군사우편으로 답장이 종종 날아들기도 했다. 텔레비전 속에서 호호거리며 웃음 짓던 그녀도 위문편지에 가슴 떨려본 어린 날이 생생하다고 전한 것 같다. 그리 편지글을 적어 나가며 그 수많은 밤들이 가슴 두근 콩닥였다.

머리말에는 라디오를 조용히 틀어 두고 느끼한 DJ의 끝내주는 성량을 효과음 삼아 또르르 펜을 굴리곤 했다. 한 줄씩 써내려가 공백이 채워지는 걸 보고 있자면 참 재밌고 뿌듯했다. 한 장을 다 메우고 나면 새로운 한 장을 받아들고 줄줄 그려나간 철없는 초상들은 어느새 마무리를 찍으며 한 번 훑어보고 괜히 'P.S' 또는 '추신'을 한 번 더 갖다 붙이곤 했다.

벗님.

그리 쓰인 편지글은 쫙 선을 잡아 잘 접어놓는다. 그다음 최고로 빳빳하고 반짝이는 봉투를 골라 우편번호와 주소를 기록한다.

나는 편지를 봉투에 넣기 전에 주소를 먼저 썼다. 주소를 나중에 쓰게 되면 편지를 집어넣은 봉투가 볼록해져서는 주소를 쓸 때 반듯한 글씨가 잘 안 나오고 운다는 걸 몇 번의 시행착오 끝에 알았다.

모두 아는 사실을 나만 또 나중에 터득한 일인지도 모르는 일이었다.

그런 다음 치장을 한 봉투 속으로 편지를 얌전히 들인다.

봉투 입구를 안전하게 풀칠을 하고 잘 봉합해 붙인 다음 편지 부치기의 절정, 우표를 아밀라아제와 결속시켜 에피소드 한 조각을 접착한다. 나는 우표 붙일 때가 참 짜릿했다. 빨간 우체통으로 낙하하기 위한 직인 같은 그런 거였는진 몰라도.

그렇게 제비인지 비둘기인지 지금도 헷갈리는 나의 새들은 여기저기 내 청승들을 부지런히 물어다 잘 날려주었다. 오늘 이야기도 누군가에게 잘 날아가기를 욕심내 가면서 한두어 장 써봐야겠다. 깜찍하게 우표도 뜯어 붙여가면서 말이다. 마음이 앞서 즐거워진다.

벗님.

일요일인데 주말엔 흐린 날씨 탓으로 이래저래 마음 둘 곳을 몰라서 헤매는 사람들이 더러 보이기도 했다. 그들은 이미 지나간 일요일을 붙들고 앉아서는 무얼 했으며 무엇을 할 것인지에 골몰해 있는 듯 보였다. 이런 날은 뭘 해야 좋단 말인가.

달게 잠들지 못하였던 무수한 지난밤들의 보상을 바라듯 꿀 같은 낮잠을 청할까 한다. 온몸에 박힌 스산함들을 모조리 불러 모아 자장자장 재워야겠다. 참! 그 전에 박박 대고 손빨래나 좀 비빌까. 이틀간 날이 꿉꿉하여 모아둔 빨랫감이 잔뜩이다.

대야에 그득 부어 놓고 빨래를 어지간히 대충 주무르고 있는데 낮잠의 유혹은 빨래 거품 속에서 한데 비벼지고 맑고 찬 물로 헹굼질을 해대다가도 낮잠은 대야 속에 빠져서 허우적댄다.

아이들의 실내화도 빨기로 했다. 새하얗게 솔로 문질러대며 나는 남은 일요일의 흐린 때도 지우고 있었다. 넋 놓고 있다가 물줄기를 잘못 틀었다. 밀려온 파도에 짠 물벼락이라도 뒤집어쓴 듯 속수무책으로 멍하게 서 있었다. 그러다 푸실거리고 웃어 버렸다.

모래가루를 털어내듯 물방울들을 탁탁 털어내고는 남은 옷가지와 실내화를 다시 싹싹 헹궜다. 말끔히 헹구어 짜서 널어두고 이젠 낮잠 한숨 청해야겠다. 일요일 오후, 내 사막 같은 마음에 복용할 처방은 끝났다. 벗님.

… 우체부 아저씨 고맙습니다. …

즐거운 인생

요즘은 참 주말도 금세금세 찾아온다. 그래서 다른 주중의 날들도 언제나 우르르 쏟아져 다가온다. 빠른 주말과 빨리 닥치는 주중을 지내느라 아이들은 저마다 월요일 병마와 싸운다.

느지막이 학교를 등교할 수 있으면 좋겠다는 늘 말도 안 되는 내 생각은 아직도 날마다 이어지고 있다. 근데 다른 나라들을 보니 그것이 꼭 그리 안 되는 일도 아니었다.

좀 멀리 미국은 학생들의 취침시간을 보장하기 위해서, 즉 숙면을 위하여 이른 아침에 일어나서 등교를 하는 일은 없다고 어느 날 텔레비전을 통해서 본 것 같다. 아이들이 잘 자고 기상하여 오전 중에만 등교를 하면 되는 학교를 비춰주고 있었는데 참 신기하기도 하고 선진적 생각을 지니고 아이들 편에 서서, 그들의 사고와 눈높이를 맞추며 존중해주는 학교 측의 배려가 참 근사하기도 하고 특이해 보이기도 했던 그 학교가 샘이 날 지경이었다.

그리그리 프로그램을 보면서 '우리 대한민국의 아이들이 가여워. 그래 저리하면 된다니까. 안 될 게 없다니까.' 하고 중얼대며 시청한 기억이 난다.

오늘 아침 나의 아이들은 잠과 싸우며 겨우 몸을 일으켜 머리를 처박고 머리를 감고 나와 준비물을 챙기고 밥은 먹는 둥 마는 둥 뭐가 심사가 좀 틀어지기라도 하면 인상 팍! 사춘기를 보내고 있는 아이들이 가끔은 두렵게 무섭게 즐겁게 어떤 낯을 내놓을지 몰라 솔직히 전에 없이 내 심장은 요즘 자주 벌렁대기 일쑤다. 그러나 아이들이 때맞추어 그 일을 행하여야 하는 적정한 시기에 자동적으로 심리나 성격이나 속사정을 내보인다는 게 여간 다행한 일이 아닐 수 없다.

아이들이나 나나 제대로 복은 받은 것이다.

나는 사춘기가 있었던지 언제였던 건지 사춘기를 만나보기는 했는지 잘 모르고 살아온 것 같다. 그냥 나는 질풍노도의 시절을 바빠서 혹은 틈을 내주지 못하여 아마도 찾아 들어오는 모든 감정을 차단해 두고 있었는지도 모른다.

나는 어릴 적 촌에서 자랐던 탓으로 주위의 온갖 초록 멋진 풍경을 보고 자랐다. 아마 사춘기가 쳐들어올 틈이 없었으리라. 사춘기에 접어들어 초록을 가까이하면 심신이 안정되고 스트레스를 덜 받으며 부드러운 마음을 가진다고 한다.

그러니 내가 살았던 그 깡촌에서 숲과 꽃밭과 과일 밭과 그리고 동네를 휘감고 바람을 일으키는 청맥 혹은 새파란 나락 더미가 큰 논에서 파닥대며 온 동네를 뒤흔들어 놓는 그런 값진 풍경을 날이면 날마다 만나고 눈만 뜨면 그곳에 빠져 멀미 일으키며 살았다.

그래서 요즘 어쩌면 사춘기를 치르는 게 아닌가 싶다. 온몸이 너무 아프기도 하다가 어느 날은 멀쩡하기도 하다가 몇 잎 뒹굴다가 날아가는 낙엽을 쳐다보고 그만한 일에도 깔깔대며 웃어 댄다는 어여쁜 여학생들처럼 나도 그에 심취해 잔잔한 웃음을 흘리다 급기야 빵하고 터지기가 일쑤인 요즘. 뒤늦은 사춘기가 찾아든 것이면 어쩌랴.

내 안으로 드는 모든 귀한 감정들을 안아줄 것이다.

그래도 믿는 구석이 있으니 손안에 한 움큼 쥐고 정신을 차려 본다.

내가 믿는 나는 잘해 왔다. 하기야 또 뭐 조금 부족하게 행하면 어떠하리. 나는 오늘도 사춘기다.

… 내 아름다운 나라. …

겨울 해는 짧다

벗님.

오랜만에 틀어놓은 옛 노래들이 훈향처럼 집안 곳곳을 휘감고 있다.

그윽한 가락과 음률과 시구 같은 노래들. 그리 지루해지는 중년의 가수가 불러주는 노랫소리가 오늘같이 찬바람 부는 날 참 잘 어울린다.

아침부터 오래된 노래 몇 곡을 골라 들으며 시간에 쫓겨 날짜에 밀려나 이리저리 나도 묻혀서 늘 시곗바늘을 따라 뱅뱅 도는구나 하는 생각을 엮는다.

여전히 내 안의 것들에 집착해서 오늘도 어울릴 수 있다는 사실에 한 번 더 고마움을 더해 본다. 가을이 겨울을 데려다 놓고 몰래 떠나간 지도 꽤 몇 날 되는 것 같은데 이제야 슬슬 찬 냄새들을 여기저기 묻힌다. 하늘에 매달린 해도 그냥 좀 헐렁하게 쉬어쉬어 넘어가는 날이면 좋을 테지만 오늘 분주해야 다음 계절과 따스하게 손잡을 수 있다는 사실을 알기에 살을 내리느라 바쁘다.

안 그래도 겨울에는 해가 짧아서 아쉬운데 말이다. 그 바람에 오늘도 숨 가뿐 말처럼 모두 달려야 한다. 다 자라난 사람들과 크다 만 사람들과 어린 꼬마들과 풋풋한 소년, 소녀들과 노인들과 우리 모두는 오늘도 부지런히 살아간다. 멋지게 여기저기 하루가 채워지고 있는 것이다.

못 채우고 지나는 시간들은 슬쩍 그냥 잊어버리면 된다. 어디다 대고 고자질해 줄 누군가가 있어 주는 것도 아니고 되는대로 잘 살아가고 있는 척하면 되는 것이다. 늘 그러하듯이.

몇 일째 계속해서 차가워지는 날씨는 우리를 움츠러들게 한다. 네 뭉치의 나누어진 계절은 드디어 깡마르고 서글프고 차디찬 벌거숭이 그림들을 우리 앞에 버젓이 내려다 놓고 있다. 연록의 싹을 틔우며 개나리를 피우고 진달래를 드문드문 피워 나뭇가지마다 주섬주섬 옷을 차려입으며 치장을 해대기 시작했던 봄은 싱그러운 여름에게 온 마음을 빼앗겨 녹음이 푸르러지는데 한몫하고 어울려 놀았고 초록의 계절은 한없이 고독한 색깔을 두른 그리움의 휘파람을 불며 가슴이 뭉텅대는 계절 앞에 몽롱한 고갯짓을 해대다가 그가 꼬시는 바람에 홀렁 쓰러져갔다.

벗님.

겨울이다. 모조리 세상을 다 끌어안고도 다 내어 준 듯 앙상히 떨고 있는 그다. 그 한여름 푸르게 한 젊음 뽐내던 플라타너스 큰 덩치도 그의 시린 손길에 몸을 떨다가는 끝내 이별을 대롱거리며 땅으로 낙하한다. 한 시절 창공에 걸렸던 풍성함을 우리는 알고 있기 때문일까. 나무가 차디찬 겨울날 더 없이 언 몸뚱이로 서서 아우성치고 있는 이유를.

연말이 들어선다. 이제 분주해질 것이라는 걸 우리는 안다. 모른 척 그냥 또 분주해져서는 그 시간들과 만날 것이다. 할 수 없었다는 듯 무표정한 초상을 그릴 것이다.

굳이, 사람들이, 먼저 살아왔던 사람들도 일 년을 한결같이 지금처럼 열두 달로 나누어 아니 살아도 되었을 것이다. 누군가는 그 불안을 감출 수 없고 헤아려내지를 못하여 조각조각 쪼개어 두고 모두가 똑같은 모습으로들 살아가고 있는지도 모를 일이다. 굳이 똑똑 똑바로 떼어내지 않아도 우리는 그냥 잘 살아냈을 터인데 말이다. 오히려 그편이 이것저것 세어내지 않고도 훨씬 더 수월할 수 있었을지도 모르는데 말이다.

분주한 오후를 지내면서 이것저것 뭔가 따져 낸다는 게 여간 불편한 게 아니다 싶은 생각이 파고들어서 한동안 골몰해 있었다. 별수 없이 그 무리에서 똑같은 모습으로 시계의 바늘이 늦어지면 건전지나 갈아 끼우고 달이 차면 달력이나 찢어가며 살 거면서 무슨 생각이 이리 깊은지 모르겠다.

정리해 보자면 이리저리 따지지 않고도 그냥 잘 지내는 사람들로 남을 수 있음 좋겠다는 쪽으로 마음이 기울게 살고 싶다는 말이다. 우두커니 서 있기도 하다가 멍하니 먼 산을 바라기도 하다가 대충 시간을 보내다 보면 아이들이 우르르 몰려드는 오후가 이내 찾아든다.

정신없이 아이들의 간식을 챙긴다거나 오후 일과들을 챙겨주다 보면 하루해가 저만치 넘어간다.

서글프기도 하고 즐거이 하루를 마무리해서 행복하기도 하고, 이 시절은 가을 후, 막 겨울이라서 그런지 왠지 고즈넉하고 고독해지고 울적하다가 우울하다가 스산스럽다가 을씨년스럽다가 사춘기 설익은 말괄량이 소녀의 어수선한 심성 같아 온 마음이 시끄럽다.

벗님.

벗들은 김장 계절에 겨울나기를 마련들 하느라 바쁜 일상들이라며 연일 이런저런 안부들을 물어 댄다. 빨간 김칫소에 굴 한 접을 싸 먹으매 막걸리에 팥 콩떡이나 나눴음 좋겠다는 마음 편한 변명으로 대답을 부치곤 한다. 아닌 게 아니라 김치통 들고 어디 가서 김치 좀 얻어다 두든지 담그든지 해야겠는데 왜 이리 귀찮은 건지 원, 어쩌지?

며칠 지나고 나면 어떻게든 일이 마무리되어 있으려나. 믿는 구석도 없으면서 손 놓고 주저앉아 있다. 김장을 하는 날엔 보쌈거리 끓어다가 된장 좀 풀어 넣고 월계수 잎 띄워 잘 익혀서 빨갛게 갓 버무린 배추 속살을 뜯어내어 돌돌 말아 싸서 아이들 입에 한 입씩 넣어 줄 것이다.

아이들과 펄쩍대며 맛나게 씹어 먹을 것이다. 동태 한 마리를 준비했다가 무 따박따박 시원하게 썰어 넣고 두부도 뚝딱뚝딱 떼어 넣고 파 좀 성성히 썰어서 솔솔 얹어가며 고춧가루 좀 풀어 넣고 뜨끈하게 얼큰한 동태

탕을 끓여 놓고 동네 아낙들을 불러 갓 담가 알싸한 김치 한 포기를 쭉쭉 찢어 걸쳐 먹어 가며 막걸리 한 사발씩을 나누어도 좋을 것이다.

따스한 겨울을 짜야 한다. 주고받는 말들은 포근하게 쓰다듬어 주어야 한다. 너무 추우면 싫다. 물론 해님이 코빼기도 비치지 않는 일은 없을 것이다.

몸속에다가도 뜨뜻한 집을 지어 두고 자주 드나들어야 한다. 벌써 대관령 저 먼 언덕에는 하얀 눈이 내렸다는 말들을 건넨 적이 기억난다.

그리고 어느 도시에도 오늘 눈이 내렸다 한다. 찬 기운이 자꾸 비집고 드는 소리가 초롱하게 들린다. 그럴수록 한겨울을 따시게 지어 올리고 싶다. 얼른 말간 유리창 안으로 쨍쨍한 햇살을 부른다.

… 김장, 요즈음은 절임배추가 한 손 거든다. …

감기

여름이다
겨울 같다
나는 추워서 스웨터를 꺼내 입는다
여름 속에서 살기를 거부한 것처럼
따뜻이 여며 입는다

약 봉투를 뜯어 보았다
어디에도 두꺼운 스웨터를 껴입으라는
당부는 보이지 않는다
혹여 몸에라도 바를까 염려하여
먹는 약이라고 표기되어 있고
봉투에는 복용방법이 친절히 적혀 있다

김치와 장을 꺼내고
밥을 퍼 담았다
이리 잘 먹고 나면 키가 클 것 같은데
식후 30분 후
약을 먹으라 다그친다

몸은 말을 듣지 않는

버튼만 남겨둔 것 같다
살아나야겠다
밥도 다 먹고
약도 다 먹었다
입만 살아가지고

… 감기를 다스리며. …

영숙이에게

두 살, 어머니의 등에서 오징어 다리가 퉁퉁 불어터져라 빨아가며 손가락까지 입속으로 출입하는 그때 어머니의 수다를 받아내는 아주머니의 등에서도 오징어 다리를 나누어 먹는 영숙이가 업혀 있었다.

다섯 살, 천정에 닿을 듯 걸린 액자 속 사진 한 장, 아장거리며 어머니의 보물들이 주렁이는 시장통을 따라나서는 날, 핫도그에 빨간 케첩을 쭉 발라먹으며 온 세상이 다 내 것 같던 날, 영숙이는 핫도그에 하얀 웨딩드레스 같은 설탕을 입히고 달콤히 먹고 있었다.

여덟 살, 네모나게 접은 손수건을 심장의 대문밖에 달고 국민학교에 입학했다.

고운 여자 선생님은 내 손을 잡으며 반갑다 하셨다. 순간 가슴에 달린 손수건 탓인지 속이 쿵쿵대기 시작했다. 그래서 코를 팽 한 번 풀고 뜯어 내버렸다.

그러고 나자 영숙이가 내 곁에 와 앉았다. 짝지가 되었으니 오늘부터 잘해보자고 씽긋 웃는다. 솜사탕 위에서 내려오고 싶지 않았다.

열두 살, 점심시간이면 하늘로 팔랑거리며 날아오르는 영숙이가 예뻤다. 철수와 작당하고 영숙이의 고무줄을 끊기로 했다. 영숙이는 그날 점심시간 내내 책상에 엎어져 울었고, 나는 운동장을 토끼뜀으로 어기적대고 있었다.

열일곱 살, 아침마다 교복 주름을 반짝반짝 날렵하게 세운 영숙이를 보면 가슴이 쿵 하고 내려앉는 것 같았다. 그리라도 보고 등교해야 그날 하루 땡잡은 것같이.

어느 날 영숙이는 빵집에서 만나자고 했다. 아침부터 나는 수선을 떠느라 분주했음은 말할 나위 없었다. 영숙이가 말한 빵집으로 가는데 걸음이 잘 떨어지지 않았다.

문을 열고 들어서자 다소곳하게 앉아 있는 여학생이 한 명 있었다. 영숙이는 아니었다. 다른 탁자에 앉으려는데 영숙이가 들어왔다. 영숙이는 아까 그 여학생에게 가서 앉으며 오라고 손짓을 한다.

모래성은 거친 파도를 어찌해볼 도리가 없었다. 빵을 먹다 만 영숙이는 어여쁜 벗이라며 내게 영숙이를 소개해주었다. 목화솜처럼 부푼 소보로 빵의 도톨거리는 살점들을 다 뜯어내 버리고 싶었다.

나는 그날부터 독일 빵집들과 작별했다.

스무 살, 나이에 2자가 들어가기 시작한다는 걸 느꼈다. 무언가 해야 한다는 압박감에 사로잡혀 있었다. 연애를 열심히 해야겠다는 생각을 먼저 적어 놓기로 했다.

친구 녀석이 아가씨를 소개해주었다. 영숙이와 커피 방을 자주 드나들었고 번화가를 휩쓸고 다녔다.

내가 군대에 가 있는 동안 영숙이는 알록달록한 편지를 날려 주었고

초코파이와 스카치 캔디를 박스로 보내주었다. 그러던 어느 날 물방울무늬 나풀거리며 영숙이가 면회를 왔다. 설레는 내 가슴에 대고 한다는 소리가 이제는 잊어달란다.

맙소사 그 말을 하려고 이 먼 곳을 왔나 싶었다. 내 군복은 물방울 원피스에게 기가 죽고 말았다. 다음날부터 푸른 집은 더욱 시퍼런 날을 세우고 들었다.

스물일곱 살, 커피숍으로 아가씨 한 명이 들어 나를 찾는다. 영숙이와 나는 극장과 맛집들을 섭렵하고 다녔다. 영숙이는 날이 갈수록 브래지어와 팬티가 화려해졌다.

영숙이가 결혼을 하자고 했다. 나는 나쁜 놈이 되어 영숙이 결혼식 날 박수 한 번 못 치고 고개만 숙이다 돌아왔다.

서른두 살, 여자의 속옷이 철이 들어 있었다. 영숙이가 아이를 낳았다. 다들 신랑 머리끄덩이 쥐어뜯는다는 행위도 없이 미련한 분만을 선보였다.

영숙이는 나의 아이들에게 젖을 물리며 모범 육아에 돌입했다. 나는 이도 저도 모르는 어정쩡한 부모가 되어 있었다.

마흔한 살, 여자가 훌쩍이고 앉아 있었다. 나는 애써 흐뭇한 눈빛으로 여자를 보내줄 참이다. 스타킹을 잡아당겨 신다가 치마 지퍼를 올리다가 그녀의 어깨가 울었다. 언젠간 돌아가야 하지만...이라고 흐느끼면서.

영숙이는 나를 원망하는 마음을 축적하고 있었다. 가슴을 가르고 앉은 영숙이에게 나는 빚을 갚듯 휴지 뭉치를 구겨 쑤셔 넣어주고 있었다.

그 순간 세찬 폭풍이 철썩대고 지나갔다. 찰나, 권태롭고 나른한 잠이 달아나고 환희가 몰려들었다.

마흔여덟 살, 어디에도 영숙이가 보이지 않는다. 등이 휘도록 살아가고 있을 그녀를 안아주고 싶다.

아니다. 실은 그녀와의 야합을 다지고 싶은지도 모른다.

…세상 남자들처럼 나도 사내라 치고. …

가출

새벽녘엔 이제 매미 혼자만이 시끄러운 노래를 불러 댑니다.

고집을 피우며 혼자 남아 있는 아직 짝을 찾지 못한 솔로들이 큰 소리를 내어 우락부락 노래를 불러 젖히느라 그리 시끄러운 듯합니다.

아무래도 입추가 찾아든 지 오래고 처서까지 지나고 곧 중추절이 찾아들 즈음이니 그들도 그러한 행위들을 하느라 사람들처럼 분주해 보입니다.

아이들도 새벽녘에는 이불을 끌어다가 얼굴께까지 올려 덮고는 연신 포근한 미소를 만들어 보이기도 하는 것이 시간을 지배하는 자연이란 그야말로 위대하고 한 치 어긋남이 없이 모든 생명체들에게 그때그때 그에 알맞은 모양새들을 만들어 내게 합니다. 교수님.

경기도권은 현재 아홉 시 등교를 하는 중인데 뭐 그도 그냥 지내다 보니 다른 타 지역에서도 해볼 만하다고 권하고 싶습니다. 그 이유 중 하나가 아이들을 좀 늦게 깨워 그 전날 느지막이 잠든 머릿속을 좀 개운하게 만들어 주는 데 조금은 도움이 된다는 것인데 이를 핑계나 기회로 늦은 잠을 청하는 청소년들이 있기는 하지만 그래도 좀 이른 잠에서 깨는 것을 안쓰럽게 여기던 저에게는 좀 한결 달콤한 아침을 맞이하는 데 수월해졌습니다.

사실 우리 아이들이 뭐 독서나 공부나 깊은 철학이나 사색에 빠져서 늦은 밤까지 고뇌하지는 않더라도 성인 된 입장에서는 어느 정도 아이들을 알아는 주어야 할 듯합니다. 우리도 그 길을 건강히 걸어 여기 도달했으니까요, 교수님.

요사이 잘못된 학업 방식으로 아이들이 너무나 힘겨워합니다.

교수님께서도 우리의 학교나 학원들이 잘못된 교수방식에 자꾸 빠져들어 모두 병들어 가는 것을 인지하는 사람 중에 서 계실 줄 압니다. 너무도 마음이 앞서 아리실 테지요.

청소년들은 그 한계들을 이기지 못하고 그 영역에서 이탈되어 나옵니다. 어린 아기들이 일찌감치 시작한 영어유치원 등은 우리 사회의 이해할 수 없는 이상한 제도로 자리 잡아 모국어도 제대로 배우기 전에 발음 좋은 외국어 습득에 성공하여 엄마들이 마치 조기교육에 성공하기라도 한 것같이 고등학교 때까지 그 궤도가 계속 이어져 올라오게 되어 있습지요.

그러니 뭘 해도 결국은 시험뿐인 교육제도는 절대 바뀌지 않습니다.

이들 학습법들이 승승장구하는 그 중간중간에도 한술 더 떠서 도무지 알아낼 수 없는 문제들이 아이들 눈앞에 놓입니다. 아이들은 이미 창공에서 허우적거리기에 더 이상 비상을 원하지 않습니다. 아이들이 시름시름 앓습니다. 끝내 전문가들이 아이들의 병난 가슴 언저리에 달라붙어 서슬 퍼렇게 부모보다 예리하게 아이들의 낯빛을 가르늦게 관찰합니다.

오바마가 그토록 미국 엄마들에게 강조해대던, 한국 엄마들의 높은 교육열에 본받자는 무서운 교육관을, 몇몇 눈치 빠른 미국 엄마들이 소스라치게 놀라서 오바마를 말렸다는 우스갯소리에 저도 한시름 놓았습니다.

까딱하면 온 인류가 집단으로 우울해질 뻔했습니다.

교수님께서도 어디를 가시든지 갑갑하고 답답한 교육 현장들을 자주 목격하실 테지요? 우리 어린아이들을 생각하시어 철없고 무지한 아이들 엄마들을 항상 꾸짖어 주는 것을 아끼지 말아주십시오.

종일 네모난 학교 안 작은 교실에서 한나절을 버티고 나온 우리 아이들,

기실 이 "학교에서 버틴다" 라고 표현하는 우리 교육 현실이 참 마음에 안 드시지요? 사실 요즘 학교라는 곳이 이리밖에 표현이 안 되어 슬프디슬픕니다.

그리 그곳에서 버티다 뛰쳐나온 우리 아이들을 다시 학원 등으로 등 떠미는 오후의 참담함은 이루 말할 수 없음입니다.

그냥 아이들을 그 좋아하는 컴퓨터 책상 앞에 좀 앉혀 놓아도 되고. 노래방으로 삼삼오오 모여서 소리 질러 십팔번 곡 한 곡조 뽑고. 좋아하는 연예인이나 혹해 있는 이야기들 물고 늘어져 한 사발 과일 빙수 그릇 바닥나도록 수다를 떨어내는 여학생들.

그림이 풍경 곳곳에 내걸리고. 사내놈들 피시방으로 달려가서 친구들이랑 내기 한 판 줄달음쳐 내달려도 되는데 말입니다.

그러고 좀 자라줘야, 성장해야, 이 아이들도 인생이 살 만한 것임을 아는데 틀림이 없을 터인데 말입니다.

스스로 박차고 일어나 배울 때 우리는 약간만 도우면 될 테지요? 아이들이 비상을 준비하고 날개를 퍼덕일 때 진정으로 우리 부모들은 뒤로 물러나 있어야 합니다.

특히 대한민국의 엄마들이야말로 아이들 곁에서 빠져야 하지요. 그래야 우리 모두 숨통이 트일 것이므로.

교수님 좌우지간 반성하겠습니다. 선생님의 못난 후세들을 이해하시어 후손들을 돌보아 주십시오. 사실 오늘 한낮에 비도 오고 해서 한참 걷다가 저만 행복히 사는 것 같다는 생각에 아이들에게 미안해졌습니다. 용기 있게 포기 좀 하고 손해 보더라도 무거운 짐 좀 덜어내고 많이 행복해질 수 있는 방법을 아이들과 알아가 보겠습니다.

아이들에게 세상 이치를 가르치고 산다는 것이 늘 어려운 과제를 푸는 것 같습니다. 교육은 치료라고 배웠습니다. 아는 만큼은 잘 가르쳐 보겠습니다. 도와주시리라 믿습니다. 교수님.

또 연락 올리겠습니다. 고맙습니다.

… 이성호 선생께 올린 글월. …

밥

벗님.

미끄덩대는 흙 뿌리에 발 빠지며 대야에 작년에 따놓은 짚으로 똬리를 틀어서 채우고는 논바닥을 실실 끌고 다니며 착착착 모나 쪄냈으면 좋겠다. 못자리 논에 찰찰하게 자라나서 소복이 잔디처럼 폭시런하게 통통 또래를 이룬 어린 모 무더미들을 떠올리니 옛일이 절로 기억에 난다.

요즘도 제법 농촌 일손 돕기 체험들을 더러 나가는 사람들이 있나 보다. 여기저기 논 풍경이 드러누운 도심길 사이로 그러한 풍경은 어렵지 않게 잡히곤 한다.

말이 좋아서 뭐 일손 돕기지 일은 되지도 않고 오히려 일을 더 만드는 사람들이 논구덩이에 뛰어들었다는 사실은 농부나 참여한 우리나 익히 알고 있는 사실이지만. 몇 줄 잡아서 몇 가닥 떼어내 몇 포기 논바닥에 심으며 모내기의 묘미를 맛본다고 하겠다.

그것이면 충분하지 뭐. 그 정도면 농부도 허락하리니. 사람 발소리 정도만 듣고 망가뜨리지 않으니 진흙탕도 눈감아 주리다.

졸졸하게 줄 세워 모를 내놓고 나면 참 이쁘다. 어릴 때 참 힘은 들던 농사라는 일이 지금은 정말 더 감사히 이뤄져야 한다는 생각이 커갈수록 확연해진다. 그 어렵고 고되고 힘들어서 미칠 것 같았던 농사가 요즘은 더러 그 깡촌에 올라가서 쉬엄거리며 지어보고 싶어진다.

다들 그냥 이리저리 세상살이에 힘들고 멍들어 "그냥 시골 가서 농사나 짓지 뭐."라고 더러들 떠들지만 '농사나'라는 말은 정말이지 큰코다칠 표현이라는 것을 다들 알아야 할 것이다. 농사는 무지 정성과 노고와 노력과 무수한 근력이 체력이 흡수되어야 한다는 사실을 알아야 할 것이다.

집 앞마당에 꽃 한 송이 심어서 제대로 가꾸어 보지 않은 사람들이 막무가내로 농민 후계자금을 지원받아 대책 없이 농촌으로 물 밀듯 밀고 들어와서는 지원금을 지키기는 고사하고 개인적으로들 빚더미에 올라앉아 오도 가도 못하게 될 때가 종종 생긴다고 듣고 있으면 일어날 일이 일어났을 뿐인지도 모르겠다는 생각이 들곤 한다.

농자천하지대본이라고 했으니 감히 아무나 들이댈 일이 아님은 틀림이 없다.

어릴 적엔 멋도 맛도 모르고 그냥 닥치면 이 일이든 저 일이든 늘 바빴기에 정신없이 논으로 밭으로 뛰어다니다가 더 바쁜 날은 아마 날아도 다녔을 것이다. 지금 생각해보면 아무래도 나는 약간은 농사일에 소질이 있었을 것이며 아무래도 도가 튀었을 것이다.

조부께서는 밥이란 것이 얼마나 소중한 것인가를 늘 해마다 내게 귀에 딱지가 앉도록 훈계로 가르치셨다. 가르친 것들을 물어보셔서 어쭙잖은 대답이나 버벅거리면서 우물쭈물하다가는 내게 손수 매를 꺾어오게 하여 종아리를 인정사정없이 내려치시곤 하셨다.

도대체 늘 먹는 밥이 왜 그리 나를 괴롭혀서 언제나 쓸쓸하게 만들었나 모르겠다.

365일을 나는 늘 밥 잘 아끼고 간수해야 한다고 들으며 커 왔다. 내가 먹고 남은 밥이 밥그릇에 밥 한 톨 없이 남겨져서는 안 되지만 혹여 남은 밥이 생기면 개나 소나 돼지, 닭들에게 주어지므로 그 남은 밥조차도 귀하게 여겨서 함께 식구로 사는 가축들에게 알뜰히 먹여야 하니 잘 긁어모아서 짐승이 먹게 되는 밥이지만 하찮게 생각 말고 정성껏 그들에게도 나누어 주시라고 신신당부를 일러두시곤 하셨다.

지금 생각해보면 조부께서 말 못 하는 짐승이고 가축들이지만 한 식구로 여기고 사셨음에 고기반찬도 언제나 마다하셨던 것 같다. 지금이야 농삿법도 말할 나위 없이 발전하여 마음만 먹으면 큰 농사를 지어 쌀값 싸고 흔한 게 쌀이라지만 밥이란 그렇게 깊게 파고들어서 한 술 두 술 떠먹다보면 사람이 가장 먼저 세상으로부터 배우는 먹고사는 문제의 가장 원초적이고 기본적인 인간의 욕구가 명백한 것이 분명하다.

벗님.

그 옛날 임금들도 세상에서 가장 무서운 것을 백성들이 밥술 못 뜨고 살아가게 될까 봐 매일매일을 전전긍긍해대며 하늘에다가 틈만 나면 그의 백성들이 밥 굶주리는 일이 없도록 부디 밥을 풍족히는 못 먹어도 끼니는 때우게 해달라고 온 우주 천지 만물에다가 그 높으신 양반께서 머리 조아리며 아무도 목격하지 못하도록 이 방 저 방에서 애가 타도록 빌어 부쳤다고 전해진다.

하늘의 누군가가 분노라도 일으켜서 그 화가 이 땅에 쏟아지기라도 하면 그리하여 백성 중 누구라도 밥을 먹지 못해 병이라도 덜컥 얻어서 그 땅이 역병에라도 걸리고 온 천하가 몹쓸 풍파를 겪게 될까 봐 양반들과 벼슬아치들에게도 엄히 날씨관리와 농사일에 모두 신경 쓸 수 있도록 하여 일 년 내내 밥이 밥상에 아니 오르는 날이 없도록 모든 임금들이 대를 이어 복되게 이어온 우리의 자랑스러운 전통이다.

경주 최 부자 집은 만 석 이상의 재산은 사회에 환원할 것이며 멀리 십 리 밖 마을까지도 혹여 밥 짓는 냄새와 연기가 흘러갈까 봐 조심스레 매 밥때를 신경 썼다 한다. 사방 백 리 사람들 중에 굶어 죽는 사람들이 없도록 면밀히 살피어 작은 아궁이를 만들어 한 줌 밥을 지어 먹으면서도 그 만석꾼의 집에 그리 많은 곡식을 쌓아두고도 선나씩 쌀이 몇 알만 떠다니는 죽을 끓여 먹었다 하니 밥이란 게 참 귀하고 멋진 음식이지 않은가.

당시 활빈당이 동분서주로 활개를 치고 날아다닐 때 최 부자 집은 사람이 사람을 챙기는 인간다운 마음씨 덕에 살아남았을 수 있었다는 풍문이 나돌기도 했단다.

밥을 먹여 온 마을을 구하고 백성을 지켜 나라에 큰 이바지가 되도록 손을 들어 돌보아 준 최부잣집 사람들이 참된 부를 나누고 살아서인지 부자 중에 유일하게 존경받는 몇 안 되는 집안에 꼽힌다.

우리에게는 정말 보석 같은 명문 집안에게 배울 수 있어 감사할 뿐이다. 대대손손 자손들이 따르길 바란다.

겨울이다. 세상만물이 모조리 낙하하여 빼빼 마른 산천을 보이고 얼음이 얼고 사람은 움츠러든다.

국물 뜨끈하고 밥 갓 지은 향 코끝으로 솔솔 맡으며 출입문 스르르 열고 들어오는 사람들. 한 눈길씩 눈인사 주고받는 국밥집에 찾아들어 속 든든히 밥 한 숟가락 뜨고 나오면 좋겠다.

우리는 이리이리 오늘도 먹고 산다.

모두 밥은 먹고 다닐까? 벗님.

… 쌀값이 너무 싸다. …

전망 좋은 날로의 유배

오늘 종일 비가 내렸다. 떠나가야 할 장마전선이 마지막 심통을 터뜨리기라도 하듯 몇몇 지역에 많은 비를 축적했다는 소식들이 쏙쏙 날아온다. 한동안 비를 뿌려대던 하늘의 습관은 아직 돌아설 마음이 없나 보다.

기분도 그에 맞게 축축해져 늘어졌다. 만사는 귀찮아지고 생각은 골똘해진다.

내 어린 날, 비 내리던 날들을 떠올려 본다. 비 오는 날에는 맨발로 뛰어놀던 옛날이 그리워지곤 한다. 내가 살던 곳은 시골이었고 읍내로 학교를 다녔다.

꽤 먼 길이었지만 벗들과 길게 쑥덕이는 그 맛으로 학교 가는 길이 즐거웠다.

어느 날인가, 학교에 있는 내내 비가 내리고 있었다.

내가 좋아하는 비가 내리고 있으니 마음을 붙안고 앉아 있기가 여간 어려운 일이 아니었다. 빗소리 때문에 수업에 집중할 수가 없었다.

어서 집으로 가서 맨발로 첨벙거리고 온 동네를 돌아다니고도 싶고 버스를 타고 이 마을을 시작하여 저 마을의 종점까지 빗방울 그림들로 범벅을 뒤집어쓴 마을들을 지나고 싶었다.

그리 왔다 갔다 하거나 우산을 받쳐 들고 빗속에서 이리저리 골목길마다 쑤시고 다니고 싶은 그런 심정이었다. 그러니 책상과 의자가 여간 불편한 세상이 아니었다.

비를 왜 그렇게 좋아했는지 모르겠다. 하여튼 비가 내려오는 날만 되면 수선을 떨었다.

학교에서 돌아가는 대로 누렁이를 몰고 못 둑으로 나가봐야겠다는 생각을 수업 짬짬이 삽입해 보던 차였다. 그러고 놀려면 집에 갈 때까지 비가 그치지 말아야 한다.

우산도 가지고 놀고 누렁이도 몰고 나가서 놀려면 좌우지간 비가 계속해서 내려주어야 한다. 나는 그런 걱정을 하고 있는데 미술 교사는 그녀의 직업과 과목에 더 걸맞게 할 수 없는 짙은 화장과 옷매무새를 차리고는 적당히 예술의 기교를 섞은 말투를 구석구석 날라주며 비 내리는 오후의 풍경 따위엔 마음을 덜어 줄 생각이 없어 보였다.

아이들도 교실 밖 이야기엔 별로 신경 쓰지 않는 것 같았다. 유독 나 혼자만 비에게 안달이 나 있는 것이었다.

나는 미술 시간 내내 산만해서는 안절부절못하였다. 차라리 일요일이었다면 얼마나 좋았을까, 생각은 거기까지 미치고 들었다.

어찌 되었건 집으로 가면 누렁이부터 몰고 나갈 참이었다.

예전에는 소에게 사료를 덜 먹여서 시골에서는 아이들이 소몰이를 많이 했지 않던가. 나도 산이나 들로 소를 몰고 다니며 풀을 먹이는 일을 자주 하곤 했다.

비가 후두둑 내리는 날 비까지 쫄딱 맞아가매 소먹이는 일을 나는 좋아했다. 그래서 비만 오면 누렁이를 외양간으로부터 탈출시켜 끌고는 온 동네를 촐싹대고 돌아다녀 주었다. 누렁이도 싫어하는 눈치는 아니어서 저나 나나 괜찮은 한때를 보내는 게 일쑤였다.

이따금 비가 오는 날 누렁이가 떠오른다. 함께 비 풍경을 바라던 그를 몰고 들판 어딘가에서 어리게 놀고 싶다.

누렁이의 두 뿔은 멋지게 괄호 열고 괄호 닫고의 완벽한 모양으로 그의 두개골에 올라앉아 있었다.

다른 누렁이들이 샘을 낸다면 아마도 이기적인 자태의 뽈이 아니었을까 싶다. 몸매도 그런대로 통통해서 누런한 빛깔의 털을 결 따라 잘 빗질해 주면 초라해 보이지 않게끔 탄력을 보일 줄도 알았다.

대개의 누렁이는 주인 몰래 나락 이삭 뜯어 먹기를 즐겼는데 내 논이면 모를까 남의 논마지기 나락 이파리라도 뭉뚱그려 한 무대기씩 뜯어먹어 난장을 쳐 놓으면 집에 얘기하기도 난감하고 논 주인이 나중에 알았다가 경을 칠 일을 생각하면 끔찍하기 그지없다.

내 누렁이는 희한하게도 그 맛있는 나락들을 안 뜯어먹는, 참 맛있는 풀도 못 찾아 먹던 놈이었다. 그래서 내가 딴짓을 해도 딴짓을 할 줄 모르던 놈이었다. 그저 이끄는 대로 들쑥날쑥 자라난 잡초를 뜯어 먹는 일에 열중했다.

하여 두툼한 입술을 부지런히 움직여 촘촘히 풀을 끊어 먹고 있을 뿐이었다.

누렁이가 멍하게 먼 곳을 응시할 땐 머릿속이 복잡해 보이기도 했다.

수많은 되새김질을 해가며 그는 무슨 고뇌에 빠지는 것인지 더러 궁금해지기도 했다. 차츰 불러오는 뱃속과 등으로 비를 받으며 좀 울적해지기도 했을까?

그런 이유로 나는 그에게 고삐를 조이거나 당기는 일은 좀처럼 하지 않았다.

세상엔 쉼 없이 큰 비가 줄기차게 잘 내려주고 있었다. 둥그런 우산 아래에 서 있는 나는 그 안에서 내 우주를 만들어 놓고 나를 만나보곤 했다.

청승을 떨고 이런저런 공상에 들고 지나온 날들을 떠올리며 웃고 울고 앞으로 살아갈 날들이 궁금도 하고 걱정도 되어 가까스로 마음을 위로하고 내 그런 행동이 너무 기쁘기도 하고 슬퍼지기도 해지는 것이 어린 나이에 신기해서 그 세계에서 분리되어 나올까 봐 쓸데없이 노심초사하기도 했었다.

그럴수록 눈앞에 하늘은 더 시원하게 떠다니고 벌판은 초록 물결로 출렁댄다. 한참을 저러고 나면 나의 몸 여기저기서 흘러나오는 허밍을 들을 수 있었다. 무엇을 연주하고 있는지는 몰라도 흥겨워하는 나였다.

어떤 속 후련한 무언가가 다녀간 것인지 모르겠으나 개운하고 맑은 정신이어서 어떤 때는 코를 팽팽 풀어대고 싶은 지경까지 이르러 있기도 한다.

시원하게 뻥 뚫려서는 황홀한 낙원이 펼쳐지는 광경도 보이는 듯했으므로. 기가 막힌 순간 비가 그치기도 하지만 계속하여 내리기만 할 때도 있다. 못 둑에 올라서서 빗물을 담으며 방울방울 퍼지는 못 안의 광경을 바라본다.

어지간히 풀을 먹어치운 누렁이도 입을 담그고는 쭈욱쭈욱 물을 들이켜기 시작한다.

그즈음 한동안 넉넉하게 낭만의 틀을 짜고 맞추었던 철없는 환상 속에서 나는 미련 없이 재단되어 나뒹굴며 떨어져 나오는 순간이었다.

그렇게 비 맞은 태양을 찾다 못해 아쉬운 해거름을 맞는 날이 여러 날이었다.

집으로 돌아가는 길은 아쉽다. 해도 넘어가는 판국에 더 버틸 수도 없고 고삐를 잡아야 한다.

누렁이의 발굽은 질은 길을 밟아야 하니 좀 미안해지기도 한다. 둘은 미끄덩대는 진흙 길을 터벅터벅 걸으며 마을 한가운데로 드러누운 논들이 물을 그득 안고 있는 걸 본다.

곧 농부들은 물꼬를 트러 논두렁을 탈 것이란 여운을 뒤섞으며 고삐를 챈다. 콧노래는 더 할 수 없이 커진다.

오늘 내 사는 마을에도 그날처럼 비가 온다. 소들은 어디서 목동의 파란 노래를 들으며 풀을 뜯고 있을까?

나도 스산히 노래나 틀어 놓아야겠다. 고개 넘어 워낭소리 빗소리에 빠져 청승을 떤다.

… 여물 썰어서 내 소한테 한 소쿠리 먹이고 싶다. …

스승, 들르시다

아이가 목욕하는 소리를 듣고 잠에서 깼다. 아이는 일찍 일어난 모양이다. 아직 새벽이 채 가시지도 않은 시각인데 말이다.

하기야 겨울이라 아침 해는 느지막이 떠오르기는 한다. 추운 바람을 맞으며 물러나는 새벽을 보내고 밝은 해는 얼굴을 보인다.

아이는 오늘 발그레한 얼굴로 아침 햇살과 상쾌하게 마주할 것 같다.

춥다. 벗님.

겨울이라서. 등교하는 아이들의 옷가지들은 날이 더해 갈수록 두터워지고 있다. 아이들의 겨울 방학도 얼마 남지 않았으니 꽁꽁 추울 만하다.

며칠 전, 학기말 시험을 치르고 이제 슬슬 남은 교과서들의 뒤꽁무니 몇 장만 갉아먹으면 신나는 방학을 맞을 것이다.

그런 이유로 운동장엔 괜히 나와서 바깥 수업을 하는 학반도 몇 반씩 눈에 보인다.

줄넘기를 뛰거나 돌리고 훌라후프는 자랑스럽게 허리 위에서 춤춘다.

남자아이들의 공차기는 허공을 이리저리 날아다닌다.

안타깝게도 고무줄놀이를 하는 여자아이들은 보이지 않는다. 그래서 고무줄을 끊고 달아날 머스마들은 어디에도 보이지 않는다.

마음 같아서는 하늘 높이 뛰어올라 고무줄을 뛰며 내 아이들에게 한가닥 비상을 맛보게끔 가르치고 싶다. 그래도 아직 돌멩이로 발차기 놀이하는 모습은 가끔 눈에 띈다.

소녀들 어여쁘다. 그 곁을 아이들의 뛰노는 모습을 바라보는 나이 어린 선생이 함께한다. 선생은 얼마 남지 않은 아이들과의 시간을 토닥이며 보낼 것이다.

그들 사이로 해님이 비집고 들어 한 차례 따스한 포옹을 베푼다.

내 아이도 그 품에서 폭신한 겨울 그림에 색칠을 하고 있을 것이다.

교실 안에서는 무슨 재미나는 일들이 벌어지고 있으려나.

초등학교 시절 으레 이맘때가 되면 크리스마스를 즈음하여 형형색색으로 목도리나 장갑 등 뜨개질을 하느라 분주하거나 스케치북을 오려 잘라서 카드를 만든다거나 음악실에 우르르 몰려가서 선생님의 풍금 소리에 맞추어 흥겨운 캐럴을 배워가며 신나게 부르곤 했던 기억이 가물댄다.

캐럴에 감흥을 진하게 받은 내 짝궁은 그 가사를 기록해 두었다가 내게 카드를 보낼 때 한쪽 면에다가 멋을 더해서 써서 붙어 주었다.

짝궁이 보낸 카드는 세모난 뾰족지붕에 빨간색 십자 무늬를 그려 넣은 십자가가 지붕 꼭대기와 대문에 꾸며진 녹색 카드였다.

선명하고 명랑한 카드 빛이 참 곱고 짙은 인상을 남겨서 여태 기억난다.

아이들은 저마다 어지간하면 카드 꾸미기에 교회나 성당을 그리거나 산타클로스나 루돌프 눈 내리는 풍경 따위에 신경을 더 썼던 성탄이었다.

아무래도 크리스마스였으므로. 크리스마슨데 부처님 오신 날처럼 사찰 표시 그림을 그리는 것도 이상하지 않은가. 그리그리 우리들의 특별활동시간은 잘도 흘러갔다.

뒷짐을 지시고 한 바퀴씩 돌아보시던 선생님도 흐뭇해하시곤 하셨다.

벗님.

겨울은 참 따스해질 수 있는 날들이 많아서 좋다. 아궁이에 군불을 때고 웅크리고 앉아서 불을 쬐고 노는 일은 누구에게도 양보하고 싶지 않다.

고구마와 감자를 구워 먹고 오래 아껴둔 가래떡을 꺼내 와서 노릇하게 구워 먹는 일은 지금 생각해도 참 맛있는 추억이다.

담임 선생님은 이러한 일들의 장점을 아시고는 아이들에게 각자 소나무 가지 땔감과 장작과 고구마, 감자, 땅콩 등을 가져오게 각각 담당을 맡기셨다.

운동장으로 오밀조밀 준비한 것들이 모이면 가로세로 장작을 쌓아 모아 솔가지로 불을 댕겨 모닥불을 피워두고는 언 손들을 모아 쫘 가매 고구마, 땅콩을 집어넣고 구수하게 구워내서는 얼굴이며 손에 아이들 선생님 할 것 없이 숯검정이 묻어나도록 까먹던 어린 시절이었다.

지금 생각하면 소년, 소녀들에게 기가 막힌 선물을 해주셨던 멋진 담임이셨다.

새해 첫날이었던가.

하루는 선생님 댁으로 우리를 불러 떡국을 끓여 먹이시던 일.

떡국을 먹으며 담소를 나누고 한 해가 시작되는 날의 소감들을 서로 들려주며 살아가는 작은 방법을 가르쳐 주시기도 하셨다.

연을 만들어 소원을 적어 빌며 하늘에 쏘아 올릴 때 그 기분은 참 행복했다.

아픈 아이가 있으면 손수 설탕을 뜨거운 물에 타서 설탕물을 먹고 나면 힘이 솟구칠 거라고 뜨뜻한 설탕물을 마시게 하셨던 선생님의 화수분 같던 사랑이 이 겨울날 마른 가슴을 파고 기어 나온다.

은혜를 입고도 몇 해째 찾아뵙지 못하고 연하장 한 장 부쳐 드리지 않았다. 선생님의 마음 한구석 운동장에는 아직도 우리가 뛰어놀고 있을 텐데… 일간 안부 전화라도 넣게 벗들에게 수소문해봐야겠다는 생각이다.

오늘도 죄송스러운 제자는 마음만 앞질러 놓고 있다. 나는 이런저런 아름다운 사랑을 잘 먹고 잘살았는데. 아이들한테 괜히 미안해진다.

학원으로 등 떠밀리고 공부에 쫓기고 요즘 아이들은 참 바쁘다.

요즘 애들은 할 줄 아는 것도 많아야 하고 잘하는 것도 많아야 하고. 짐을 내려놓도록 도와야겠다.

행복하고 건강하게 커 갈 수 있도록 방목하는 법을 배워야겠다.

나도 올겨울은 방학 좀 맞을란다. 벗님.

… 보리 파종을 마치고 겨울 방학을 기대하다. …

황무지

새 달력을 멀쩡히 걸어두고도

어떤 무리의 사람들은 새달이 들어도 쉬 넘겨 놓지 못한다.

그 새 달력 뒤, 그 아래엔

발뒤꿈치 어신 각질 같은 손대기도 뭐 할 것 같고 손댈 수도 없을 것 같은

묵은, 깊게 팬 화석이 되어가는 허무한 나날들이

새날들을 넘기다 보면

결국은 잊히지 못하고 새 달력의 마지막 장 줄에 새치고 들어온다.

차라리 마른 구근으로 났던 겨울이 더 따듯했다는,

죽은 땅에서 라일락을 깨워 키우는 지금, 사월은 지독히도 잔인하다던

시인이 가르쳐 주고 간 이야기들.

이즈음 우리는 에려서 몽땅 지우고 싶다.

하나 다시 찾아든 사월은 끝내 독한 향수를 기억해 내어

천지 사방에 끼얹어 놓았다.

천둥번개가 울부짖는 그 밤 얼마나 많은 눈물이 하늘을 뚫고 쏟아져 내려야 노한 노랫가락이 멈추어질까.

죄 많은 어미들의 한을 세어가며 나약한 사람들 처마로 뛰어들 뿐

비겁하여 아무것도 마중하지 못하노라.

아! 4월, 그 애통한.

… 세월호, 2년의 세월이 흘러. …

큰언니

눈이 내렸다. 밤새 소리도 없이 많은 눈이 내려와 앉은 것 같다.

눈은 올 들어 처음으로 길 위나 산에 쌓였다. 몇 번 첫눈으로 눈이 내리긴 했지만 다 시원찮게 온 이유이기도 해서 오늘 아침 잔뜩 눈 천지가 된 세상을 보고 첫눈이 내린 걸로 친다.

아이들은 신났다. 제각각 따뜻이 차려입고 나와 눈을 뭉친다.

눈사람을 만들어 보겠다고 눈덩이를 굴려가며 낑낑대는 녀석들도 보인다.

똘똘하게 야무지게 뭉쳐서 눈싸움에 빠지는 녀석도 있다.

눈밭 위에다가 뭔가 골똘히 그려대거나 글자를 써내는 아이도 보인다. 이름을 써 놓고 있는 모양이었다. 스스로를 사랑할 줄 아는 녀석이다.

새하얀 눈밭에 제 이름을 새긴다는 건 자신을 사랑한다는 뜻이니까.

그리 이기적인 행위는 근사한 무엇이 되어 태어나기도 한다.

슬쩍 차가운 눈을 만져 본다.

셔벗같이 사각거리는 고운 결은 손끝을 기분 좋게 했다.

돌돌 말아서 멀리 던져 보거나 쓸어서 휘휘 저어 보기도 했다.

논다는 건 재미나는 일이다. 재미있어서 노는지 놀아서 재밌는지, 그 말이 그 말이다만 하여간 좋은 일이다.

내가 좋아하는 강에 얼음이 얼었다. 살짝 살얼음으로 얼어 있었다. 이제 겨우내 얼릴 준비를 하나 보다.

얼음 위에서 스르르르 발을 미끄러지게 하여 발썰매를 타고 주르륵거리며 놀 것이다.

어릴 때 촐싹거리며 놀았던 것처럼.

언 강을 보고 있으면 동그랗게 얼음 깨고 빨래터 만들어 빨래 좀 하고 싶다. 빨래 방망이질해가며 착착 돌리고 엎어가며 땟물 쪼옥 빠지게 두들겨 가며 흠씬 빨래를 주무르고 싶다.

옛날에는, 뭐 그리 옛날이라 표현할 것도 없다만.

강물이나 동네 빨래터에서 빨래를 하지 않았던가.

겨울에는 그 풍경이 수정같이 딱딱하게 언 땅을 닮은 얼음이 두꺼웠던 시내를 돌덩이를 던져서 깨부수고 구멍을 내서 빨래를 했다.

구멍을 잘 뚫어 놓으면 한겨울을 나는 동안은 그 자리에서 많은 아낙과 소녀들이 겨우내 빨래터로 잡아 빨래를 할 수 있었다.

어느 집에서는 아주머니가 아이를 업고 나와서 빨래를 하기도 하고

어느 집은 갓 시집온 새댁이 나와서 빨랫감을 풀어 놓으면 그제야 새댁 얼굴을 한 번 만나 보기도 하였다.

나는 빨래하기를 즐겼다.

우리 마을 위에 마을이 있었는데 윗마을에는 빨래터가 잘 만들어져 있었다. 나는 윗마을로 빨랫거리를 싸 들고 이고 가는 일이 종종 있었다.

빨래터에서 우르르 모여 나누는 담소나 정이 따스했던 기억이다.

나는 좋아하는 친구를 꼬드겨서 함께 빨래하자고 한 날도 많았다.

그 친구에게 세탁법도 내가 아는 만큼 알려주곤 했다.

서로의 옷가지가 많은 날은 도와서 빨아주며 참 다정했던 것 같다.

또 윗마을 빨래터를 자주 찾았던 이유는 언니들이 많았다. 두서너 살씩 위였던 언니들은 참 재미났다.

이쁘기도 하고 얌전하기도 하고 다소곳해 보이기도 한 언니들을 따라

해 보고 닮아 가고 싶었다.

어른들 말마따나 언니들은 정말 시집 보내도 될 만큼 신기하게 이쁘고 사랑스러워 보였다. 정말 누가 데려갈지는 몰라도 땡 잡은 건 확실했다.

언니들은 동생들이 들고나온 빨래들을 다 도맡아주는 마음씀씀이까지도 비단결이었다.

나도 언니들의 덕을 많이 본 아이였다. 내게도 아직 하나도 잊히지 않고 떠오르는 언니가 있다.

참 좋다.

아직도 이리 떠올라 달콤한 시절로의 여행을 다시 떠나 본다는 거.

미옥이 언니는 내가 참 좋아하던 아가씨였다.

긴 생머리를 허리 가까이까지 기르고 다녔으며 손은 언제나 빠짝 깨끗이 잘린 손톱이 가지런한 약간은 거칠었지만 따스했던 온기를 품었었고 얼굴엔 늘 눈웃음이 흐르고 있었다. 마을 일을 잘 챙겼고 마을에 사는 온갖 동생들의 이야기를 잘 들어 주었고 잘 돌봐주었다.

언니 집에 놀러 가면 고구마를 쪄 주거나 곶감을 꺼내주거나 막걸리를 넣어 술빵을 쪄 주곤 했다. 빵을 조금만 먹으라고 많이 먹으면 술 취한다고 농을 가르쳐 주기도 했다.

언니는 종일 일이 많았다.

겨울에는 소가 풀을 뜯어 먹지를 못해서 짚으로 소죽을 쑤어서 먹이지 않았던가.

언니는 새벽부터 소죽을 쑤느라고 일찍 일어나서 분주할 때가 많은 것 같았다.

호박이나 고구마 감자 등을 썰어 넣어서 소죽을 쑤면 소가 잘 먹는다. 하기야 그냥 지푸라기만 끓여 먹이는 것보다야 달콤하지 않겠는가. 언니는 아침에는 호박을 넣은 죽을 쑤느라 오후에 놀러 가면 다음 날 먹일 호박들을 마당 한가운데 내놓고 슥슥 썰고 있는 모습이 보인다.

저녁때는 고구마 감자 등을 넣어서 쑨단다.

아침저녁으로 소들은 몸에 좋은 것만 먹이는 언니의 부지런함으로

잘도 커 주었던 것 같았다.

가마솥에 물을 부어 불을 때어 여물을 앉히고 고구마 감자를 섞어 넣어서 쑨 다음, 뒤적거려서 맛있게 익은 죽을 몇 바가지 떠서 여물통에다가 부어 주면 달콤한 냄새를 맡으며 소들은 잘도 먹곤 했다.

미옥이 언니는 음식 솜씨도 좋았다. 언니랑 자주 밥을 같이 먹었는데 된장찌개며 김칫국, 나물 반찬 등 잘 만들었다.

짭조름하게 무친 나물에 고추장을 떠넣고 둘이서 비벼 먹기도 하고 찌개에 비비거나 말아서 먹으며 밥그릇을 싹싹 비우기도 했다.

산나물이며 약초들을 조물조물 잘 무쳐내는 솜씨도 일품이었다.

어린 여자는 뚝딱뚝딱 뭐든지 잘 해치웠다.

가마솥에다가 밥을 지어서 밥을 다 푼 후 박박 긁어서 뭉쳐 먹는 누룽지는 고소함의 꼭대기에 있었다. 언니는 누룽지를 긁어주면서 손가락에 묻은 밥풀을 뜯어 먹으며 빙그레 웃어 주곤 했다.

숭늉을 만들어 후후 불어가매 마시라고 잘 타일러 주던 미옥이 언니의 밥상이 먹고 싶은 겨울날이다.

내 손이 시릴까 봐 빨랫감을 모조리 빼앗아 방망이로 두들겨 가며 시원하게 주물러 빨아주던 언니의 부지런한 손등을 잡고 눈 내린 겨울 길을 산책하고 싶은 날이다.

미옥이 언니의 반질거리던 부뚜막에 올라앉아서 언니와 나누던 수다가 떠들고 싶어지고 홍시가 까먹고 싶어진다.

그 겨울처럼 빨래하는 아낙들 처자들의 모습은 어디서 머물러 있을까. 외양간에 드러누워 있는 소들은 맛있는 소죽을 쑤어서 주는 누군가가 있을까.

바람 찬 오늘, 여물 써는 미옥이 언니 곁에서 짚풀을 모아 건넸으면 한

다. 마른 장작 잘 포개어 아궁이에 불 때 가며 언니랑 도란도란 앉아서 소죽을 쑤고 싶다.

그러면 그녀의 향긋한 샴푸 향이 내 콧속을 간지럽힐 것이다. 이런저런 생각만으로도 벅차 있는 나는 어디서부턴가 모르게 허밍을 굴리고 있었다. 먼데 보이는 산이 야위고 흐리다.

… 소녀, 다시 소꿉을 차리며. …

대추

선달 그믐밤 컴퓨터를 깨운다
곱게 설빔을 차려입은 아이가
어른들께 세배를 올리는 그림이
모빌처럼 어울렁대고 있다
할애비는 아이를 무릎에 앉히고
옷고름에 복주머니를 채워 주신다

지방 쓰는 법, 검색어 1위
나는 눈 감고 외친다
조상님네들 안녕하십니까
마술서책을 펼쳐두고
당신의 아이들이
당신을 부르는 주술을 걸고 있나니
총총히 다녀가시지요

반서갱동 홍동백서 조율이시
맛난 밥상도 올리오니
아무쪼록 다 드시고
아이들의 세배도 즐기시지요

퇴주 그릇 물린 술잔에는
달큰한 향기 남기시어
입맛 다시게 하소서
잔치 마시고 나가시는 길에
육간대청서 헛기침 한 번 내려주시고
무탈하라 이르시며 대문 나서시지요

날이 새면
감나무 꼭대기에서 까치가 울 것이다
나는 떡을 떼서 감나무 밑에 바치고 앉아
봉분들을 쓰다듬겠다

… 명절 때면 어김없이 늘 헤매는 지방 쓰는 법. …

막대사탕의 부작용

장마다.

벗님.

올 장마는 유난히 길고 지루하고 비의 양도 만만찮다. 들려오는 소식들은 연일 비 피해로 가득하다.

제방이 무너지고 산사태가 일어나고 하우스 농가들은 썩어가는 농작물의 실체를 확인하며 오열하는 모습들이 카메라에 잡혀 들어 있다.

홍수에 실종된 사람들의 소식도 안타깝게 접하는 매일이다.

물이 들어찬 집들도 몇몇 보이는데 가재도구들이 밀고 들어온 낙숫물에 둥둥 떠다니는 모습을 보고 있자니 멀쩡히 집에 앉은 것이 불편하고 미안해지기까지 했다.

그래서 집안 곳곳이 눅눅하고 몸도 끈적대고 찌뿌듯하지만 조용히 참기로 한다. 빨래를 말리는 일도 적당히 보일러를 틀어가며 말려야 하니 일이 되어버리는 장마철.

그래도 여름이 들기 전에 맞아야 하는 객이니 별수 없잖은가.

그러함에 도시는 비 뿌리기에 열중한 하늘 아래서 우두커니 비를 맞고 섰다. 조용하게 빗속으로 스며든 동네는 새근대며 잠잠하다.

우산이라도 들고 나서서 어디 한 바퀴 돌았으면 싶어 집에서 나왔다.

밖이라고 다르지는 않았다. 여전히 끈적거리고 있었고 후텁지근하여 몸을 젖게 만들었다.

여러 구도의 건물들은 물기를 머금은 채 사방으로 버티고 있었다.

도로는 빗물을 군데군데 담고 웅덩이를 만들어 놓았다. 지나는 차들은 웅덩이에 빠졌다가 나간다. 그 덕에 어김없이 인도에는 물 고인 도로를 지나간 차들이 뿌린 물이 치고 올라온다.

마치 우산 아래의 세상이 포근한 듯 낮게 우산봉을 감싸고 지나는 사람도 보이고 모처럼 끈질기게 그어지는 빗물을 처마 밑에서 한참을 바라보며 낭만을 입에 물고 선 사람도 있었다.

꿉꿉한 날이라고 해서 모두 어정쩡해하는 것만도 아니었다.

어중간한 냄새의 여름 향기가 온 길에 들락거리는 날이었고 젖은 바람이 이곳저곳을 지나다니기도 했으니까.

대낮부터 손님이 든 빈대떡 집에서는 갖가지 지짐이들을 부쳐 내느라 분주했다. 걸쭉하고 톡톡한 막걸리까지 한 사발 들이킨 사람들의 웃음소리가 길가에까지 새어나오고 있었으며 오가는 술사발은 바빠 보였다.

저쯤 되면 발 뻗고 푸근해질 저녁이 얼른 닥치길 바라야겠단 생각이 들었다. 길 한쪽에서는 통통한 옥수수를 쪄내는 포장마차의 작은 차량도 서 있었는데 지나는 여인네들의 발걸음을 자주 잡아끄는 것이 먹음직스러워 보였다.

이리저리 한 눈을 팔아가며 정거장에 한참을 서서 있었다.

탈까 하다가 만 버스들이 뒷모습을 보이며 실실 꾸역대며 굴러가고 있었다. 한숨 한 모금 내쉬고 들이키고 한숨 한 번 더 토해내기를 하고서 이내 반대편 길로 질러서 건너갔다.

작은 가게가 보이기에 판매대에서 막대 사탕을 하나 샀다. 달짝지근한, 동글동글한 막대에 붙은 알맹이가 내 기분을 조금이라도 달랠까 싶어 막대에 매달린 둥근 초상이 내 쓴 마음을 그 몸처럼 달달하게 만들어 낼까 하여 껍질을 벗기고 입에 물고 있기로 했다.

입속에 든 사탕도 그러려니와 버스 정거장에 벤치가 여러 개 버티고 있기에 잠깐 앉을까 했다.

아무도 앉지 않은 벤치에 나라도 걸터앉으면 좀 낭만적일래나 싶어서.

물기는 좀 있었지만, 그런대로 앉을 만했다. 앉자마자 입가에 매달린 막대 사탕을 물었다. 사탕은 행복한 맛을 내어 주었다.

초여름날보다 더 달았다.

벗님.

오늘 사탕은 깨물어 먹기로 했다. 오늘은 달콤하기가 겁 없이 쏟아지겠다.

벤치에 꽁꽁 언 몸을 만들어 놓은 사람처럼 멍하게 한참을 앉아 있었다. 집으로 다시 들어갈까 생각하다가 길을 걸어야겠다고 생각했다. 아직 비도 내려주고 하니 말이다.

지나는 버스들을 바라보다가 탈까 말까를 놓고 승강이 벌이다 생각한 일이다.

갑자기 답답도 해지고 이유도 모르겠는 스산함과 눈물이 차오를 듯한 허허로운 냄새가 팡팡 묻어 나오길래 조금 걷기로 했던 것이다.

걸핏하면 가슴팍에 구멍을 내고 스멀대며 기어 나오는, 아직도 정리되지 않아 제 언어를 갖지 못한 그에게 나는 난처한 기색을 보이는 일이 잦다.

어려운 이 현상이 일어날 때 나는 가끔 절망하는 것 같다. 여전히 감당할 수 없으므로.

이리저리 생각을 버무리고 엎고 섞으며 걷다가 그냥 터벅터벅 집에까지 멀긴 해도 길을 좀 돌아서 걸어가기로 했다.

계속 갈팡질팡대던 버스 탑승은 아쉽지만 그것으로 일단락되었다.

집에 당도하기 전에 풀어헤쳐 놓은 긴 머리카락을 어이 곱게 빗어 내리지 못하고 헝클어 놓은 다발마냥 삐죽 빼죽 고르지 못하고 울퉁불퉁해진 마음을 잘 달래 놓아야 했다. 떼어져 나와야 하는, 손 놓고 갈라져야 하는, 그 순간들에게서 따가워도 떨어져 나와야 한다.

그게 안 되면 통째로 삼켜 버리던지. 다른 한쪽, 삶이라는 테두리 안에서는 그들과 섞일 수 없는 날이 더 많았기 때문이다.

저들은 언제나 느닷없이 찾아와서는 나의 자리와 위치와 궤도를 잘 돌라고 말하고는 슬프게 앉았다가 달아난다.

그래 다 알고 있으니까 알기는 아니까 그대가 타일러두지 않아도 내가 알고 있으니 훈육하지 말라는 말들로 그들을 말리며 배웅할 뿐이다.

벗님.

언제나 나는 모르겠다.

왜 더러, 도대체 형상도 모르겠는 그리움 같은 뭔가가 찾아와서는 철썩대고 들러붙어 애매하게 가슴을 쓸고 가는 걸까? 한참을 아리다 결국은 내가 먼저 웃고 만다.

우는 날도 더러 있다. 이제는 그가 찾아오지 않을까 그것도 걱정된다.

그나마 그 꿈이라도 꾸고 싶으니까. 오늘 정거장에도 신선한 바람이 다녀갔을까? 버스를 타고 어디든 휑하니 길 위를 여행할 걸 그랬다.

기실 어쩌면 우주정거장의 전설을 들으러 날아가고 싶은 날이었는지도 모르겠다.

… 장마철이라 빨래가 안 마른다. …

집시 아이

아이야

신발을 벗고 구두를 갈아 신어라

발가락을 가지런히 맞추고 발뒤꿈치를 치켜들어라

네 그 길고양이처럼 찢어지고

광기 어린 눈빛 쏘아 째려보며

야무졌던 입술 풀고

권태로운 상상이 주렁주렁 매달린 화려한 치마 끝자락

미쳐서 터져 피도록 돌고 돌아

썰물같이 춤을 몰아라

층층이 하늘을 날아오르는 너의 퍼진 레이스 위에

철딱서니 세상 태우고 웃음 입에 걸고 뛰며 놀아라

빙글빙글 춤추다 길을 잃으면 그냥 두고 오너라

네가 그리워지면

길은 너를 보러 삐죽이 찾아온다

그때 마중하거라 아이야

어느 날 너의 만병을 통치할

어린 뼈들이 뭉쳐서 담담해지기 시작했다

네 구두가 하늘로 난다

다시는 가난하지 않겠다던 내 마음도 날개를 고쳐 달고

네 곁을 비상해볼 다짐을 한다

네 골짜기로 찾아든 사람들도 고백하고 나섰다
그들은 아무에게도 말하지 말 것을 당부한다
모든 것은 비밀이 되어 간다
우리는 습자지를 대고 추억처럼 네게서 불어오는 혁명을 베낀다
분홍빛 너울을 천지사방에 늘어놓고 돌다가 쓰러지면
엄마가 업으러 온단다. 날아가라

… 집시, 끝나지 않을 잔치. …

다방

벗님.

보성에 겸사겸사 다녀온 벗에게 차 한 봉을 선물 받았다.

기분도 개운하게 만들어 볼까 싶고 시도 몇 편 골라 읽어 볼까 하여 함께 곁들일 양으로 차 봉투를 뜯었다. 밀폐되어 있던 부드러운 떫은 향이 확 풍겨 나왔다.

찻잔은 벗의 따스한 마음 씀을 우려내며 유쾌하고 맑은 냄새를 모락모락 올린다.

그 덕에 나는 한낮과 한가롭게 마주한다. 집 앞이 시끌벅적댄다.

오후 무렵이면 그래도 사람 소리가 나고 아이들 냄새가 송송거려서 좋다. 외출을 나섰던지 어느 아낙은 아이들을 뒤에 따르게 하고 지나는 모습이다. 어여쁘다.

벗님.

문득 물가에서 새끼 오리떼들이 엄마 오리를 졸졸거리고 따라가는 그림이 순간 기가 막히게 떠올랐다. 아침 일찍 집을 나섰던 아이들이 속속 집으로들 돌아오는 풍경들이 보인다.

자전거를 타고 교복 깃 날리며 신나 친구와 내리막길을 달려 집으로 향하는 소년도 보이고 친구 녀석의 어깨를 괜히 툭 건드렸다가 곱절로 뛰어 달아나야 하는 녀석도 보이고 오던 길을 멈춰서 뚫어지게들 머리 처박고 뭔 궁리를 하는지 심오한 소녀들도 보이고 어떤 녀석들의 입에는 학교 교문 앞 자주 찾아드는 아저씨들한테서나 구입했을 듯한 집에 들면 엄마한

테 혼날만한 얄궂은 먹거리가 입에 물려 연신 입놀림이 즐거워 보인다.

그리 장난 걸며 걸어오는 녀석들의 길 위에 더러 내 어린 날들이 걸려들기도 한다. 그 틈으로 이제 막 고개 내민 깍쟁이 같은 태양이 개구쟁이들을 비추고 내린다.

내내 흐리다가 요 몇 날들 쨍쨍해진 바깥을 보고 있자니 아이처럼 말갛고 좋다.

벗님.

그대도 맞물려지는 지난 어린 날들을 어렴풋하게나마 만나는 날이 있을 테지.

다들 이런 날 저런 날들을 배시시 입가에 걸고 살아갈 테지.

벗님.

맛좋은 차가 내 안에 그득하다.

그리하여 내 몸 안은 풍요 속에서 잠시 행복하다. 아침나절 옆집 사는 아낙과 커피를 한잔했는데 녹차를 나눌 걸 그랬단 생각이 스친다.

그래도 커피를 좋아하는 여인이라 뭐 그리 나쁘진 않았다.

'차'라는 벗은 누구든지 함께해도 별말 없이도 어색하지 않아 좋다. 자주 봐서 수다스럽기도 하지만 또 말없이 멀뚱대기도 한다. 옆집에 사는 아낙이랑은.

얼마 전 샀다는, 오늘 입고 나갈 참이라는 옷가지를 들고 와서는 끼지는 않는지 입어도 될는지 옷매무새를 봐 달라며 싱글벙글하였던 여자였다.

그냥 날개같이 두르고 나가서 적당히 바람이나 나면 되는 거라고 핀잔을 주었더랬다.

바로 외출했던 모양인지 아낙도 집으로 드는 게 보인다. 실키한 옷차림을 하늘거리며 소녀같이 푸시실 살랑거리고 바람을 쐤을 그녀일 테지. 그녀는 무엇이 그리웠던 것일까?

보채고 칭얼거리고 물어보면 그것이 무엇인지 그녀는 안다는 듯 말해줄까? 그녀는 떠나버린 그 그리움을 자주 찾아 나설까?

이도 사람이 해대는 짓이라 힘을 쓴다고 해서 어찌어찌 막아낼 담장을 쳐대기는 어려울 듯하다.

그냥 내버려두면 되기는 하나 그리 그냥 또 팽개쳐 둔다고 그리움, 그는 또 뭐라고 야단할 것인데. 마음이 서운해진다 할 터이고 방치해 둔다고 보채게 될 터인데.

이리저리 꼬투리를 잡을 것이고 오래 더 마음 써주지 않는 것이냐며 심술을 부릴 것이며 마음을 원하니 듬뿍 덜어 담아 달라고 욕심을 부릴 것이고 그녀 마음 다 빼앗아 받아 챙기겠다고 부풀어 있을지도 모르는 일이다.

어쩌면 그녀는 호흡이 고르지 못한 그의 얕은 신경들을 돌보며 옴짝달싹 못 하게 스스로를 칭칭 동여매고 있는지도 모른다. 어딘가에서 그 흔한 그리움들은 한잠 늘어지도록 자고 있으려나. 착한 그녀는 무슨 주문을 걸어 달게 그를 재웠을까. 그의 낮잠 냄새가 내 집에도 게 깔려 있는 건 아닌지. 깨지 않게 조용히 해야겠다.

어느 늦가을, 그가 미련 없이 황갈색의 마른 잎을 스스로 잘라내어 땅으로 처박혀 잔잔한 울음을 울 때쯤 나도 그의 곁에 가서 한 번쯤 방황해 보리라.

그러니 아직은 좀처럼 그를 불러일으킬 생각은 없다.

벗님.

점심때가 다 되어 햇빛이 잠깐 쨍하길래 이불 두어 개를 해 잘 드는 옥상 담벼락에다가 널어 두었다. 까슬까슬하게끔 햇빛이 잘 쬐였음 좋겠다.

장마가 끝나고 태풍의 걱정도 덜어낸 요즘 이불이고 빨래고 말리기가 여간 좋은 게 아니다. 옥상마다 마당마다 빨랫감들이 줄줄이 빨랫줄에 걸려서는 서로 햇빛을 쏘이겠다고 나풀거리고 있다.

형형색색의 옷가지들이 속 시원하고 깔깔하게 잘 말라 간다.

나의 이불 더미들도 뜨거운 햇살을 듬뿍 받으며 잘 드러누웠는지 모르겠다. 오늘 밤은 폭신하고 행복하게 이불 위에서 뒹굴 수 있을 것 같다.

그 맛에 무거운 이불들을 몇 채씩이나 낑낑대고 끌어 나르며 햇볕 아래 널브러뜨려 두는 것 아니겠는가.

뭉실거릴 밤을 위해 해 지기 전에 까먹지 말고 잘 걷어 들여야겠다.

한밤에 데굴대며 체조놀이 하느라 아이들이 신나겠다. 제법 해가 오후를 채우며 뉘엿대고 넘어가고 있다.

과일 장수 지나는 소리에 온 동네가 쩌렁쩌렁 댄다. 빨간 바구니 초록색 바구니에 갖가지 과일들을 담아 줄을 세워 놓은 차는 가다 서다를 반복하며 골목마다 다부진 입심을 풀어 놓고 지난다.

기웃대는 몇몇의 아낙들 옆을 교복 치맛단 만지작거려 차분히 곧은 선을 만들고 윗도리까지 단장하며 걸어가는 여학생의 등 뒤로 풋풋한 실바람이 따른다.

아이들을 불러 아삭한 수박이나 드르르륵 파먹게 하고 나도 끼어서 와삭거리며 한 입 먹어야겠다.

멀리 구름이 천천히 흘러간다.

늦여름, 언제나처럼 나른한 오후가 쓰러지고 있다. 이런 날, 어느 시골 읍내 한적한 구석진 자리에 지어진 다방에 들르고 싶다.

새파란 눈화장을 초련같이 쓸쓸히 메우고 빨간 립스틱으로 진하게 허무를 색칠한 여자가 눈 흘기며 내어다 주는 커피 한 잔이 마시고 싶다.

벗님.

… 커피 두 스푼, 공허 한 스푼, 설탕 몽땅. …

모래성

마을이 무너질 거란 소식을 들었어. 목련은.
다시 근사한 마을을 지을 거란 소리도 들렸지.
어쩌면 목련은 생각해 봤을 거야.
아마도 마을은 스위스풍으로 지어지고 싶을지도 몰라.
알프스 산맥 아래 평원을 많이 닮은 땅이거든.
투기꾼들이 눈 흘기다 말고 간 그 자리에
푸른 씨앗을 뿌리러 올 소년이 필요했을 거야.
소년은 붉은 땅에 불도저와 포크레인을 불러야 했어.
깡그리 옷을 벗은 대지는 부끄러운 줄도 몰랐지.
파란 하늘을 잔뜩 이고 있었으니.
여유롭게 구름 속을 노니는 양 떼들도
새로 지을 마을 입구에 내려와 놀다
뭉게구름이 데리러 오면 하늘로 올라갔지.
세상은 까매지고
목련꽃만 환하게 우두커니 섰더랬어.
다행한 일이었지.
아직은 아무도 꽃을 꺾지 않았으니.
밤새 목련 나무는 칭얼거리는 소년의 풀들을
제 자궁 속으로 불러 포근하게 돌보아 주었어.
다음날이면 소년이 찾아와

예쁘고 아름다운 이야기를 낳도록 솎아주곤 했지.
둘은 이야기꽃도 피웠어.
언덕 위에는 큰 성을 하나 쌓아 올려놓을까도 생각해.
마을을 내려다볼 수 있는 인자한 성을 말이야.
소년이 말했어.
착한 지붕들을 세우고 강물에도 비추어지는
산 그림자 덮어쓴 마을을 쓰다듬어 줄 엄마 같은 성 말이야.
목련이 대답했어.
어둠이 앉으면 불빛 새어나는 창문을 하나둘 세어주며
다독여 재워줄 아빠 같은 자상한 성 말이야.
목련이 한 마디 더 덧붙였어.
소년은 하얀 도화지를 챙기러 갔지.
목련은 모가지가 너무 따가워졌어.
소년이 얼른 보고 싶었어.
쿵!
목련은 잠시 후 정신을 차렸어.
저만치 목련의 가슴께 걸터앉은 소년이 보였어.
소년은 집은 짓지 않고 슬픈 음악만 지어댔어.
괜찮아.
울지마.
내 나이테 위에 멋진 집을 작곡해 줘.
잊지 마.
쓸쓸한 스위스풍이야.

… 집 앞 좋아하던 목련 나무가 지하철 공사로 베어지던 날. …

진달래 필 무렵

종만이와 나는 국민학교와 중학교를 같이 다녔다. 나는 내가 그 아이와 국민학교와 중학교를 같이 다니던 것을 참 영예스러워했다.

종만이는 언제나 올바른 말솜씨와 멋진 심성을 가진 아이였다. 그의 부모님들을 가만히 바라보고 있으면 아무래도 두 분의 영향을 많이 받은 것 같다는 사실을 틀림없이 알아챌 수 있다.

종만이에게는 형도 있었는데 한두 살 위였던 것 같다. 어쨌든 나는 종만이와 놀기를 즐겨 했다. 종만이와 아침이면 등굣길에서 만나 눈인사로부터 시작해서 호호거리며 즐거운 대화를 주고받고 하굣길을 함께 하는 일이 잦았으며 둘은 이런저런 이야기를 이어가면서 학교에, 집에 다다르곤 했다.

학교에서 돌아오는 길에는 포도밭에서 헤어져야 했는데 종만이는 오른쪽 길로 나는 왼쪽 길로 빠졌다.

그리 헤어지는 게 재미없을 때는 아예 우리 동네를 거쳐서 다시 돌아가주기도 했던 멋진 벗이었다.

중학교 3학년인가 그때는 종만이를 많이 좋아하고 있는 나를 발견하기도 했다. 종만이가 여자친구가 있었는지 없었는지는 모르겠다. 굳이 묻고 다니지 않았으며 뭐 여자친구가 있다 해도 내겐 별 중요한 문제가 아니었다. 골키퍼가 굳건히 지켜도 공은 들어간다.

하지만 역시나 언제나처럼 내가 바쁘다는 이유로 그 아이와의 남녀친구 놀이는 그만두었고 그냥 등하굣길이나 함께하는 남자 여자 친구만으로도 만족했다.

종만이도 바쁜 일들이 많아 보이던 날들이 수두룩해 보여 제 나름대로도 그냥 그리하고 다니는 게 마음에 들었으리라. 내 친구 종만이에 대해 조금 미안하게 쓰일지도 모르고 종만이가 싫어할지도 모르겠으나 그냥 나는 내 친구를 회상해 볼 참이다.

종만이는 내가 사는 동네 윗마을에 살았다. 아침에 학교 가느라고 설치고 나와서 저만치 걸어나가면 윗마을에서도 아이들을 몰아서 길이 만나는 곳까지 조무래기들을 우르르 데리고 나왔다.

동네 아이들에게 그런 것이 초등학교 때부터 챙겨주었던 것이다. 멋진 오빠 형으로 늘 아우들의 큰 자랑이었을 것이다. 어떨 때는 나도 종만이가 오빤 줄 착각하고 잘 따라다니고 말 잘 들어주고 있었다.

종만이 옆에서 조금만 기죽고 앉아 있어 주면 뭐든 다해주던 착한 친구였다. 종만이는 형과 늘 리어카에 부모님을 태우고 다니기를 언제나 빠짐없이 실천했다.

부모님들께서 조금씩 몸이 불편하셔서 일도 잘못 하시고 거동하시기도 힘에 부치셨는데 아들들에게 늘 의지하시고 외출을 하시고 이런 일 저런 일들을 아들들에게 가르치시기 위해 리어카에 올라 세상 이일 저 일을 다 잘 치를 수 있도록 아낌없는 사랑의 교육을 형제에게 선보이셨다.

언제나 종만이의 부모님들은 당신들께서 장애를 가진 것에 부끄러워하거나 창피하게 드는 생각들을 가질 필요가 없다고. 장애를 가진 자나 그렇지 아니한 자나 모두가 다 평등하다고. 내가 듣기로는 당연한 말씀이시구만 누군가는 이상하게 받아들이고 있는 사람들이 있기에 당신의 아들들, 즉 벗들인 우리에게 그리 가르치시는 것 같았다.

참 멋지고 근사한 말씀을 언제나 많이 들려주셔서 감사했다.

그래서 종만이와 종만이 형은 부모님의 그러한 모습에 기가 죽거나 뒤로 숨어서 그들 스스로가 힘겨워하는 모습은 보이지 않았다.

나는 그러한 모습이 당연해 보였지만 누군가는 신기하게 바라보기도 하는 애들도 있기는 있었다.

그의 가족 자체가 우리 마을 안에서는 너무도 소중했다.

종만이와 리어카를 끌고 집으로 향하면서 우리는 늘 수많은 이야기와 웃음과 미소와 나중에 어디 가서 주렁거리고 있을지도 모를 찬란한 우리들의 시절을 하늘에다가 뿌려대고 있었다.

어느 날, 종만이가 모 고등학교에 일등으로 입학했다는 소식이 들렸다. 국민학교 중학교 다 몽땅 다 털어서 늘 일등만 하던 놈 실력이 어디 갈까. 그 멋진 벗이 늘 멋진 그림만 보여주더니 또 한 컷 멋들어진 한 시절을 폼나게 걸어 두길래 나도 샘이 나서 무엇인가 작전을 펼치기로 했다.

하나 언제나 무슨 작전에 돌입하여서 들 때 늘 힘겨웠다. 나는 내 하나만 생각하여서는 안 되는 일이었기 때문에.

그래도 모든 동창들이 한 계단씩 다들 올라서고 있었으므로 나는 태연하게 팔짱 끼고 있을 때가 아니었다.

겨울 방학, 그 방학 동안에도 언 물들이 꽁꽁 빨래 한 켠 주물러 댈 웅덩이조차 허락해주지 않았으며 며칠 전 부모님을 리어카에 태우고 읍내 장터에 다녀오던 길로 보였던 종만이는 내가 냇가에서 얼어터지고 거북이 등껍질처럼 두꺼운 튼 살을 핏줄이 터지도록 빡빡 긁어대며 내 손등에다 야박한 짓을 날마다 해대고 있는 겨울이 물러날 때까지 보이지 않았다.

몇 날씩이나 종만이의 소식이 궁금하여 농발(종만이의 마을부락)까지 올라갔다 왔다. 내게 늘 동갑으로 살았지만 한참은 형 같았고 오빠처럼 굴어 주었던 벗. 그리 내 삶을 비추어 보고 어딘가 믿어 보고 함께 그 길을 걸어갈 수 있다는 게 그 벗에게 늘 고마웠다.

그런 벗이 확실히 어딘가로 떠나 버린 건 맞았다.

세상 그 어떤 멋들어진 그림을 그 아이 앞에 걸어 두어도 꿈쩍도 하지 않을. 절대로 타협하지 않을 종만이가 늘 어디서건 못난이 잘난 놈으로 잘 커 줬기를, 성장하고 있었기를 나는 오늘에서도 기대한다.

나중에 멋진 그림 한 장을 빼 들었을 때 우리는 두말할 나위 없이 똑같은 그림에 폭소를 흘릴지도 모른다. 우리는 언제나 아팠으며 손등에서 흙가루가 씻겨져 나갈 일이 없게 그냥 그저 자신 하나만 굳건히 믿어 의심치 않고 살아갔을 테니까.

우리의 스승들께서는 아름다운 눈으로 아예 아주 높이 떠 있는 하늘과 구름과 바람에 아까운 안목을 바치라 하셨고 맑은 두 눈으로 이 시대 우리보다도 더 힘겹게 손등이 쩍쩍 갈라 터지고 하여, 그 아픈 마음이 너무 커서 세상을 등지고 살고 있을 가여운 이들을 얼른 끌어안고 그들을 가르치며 살라고 하셨다.

언제나 마음과 두 눈은 나보다 아래에 있어서 가슴골이 뻐근해지는 아리고 쓰린 부어터진 벗들의 아픈 속 한 편에 서 있는 것이 더 편하다.

이 겨울, 종만이가 마을로 돌아와 내가 옷가지들에 비누칠을 문질러대며 방망이를 두드려 빨래를 치댈 빨래터에 나와 앉아서 동그란 웅덩이를 얼음 깨고 파서 내 수많은, 수북이 쌓인 빨랫감들을 아무 말 없이 척척 치대며 주섬대고 헹구어 주리라.

그가 이리 추운 날도 제 어머니의 고독을 염려하여 리어카를 끌고 나와서 얼어붙는 시냇가에 이야기한 시절을 대롱대롱 걸쳐놓고 첨벙대면 근사하리라.

아들의 하얀 마음 같은 빨래를 탁탁 털어 널고 싶은 모정이 새파란 하늘에 걸리리라.

… 친구, 입이 친한 사이. …

소변금지

이 좋은 세상

호시절을

그저 곁눈질 흘겨

주고받으며

눈칫밥만 먹고 살다 가신 당신

....

따라서

위반하시길

… 소변금지. …

까치

벗님.

아이들이 겨울 방학에 들어선 지도 꽤 되었다.

방학이란 아침마다 전쟁통을 치르던 시간과 잠시 작별해서 지낸다는 장점이 있었기도 하지만 어찌 보면 너무 처진 일과들을 만들어 내기도 하므로 여간 조심스러운 나날들이 아닐 수 없다.

이즈음 되면 크리스마스도 다 지나가고 새해맞이도 어지간히 다 해두었으므로 굵직굵직한 일들은 한 차례 지냈다고 볼 수 있겠다.

그러나 가만가만히 따져 며칠 있으면 설날이 다가오지 않던가. 올해도 역시나 물가비상으로 이런저런 생필품들과 먹거리들의 푸짐한 향연은 기대할 수 없지만 그래도 설이니 챙겨야 할 건 챙겨야 하지 않겠는가.

하기야 설이라고 해 봐야 요즘은 별반 크게 다른 생각들도 없다.

고속도로를 타고 꽉 막히는 길 위에 함께 하지 않는 이상은 그저 그런 날의 하루처럼 보내는 이들도 많이 늘어났다. 며칠 서둘러 일찌감치 성묘길을 나섰다가 해외여행을 다녀오는 여행 족도 있고 리조트 같은 곳으로 가족·친지들이 모여서 그곳에서 차례를 지내고 한바탕 휴식을 취하고 일상으로 복귀하는 집안들도 많다.

그래도 아직은 전통 제례가 행해지는 곳이 더 많지만 이러한 풍경들도 이젠 슬슬 하나씩 줄어드는 시대가 되어가는 것 같다.

내가 어릴 적 살던 시골에서는 커다란 상 몇 개가 줄을 잡아 놓이면 부엌에서는 여인들이 제사 음식을 해다가 나르고 어르신들은 음식들을 진설하시고 마당에까지 멍석을 깔고 조무래기들까지 줄을 세워 절을 시켜가며 제사를 올리던 연하장에나 나올 것 같던 명절 그림이 온 동네에 허다했는데. 이제는 지방마다 몇몇 종가들이 그 전통을 이어가는 처지다.

역사 속에 기록해 두기 위해 요즘은 더러 방송국이나 출판사들이 현장을 찾아 발 빠르게 움직이기도 한다.

시대가 시대니 만큼 변할 것은 변해야 하겠지만 서글퍼지는 마음도 없지 않아 퍼덕이고 고개 든다.

어릴 적 겨울이 올라치면 기다려지는 것들이 많았던 것 같다. 눈이 내리면 눈사람을 둥굴려 만들고 눈싸움을 한판 벌이기도 할 작정이었을 것이며 겨울 방학은 또 얼마나 기다렸을꼬.

그리 기다리던 방학식 날 방학을 하고 나면 그날부터는 시계추를 꼼짝 못 하게 매어 두고 싶었다. 시간이 아무 데도 흘러가지 못하게 꽁꽁 잡아 두고 싶었다.

크리스마스 카드가 날아드는 연말연시를 포근하게 보내고 나면 머지않아 까치까치설날이 닥치는 것이었다. 이제 슬며시 바빠진다.

벗님.

설 전 한 사나흘 전부터 떡방앗간은 분주하다. 가래떡을 뽑고 갖가지 떡들을 찌느라 모락 대는 김은 잠시라도 방앗간 안을 빠져나가기가 어렵다. 종일 떡쌀을 불려 놓았다가 리어카에 잔뜩 싣고서 방앗간으로 끌고 오는 사람들이 날마다 수두룩했다.

불린 쌀을 곱게 빻아 솥에 찌고는 틀에 부어 가래를 뽑아대던 기계가 너무도 신기해서 한참을 들여다보고 있었던 내 모습 곁에 가서 지금 나는 서 있는 것 같다. 쫀쫀하고 기다랗던 떡을 쫑쫑 씹어 먹으며 뭐가 그리 맛나고 즐거웠던지. 꿀에 찍어서 날름 한 입 먹고 싶어진다.

떡을 한 소쿠리 푸짐하게 받아서 리어카에 다시 싣고 집으로 향하는 길에는 쫄깃한 이야기가 익어 들고 있었다. 그리 만들어 놓은 가래떡은 한 이틀 두면 조금씩 굳어서 썰기 좋게 단단해진다.

어슷하게 땅땅하게 썰어 다시 또 한 바구니 포만이 쌓아두는 것이었다.

그렇게 정성스레 마련하였던 떡으로 떡국을 끓여 먹으며 그제야 번듯하게 한 살을 더 올려놓을 수 있었다.

가만히 생각해보니 떡국 한 그릇 먹는데도 별의별 수순을 밟았다는 생각이 든다. 지금 같으면 슈퍼에 가서 떡국 떡이라고 쓰여 있는 거 찾아서 들고 오면 되는데 말이다. 요즘은 그래서 재미없다.

겨울에는 뻥튀기 장수들도 마을마다 방문하는 일이 잦았는데 아주 맛난 겨울 볼거리라 할 수 있겠다. 집집마다 쌀과 보리, 옥수수, 누룽지, 가래떡 썰어 말려둔 거 콩 등을 들고나와서는 양푼에 적당량을 당분이랑 섞어 담아서 줄을 세워 두고 한 집씩 튀기는 것이었다.

인심 좋은 집에서는 장작 쪼가리들도 뻥튀기 아저씨한테 내어다 주기도 했다.

옛날에는 불을 떼가며 했으므로 아저씨는 유용하게 쓸 수 있었으니 고마워하는 것은 당연한 일이었다. 활활 불타며 요술에라도 걸려 있는 듯한 동그란 통을 굴렁굴렁 돌려가며 아저씨는 부지런히 기다랗고 커다란 그물자루에다가 뻥뻥 꿈처럼 부풀리는 환상을 계속해서 튀겨내고 있었다.

줄줄이 뻥튀기가 튀겨지는 동안 아이들은 오밀조밀 모여 앉아서는 시끄럽게 터지는 소리에 덜 놀라기 위해 양손으로 귀를 막고 있다가 뻥 하는 소리가 나기 무섭게 함께 터져 나오는 순간의 광경에 와아 함성을 지르고는 큰 자루 안에서 김이 빠지며 한 그득 실리는 과자들을 한 바가지씩 퍼서 냠냠거리며 먹는 것이다.

그날 하루는 이리 바삭하게 진종일을 키득거리며 논다. 해가 다 져서도 동네에는 뻥뻥대는 소리가 그득했으니 사람 사는 소리가 왁자지껄했음은 두말할 것도 없다.

그즈음 아낙들은 그 과자들로 차례상에 올리기도 하고 겨우내 자식들 먹일 강정 만드는 일에 분주해하기도 했었다. 엿을 고은 다음, 튀긴 쌀과자와 콩 등에 엿을 넣고 샤샤 버무려 큰 네모난 나무판에다 들이붓고는 짜악 납작하고 편편하게 조청과 엿을 뉘여서 굳히는 것이다. 딱딱해져가면 가면 자같이 곧은 막대기를 반듯하게 대고는 칼로 슥삭슥삭 잘라냈는데 참 재미나 보였다.

끄트머리 모양 빠지는 조각들을 떼먹고 앉았으면 온 천지의 달콤함이 다 내 안에 들어와 박혀 있는 것 같았다. 그리 한 꾸러미 먹거리가 또 한 자루 폼나게 만들어져 서는 것이었다.

벗님.

강정을 깨물어 가매 그 옛 시절 그 정겨운 풍경을 떠올리는 이들이 많을 것 같다. 아이들에게 강정 탄생의 비밀을 으스대며 한 자락 펼쳐둘 테지. 아직도 맛있는 추억들을 기억하고 있는 내 몸이 고맙다.

아이들 데리고 어디 떡방앗간 견학 삼아라도 들러서 떡 뽑는 구경이라도 하고 왔음 좋겠다.

쭈욱 늘어지는 떡가래를 보면 눈이 반짝거리고 말똥거려질 텐데.

한 줄 건어 쫀득하게 씹어 먹어 가며 그 행복함도 함께 씹을 수 있도록 가르쳐 주고 싶어진다.

설이 추운 계절에 끼어 있다 보니 이래저래 푸짐해질 수 없는 우리 서민 살이에 더러는 울적함도 끼우고 든다. 그래도 떡국 한 그릇 뜨뜻하게 끓여 먹고 여느 해처럼 씩씩하게 다부지게 또 살아내는 거다.

이미 언 산은 봄이나 돼야 마음을 풀 듯싶다.

꿈쩍도 하지 않고 아무 미련 없이 서 있는 것이. 어차피 푸른 토지는 우리 속에 두고 일구기로 하지 않았던가.

이 계절에는.

… 뻥튀기 뜨끈한 튀밥 한 줌, 치마폭에 받아. …

분홍색

아침부터 옆집 아낙을 불렀다.

오랜만에 차나 한잔 할까 싶기도 하고 어제 길에서 만나 잠깐 섰다가 들어 온 것이 못내 아쉽기도 했던 모양인지 괜히 전화를 한 번 넣어 봤다는.

청소기나 한 바퀴 돌리고 갈 테니 조금만 기다리란다.

내 집인데 뭐 기다리고 말고 할 게 있나. 시간 되면 찾아 들리라 여겨진다.

흠씬 먼지들을 빨아들이며 베베 꼬인 청소기의 소음통 속으로 여자의 묵은 때도 싹싹 빨려들 테지. 말끔히 치워 놓고 얼마나 개운해질까.

뭉쳐 구르는 먼지 구덩이 속으로 청소기를 대놓고 꼬인 모가지 뜨겁게 후줄근하게 빨아들이면 거짓말같이 내 집도 반짝거릴 것을.

그 사실을 모르는 바 아닌 나도 청소기를 질질 끌고 나오고 싶으나 게으름은 이미 싹을 삐죽였다. 잠시 후에 약속을 잘 지키는 사람처럼 여자가 초인종을 누르고 들어섰다. 텔레비전도 적당히 음량을 조절해서 켜두고 과일도 몇 조각 준비해 두었다.

텔레비전은 둘이서 멀뚱거리고 있을 때 또 다른 누군가가 있는 듯 얘깃거리가 풍성하도록 유순한 상대가 되어 주기도 한다. 그리 차와 과일을 곁들이며 오랜만에 보는 연예인의 최근 생활이나 이모저모를 보이는 텔레비전을 시청하며 여자와 나도 끼어들어서 그들 속에서 한 대목씩을 붙이곤 하면서 논다.

애나 어른이나 놀다 보면 시간 가는 줄 모르나 보다. 대개 이리 놀다가 보면 점심때가 다 되어 짜장면이라도 불러서 먹고 헤어지곤 한다. 그래서 시간도 딱 맞고 출출도 하여 이른 시간이어도 한 끼 먹어 보기로 했다.

처음에 여자들은 이런 걸로도 의논하고 고민하고 논다는 거, 참 신기하고 재밌었다. 여자와 나는 수제비를 떠먹기로 의합했다.

나는 밀가루를 따뜻한 물로 반죽을 치댔다.

여자는 감자와 양파를 쓱쓱 썰어서 냄비에 집어넣으며 육수가 맛나면 좋은데 하고 말의 뒤를 흐리고 있었다.

걱정 말라. 멸치와 다시마 한 줌씩만 넣으면 끝내주지 않던가.

불 위에 올린 냄비가 소리를 내자 여자와 내 손가락은 뚝떡대고 반죽을 떼어 튕겨 넣느라 바빴다.

여자는 평소에 살림을 잘한다는 소문인데 역시 수제비 뜨는 솜씨도 일품이었다. 나누던 이바구도 속력을 붙여가며 손동작을 따라오고 있었다. 그 수많게 흘린 푸념들도 맛있게 익어가고 있으려나.

그리 신나게 만들어 한 그릇씩 퍼 담아 식탁에 내놓고 정신없이 먹으매 국물맛을 칭찬하느라 여자와 나는 입이 다물어지지 않았다.

수제비를 나누어 씹어 먹어 가면서도 친정에 시댁 식구들에 남편들을 요리조리 흘겨가고 있었고 앞집 여자와 골목 건너 사는 철수 엄마 얘기까지는 끄집어내고 앉았다. 여자들의 수다란 그런 거라서 할 수 없다. 다시 커피 한 잔을 만들어 내오더라도 커피가 먼저 바닥나지 여자들의 넋두리는 끝도 없이 흘러내릴 것이다.

여자가 돌아갔다. 다시 집은 조용해졌다.

이네사 갈란테의 고혹한 음성이 듣고 싶어 그녀를 깨웠다. 모든 사랑을 그녀는 대신 불러주기로 한 모양이다. 그녀가 들려주는 사랑 이야기들로 집이 시끄럽다.

사실 오늘 비가 온다. 수제비를 떴던 이유도 비가 내린다는 핑계가 작용했던 탓이기도 했으니까.

아침에 눈을 떴을 때부터 바깥의 소리가 심상찮았다. 창문을 열고 내다보니 아니나 다를까 비였다.

오후 내내 철렁 내려앉은 가슴께를 풀어헤치고 세상을 한 아름 안고서 철없이 슬퍼하고 있는 하늘과 멀리 산을 바라본다.

그들에게 비 오는 날 안부를 물어준 적이 없기에. 하늘은 퍼져앉은 것이 안아 달라고 투정부리는 낯빛을 하고 있기도 하고 제 할 일이 비 뿌리는 일이 전부인 마냥 부지런해 보이지만 미련하게 잘해 내고 있다.

얼핏 보아하니 울음에라도 복받친 듯 막무가내로 토악질을 해 댄다. 그런데 그 모습도 나름대로 멋스럽다. 먼 산은 너무 내리는 빗줄기 탓으로 온몸이 쑤시고 결리고 울적하거나 하여 젖은 습한 냄새를 내놓고 있는 듯 보인다.

못내 아쉽고 가여워져서 숲을 쓰다듬고도 싶어진다.

텔레비전 속 낭랑한 목소리의 일기예보 아가씨가 일러 주었던 대로 이틀 동안 너무 많은 비가 세상을 적셨다. 비가 지천으로 아낌없이 쏟아질 때 실컷 비구경이라도 해 놔야겠다는 생각도 들고 앉는다. 이리 많은 비가 다 어디서 오는 건지 온천지에 비바람으로 몰아쳐도 쉬 멈추지를 않는다.

세찬 빗속으로 들어가 놓이는 일도 괜찮을 것 같다. 자주 보는 광경은 아니므로. 내 애잔한 마음이랑 손잡고 들고프다. 그러다 순간 갠 하늘로 돌아가 날씨가 요술쟁이같이 옷을 싹 갈아입고 반짝거렸으면 좋겠다 싶어진다.

비가 그치고 나면 하루 이틀은 맑디맑은 하늘과 바람과 푸른 산과 세상을 볼 수 있겠거니와 당장 오랜만에 목욕으로 찌든 때를 씻고 깨끗해진 도심의 가시거리를 잡아내느라 일부는 분주하게 세상 모서리 어딘가에 카메라 사다리라도 대고 흥분을 불러일으키고 섰을 테니 말이다.

언제쯤 비가 그칠는지. 한낮 하늘은 애정도 없다는 듯 동네에 비를 그어 댄다.

비가 오면 어김없이 표현되는, 온몸의 기운이 바닥을 기고 우울기가 짙어지고 몸 여기저기가 쑤시고 찌뿌드드해지고. 그래서 종일 중얼중얼 커피만 찾아대고.

비가 오는 날에는 특히나 그 향이 말도 못하게 좋아서 여러 사람 발길을 잡아끌어 당기지 않던가. 커피 향이라는 게 코앞에서는 그렇게 맛있게 알짱거리는 것같이 굴다가도 입속의 혀끝에서는 치사하기 이를 데가 없다.

가끔은 이것만큼 시시하고 허무한 맛도 없다. 그래도 커피는 더러 우리를 지배하고 나선다.

웅크리고 앉아 적멸보궁에라도 다녀와야 할 때 한 잔의 커피를 휘휘 저어 만들어 내놓고, 어머니를 그리워할 때도 한 잔 만들고, 문득 내 인생이, 살덩이들이 다 뜯겨 나가 휑하게 뼈대만 남은 듯 호젓해질 때도 슬그머니 한 잔 문다.

계속하여 앞으로도 꾸준히 커피잔은 허무의 흔적들을 유쾌하게 혹은 서럽게 비워 켜켜이 쌓일 것이다. 묶여 따르기는 하나 모른 척 두 손 놓고 스르르 쓰러져 넘어갈 수 있다는 무언가 있어 주어 기대는 게 나쁘지 않다.

그래서 또 커피나 한잔 해야겠다.

오늘, 태양의 부재는 아침부터 미리 알고 있지 않았던가.

어쩔 수 없다.

내일은 내 속으로 찬란히 들기를 바라본다.

… 부뚜막을 행주질 해대고픈 날. …

겨울, 욕심을 먹다

몸에 붙어대는 물살은 너무 차고 덜덜 떨려서 물속에 오래 머물러 있기도 무리였다.

아무리 허리통증에 좋은 운동이라 하나 더 버티고 들어 앉아 있다가는 오히려 더 끙끙거리게 될까 염려되어 오늘은 일찌감치 물에서 빠져나왔다. 단장을 마치고 나와 보니 칙살맞은 눈발은 아침처럼 계속해서 날리고 있었다.

날이 포근하여 길에 내린 눈은 쌓였다고 표현하기 어려울 정도로 질바닥대고 있었다.

도로를 달리는 차량으로 인하여 하얀 눈은 거무칙칙한 빛을 내고 있었기에 기분은 아무래도 눈 오는 풍경 속으로 들어가기가 좀처럼 쉽지 않았다. 그래도 눈 오는 날이라는 명제가 붙어 있어 그럭저럭 운치 있는 날이었다.

함께한 벗과 찰방이는 거리를 걸으니 이런 것 저런 것이 눈에 잡혔다.

질펀한 도로의 눈 녹은 물이 튀어 상품을 적실까 걱정하여 가게 안으로 쌓아 들이는 화장품집 아가씨의 익은 손놀림이 보이고 무지갯빛 파라솔 아래 밀가루 반죽을 빵틀에 부어 재빠르게 뒤집어가며 붕어빵을 굽고 섰던 아낙도 보이고 작은 카페 안에서 퍼져 나오는 차향은 그 속으로 들어차 한잔 하고 앉은 듯한 착각에 사로잡혔다.

내친김에 차나 한 잔 우리러 들까 하다가 차보다도 배가 고팠던 벗과 나는 간단한 백반집이라도 찾아보기로 했다.

수제비와 칼국숫집도 있었고 쌈밥집도 지나쳤고 순댓국이나 해장국집들도 즐비했다. 그 사이로 고등어구이 집이 비스듬히 보였다.

벗도 나도 적당하다는 의견을 내놓고는 식당 안으로 들어섰다. 아직 점심때가 되려면 이른데도 식탁마다 사람들은 제법 들어차 있었다.

부엌 쪽에서는 고등어를 굽거나 졸여 내는 냄새가 확 퍼져 댔다.

식구들을 위해 고등어의 배를 가르고 내장이 죄다 끄집어내 치워지고 뼈저린 기억을 주렁이고 물러났을 말끔한 살덩이를 노릇하게 구워내 보기는 하였으나 한동안 나를 위해 손아귀에 비린내를 뒤집어쓰지는 못했다.

나에게 부산을 떨지 못한 게으름도 분명 있으리라. 누군가 나에게 노릇하게 잘 구워진 고등어 한 토막을 내어놓는데 생선살에 뿌려졌을 소금기 같은 따가움이 확 몰려들었다.

내 밥상 위에 올라오기까지 물 좋고 몸매 좋은 생선 모둠이를 고르려 새벽부터 잠을 설쳐가며 주인 여자는 시장에 다녀왔을 것이고 지느러미를 따고 내장을 다듬느라 아침 내내 바빴을 것이다.

식당 집 딸은 그녀가 비비고 무친 콩나물에 동치미에 두부까지 부치고 훈제 음식까지 내놓으며 연신 착한 대접이다.

야무진 냄새로 치장을 두르고 투박한 양은그릇에 담긴 반찬들은 줄지어 쓸쓸하게 식탁에 모였다. 식당에 앉은 사람들이 높이 치솟은 밥공기를 덩그러니 비워내는 것 같아 나도 그에 묻혀서 한몫하고 있었다.

모두 그 분위기에 어울리도록 리듬감 있게 밥을 먹는 듯했다. 아직 지글대는 소리를 내는 고등어를 뜨거운 밥 위에 한 점 떼어 올리고 먹는데 짭조름한 맛은 정신없이 밥술을 뜨게 했다.

허기의 중턱에 올라섰을 때는 두 손으로 통째로 들고 알뜰히 뼈마디마다 숨어 붙은 살들을 발라 먹기도 했다. 위압적인 맛에 밥그릇은 싹싹 비워져 한 그릇 더 내어져 나왔다. 그야말로 오랜만에 찰지고 즐거운 식사를 만난 기분이었다.

어지간히 배가 부르고 나자 식당의 이모저모가 잡혔다. 모서리 한 귀퉁이 상가 한 칸을 반으로 갈라서 만들어진 작은 식당이었는데 그런대로 잘 자리 잡아 드나드는 사람들에게 훤히 눈에 잘 띄도록 서 있었다.

메뉴판에는 틀린 글자 몇 개가 메뉴의 그림 위에 또박또박 놓여 있었다. 보고 있는데 여운이 짙고 살풋한 웃음기마저 돌면서 정감스러워 보였다.

굳이 고치려 들지 않아도 좋겠다. 밥상은 이미 따뜻하므로.

내 눈길은 식당 안 여기저기를 살피며 사람들의 이야기를 훑고 있었다.

누룽지를 눌리지 못해 숭늉을 못 먹인 것이 내내 아쉽다며 커피라도 한 잔 타줄 테니 먹고 가란다. 그 흔한 일회용 자판기도 놓지 않고 일일이 젓가락으로 휘휘 저어 타서 내어 주는 커피를 한 모금 무는데 정말이지 흥건한 행복에 취해 스러질 지경이었다.

그녀에게 너무 고마워서 고맙다는 말을 겨우 전했다.

주인 여자는 드나드는 객들에게 푸짐한 밥상 위에 다시 헤픈 너스레와 웃음까지 차려 나와 차가운 바람을 뒤집어쓰고 다녔을 그들을 위로해 주고 있었다.

따뜻한 밥집을 등 뒤로 하고 스르르 아쉬운 문을 닫고 나왔다.

함박눈이 더 내려준다면 좋겠지만, 곧 들이닥칠 저녁은 어둠을 핑계로 길들을 얼어 붙일 것 같은 생각이 들자 차라리 말끔한 하늘이길 바랐다.

사람들은 부지런히들 어딘가를 향해 여기저기로 흩어지고 있었다.

그러게 어디든 훌쩍 날아가도 좋을 말그레한 색깔이 나붙은 날이기도 했다. 나를 업어준 점심상이 참 고맙고 보석 같아 고독한 축복 속에 흠뻑 빠져 따스했던 겨울 나들이 길을 이 밤에 참참히 채곡인다.

멀리로부터 불어온 겨울바람이 집 앞을 들렀다 가는 소리가 들린다.

… 겨울, 붕어빵을 굽는 아낙이 바쁘다. …

가면무도회

코스모스가 살았다
허리가 가늘었다
아니 목이 길었다
그래서 사슴을 소개해 주었다
둘은 닮은 것들이 많아서
비슷한 이야기를 잘 주고받았다
낮이고 밤이고 둘은 너무 좋아했다
아침이 오면
더욱더 아름다운 몸을 흔드는
코스모스를 바라보며 사슴은 행복해했다
둘은 날마다 정다운 모습만 보였고
나는 울적했다

어느 날 달빛이 차갑던 밤
나는 코스모스를 죽였다
교만을 꺾인 꽃은 노래를 멈췄다
앞마당에다 코스모스를 묻기로 했다
사슴은 펑펑 앉아 울었다
울 구실을 찾은 양 목 놓아 울었다

땅을 파고 코스모스를 눕히는데

모가지가 힘없이 떨어졌다

사슴의 목소리도 쨍쨍 높아졌다

사슴의 노래가 시끄럽다

몇 밤 자고 나면 다시 살아 피어날 텐데. 나는

… 책갈피 해 두었던 마른 코스모스를 마주하며. …

친정

정갈한 봉우리들이 침묵한다
이 땅에는 명당도 수두룩하다
사이사이 통제선을 긋는다
뉘는 땅속에 누웠고
뉘는 이승에서 펄펄 우노라

눈물을 훔치고 그리운 옛날이 듣고파서
머리를 땋고 폴짝이며
들꽃다발 한 아름 만들어
귀신에게 바치며 무덤가에 누워본다

기침하여 솥뚜껑과 장독간을 돌며
행주질을 그치지 않았던,
무수 삐지고 땡글한 고춧살 넣어
휘휘 저으며 구수한 된장을 지지고
일부러 밥을 누려 누룽지 긁어 뭉치던,
언 물을 깨고 붉은 손등으로
청승을 방망이질해대던

무성히 짙었던 청춘은
희끗한 실타래에 꼬아져
보드랍게 눈 내리던 겨울밤
곰처럼 굴을 파고 숨어들어서는
다시는 나오지 않았다
땅속 깊은 곳에서 스포트라이트처럼
꽃 한 송이씩 피워 올리어
골 먹이며 애간장 녹이는,
생전에는 눈치도 못 챘건만
바치는 술잔 족족 동을 내시는,
이젠 말술도 달가워하실 것 같은

거울도 안 보고 사시나
머리꼭대기 살찐 봄날이 여태 빽빽하다
치장 내내 허사라고 손 저으시더니
이내 처녀같이 방실거리신다
굴밤나무 고집 꺾는 데 한참 걸렸다
이제야 어머니 발뒤꿈치 굳은살
어루만져 뜯어낸 것 같아
속이 다 갈라 터진다

바람이 분다
몸을 옆으로 뉘여 안아 본다
역시 탯줄을 잡았던 그 땅이 맞다
눈물이 난다
걱정 없이 울어도 된다

마침 어제 화장실에

새 두루마리 화장지를 걸어두었다

… 벌초. …

이백에게

마흔넷, 그는 미련 없이 강물에 몸을 던졌다
물길 따라 그는 낭만적 표류를 시작한다
그의 생의 강은 거칠고 깊디깊었다
하나 그는 물살을 탓하지 않았다
황홀한 세월이라 여기며 노를 저었다

한 꾸러미의 돈이 생기면
어디든 자리 깔고 앉아
시를 짓고 산천을 사랑하고
나라를 걱정했다

성현들의 외로움을 배웠고
말술로 잔 잡아 권하며
진정한 술꾼으로 남기를 바랐던
하여 나는 이에 반해
이 멋스러운 작자의 곁을 내달라 청하여
기꺼이 작부로 앉아 줄 수 있다

숫돌을 차린다
칼을 갈고 마음을 갈아 놓는다
아!
나는 나를 안아준다
못된 말들을 배우고 적은 것이 가엽다
애쓰지 않고 아무렇게나 휘갈겼다던
기세등등했던 그의 감정이 탐난다

반지라운 소리만 불렀던 그의 귓가에
조요한 이 시대의 말들을 전한다
오늘 밤은 그의 여인으로 팔베개를 벤다

… 이백의 애인 A 따라잡기. …

가을에 들어

이젠 가을도 어지간히 한가운데다.

어김없이 계절은 돌고 돌아서 제 한철을 다 비워내고 다시 채워서 한 아름 안고 떠날 채비다. 앞서 왔던 그들이 떠나면 남은 땅에는 근근이 살아가야 할 약간의 온기만 남는다.

곧 겨울을 데리고 올 모양새도 여기저기 그득하다. 푸르렀던 풀 포기와 곡식들을 다 따내어 주고 우두커니 흙덩이만 엎어대고 있는 빈들이 꼭 내 마음 같다. 쓰러지듯 베어져 나가고 뜯겨 나간 마른 풀뿌리가 심장 근처에서 까슬해진다.

이즈음 들은 퍼석거리기도 하고 웅덩이가 팬 곳은 썩은 물기가 고여 있다. 군데군데 질퍼덕거려서 발이 빠지기라도 한다면 우울하기 짝이 없겠다.

가을은 스스로를 좋아할까? 산책이라도 하다가 가을이 지나면 슬쩍 물어보리라. 그대의 계절은 그대의 마음에 드는가? 그대, 우리가 얼마나 그대를 좋아하는지 아느냐고. 우리가 그대를 안고 얼마나 비틀대는지 아느냐고.

아직 물어보지 못한 눈부신 말들을 늘어놔 봐야겠다.

완연한 가을임을 알려주는 마른 바람은 따스한 챙김을 준비하라 하는 것 같다. 다 비우고 떠나는 길은 울적하고 설설해질 것이다. 이 가을도.

한 시절 그의 부재가 맹렬한 허기로 허덕임에 유린당할 거란 것을 모두는 안다.

모든 생기의 마디가 꺾이어 내동댕이쳐지고 있는 그는 진정 모른 척 지날 것인가. 그저 약한 사람을 위로하여 따뜻한 석양이라도 오래 보게 했으면 좋겠다.

풀숲 사잇길에서 중얼거리는 풀벌레떼의 노는 소리를 더 들었으면 좋겠다. 소란했던 기억을 몽땅 싸 들고 그가 떠날 때쯤엔 아무도 알지 못했으면 한다.

내게 묻노니 내가 요즘 많이 고독해하고 울적해하지 않던가.

뭐 누구나 다 그러할 터이지만 요즘은 괜스레 마음이 요동친다.

오늘도 고독은 삐죽인다.

송송하게 자라난 어린 배추 무더기같이 잘 솎아내어 놓았음에도 다시 빼곡하게 자리를 잡고는 성장하기를 멈추지 않고 다시 솎아주기를 기다리며 미련 없이 뽑혀 나가더라도 비집고 올라와 능청을 떨며 고집의 넝쿨을 친다.

씨줄 날줄 그물망을 짜듯 고독은 언제나 더 탄탄하게 길러진다.

나는 더러 너무 외로워서 괴로워서 따가운 날들은 아무것도 하지 않는다. 살아오면서 나 스스로가 길들여 놓은 버리지 않아도 될 좋은 습관이다. 하지 못하는지 안하는지는 알아차리려 하지 않았다.

함몰되거나 비어드는 공허한 어떤 뭉텅거리들의 살갗들이 말라 비틀어져 늘씬한 뼈대를 드러내도록 질겅거리며 처박히는 내 온몸의 정신을 즐기는지, 사랑하는지, 싫어하는지는 아직도 내가 모르는 나의 어느 알 수 없는 골목의 매스꺼움인 것 같다.

하여 나는 그 무엇이든지 간에 무슨 일이든 간에 어느 누구든지 간에 바라지 않는다.

어찌어찌 달콤함을 구해 보고자 만들고 드는 그 자리들이 어이없게도 더한 쓴 내만 붙여다 준다는 것을 우리는 알아차리고 있지 않는가.

열중하는 순간 심신만 더 어질러 진다는 것을 우리는 익히 알고 있다.

더러 우리네들은 행복이 뭔지에 대해서도 깊이 고민해 본다. 어렵다.

너무 좋아서 너무 행복해서 행복이 행복이라는 존재를 발견한 그 찰나를 붙들어 어느 움직여지지 않는 딱딱한 공간에다가 꾹꾹 귀하디귀하게 잘 넣어 두려 한다.

그때 우리가 언제나 말하듯 표면 위에서 잡힐 듯하여 훠억 낚아챘을 땐 이미 싸늘한 기운을 남기며 손가락 사이의 불안한 사슬을 모두 끊어버리고 후줄근하게 빠져나가 버린 후 아니던가.

좀 쉬어가매 슬슬 농땡이 치고 즐겁고 푼수같이 살아야겠다. 일그러져 있는 나의 일상을 달콤하게 달래 보기로 한다.

행복에게서 손을 놓고 싶으면 손을 놓았다가 다시 즐거이 고삐를 채고 싶을 땐 힘껏 채찍을 들어도 늦지 않고 행복 속으로 들 수 있으리라.

나를 위로해 줄 수 있는 그를 저장해 놓아야 한다. 몸뚱어리를 부여잡고 안고서 힘겹게 두 발로 균형 있게 서려면. 하지만 때론 미련하고 굼뜨기도 해 좀 불편하여도 눈치채지 못했을 것이다.

행복이라는 그 친구도 말인데 너무 황홀하여 철철 홀로 넘쳐버려 감당 못 하도록 너무 버겁지도 않아서 적당한 간지러움 같은 고마운 스며듦이면 좋겠다. 너무 위대하거나 역으로 상처 내는 쭈글거리는 것이 아니었음 한다.

우리가 더 이상은 우두커니 울고만 있지 않고 난해한 덩어리로 붙들고 늘어지지 않도록 튼실한 기둥을 세워 둘 수 있는 따스한 심장 한 자락이 우리에게 말갛게 남아 있으면 좋겠다. 따뜻한 바람이 부는 날 얇은 날개를 입고 방랑하는 행복이 날아들면 그의 우주 속으로 흘러들어 가 세게 손을 잡아 끌어안고 파동해 보리라.

바다의 색깔이 깔려 있기라도 하듯 참 깨끗하고 차고 푸르른 날이다.

가늘게 그림자 진 핼쑥한 마음이 굴러다니며 쿵덕댄다.

아무 데도 갈 데가 없고 부르는 곳 또한 없지만, 지하철이든 버스든 타고 어디라도 훌쩍 떠나갔다가 와야겠다. 억지로라도 다른 일을 해보아야 한다고 다른 쪽에 마음을 쪼개어 놓아야 한다고 갈색 가을은 역력히 머릿속으로 비집고 든다.

잡아야 한다. 잠깐 나의 도시를 벗어났다가 돌아와 보는 것도 좋지 않겠는가 말이다. 누군가가 사는 공간으로 들어가 그의 냄새를 맡다가 그의 고뇌를 관찰하고 몽땅 그에게 묶여 쓴웃음과 희로애락의 적절한 혼돈에 관조되어도 좋을 날이다.

오늘은 바람이 그쪽으로 분다. 마음이 갈피를 잡는다. 욕심은 언제나 제 생각만 하고 살아난다. 얼른 나서 봐야겠다.

… 제비, 요즘도 친구 데리고 강남 가던가? …

나비

벗님.

이렇게 아름다운 일요일 아침을 맞는 것도 참 오랜만인 것 같다.

한 사흘 장맛날에 버금가는 비 오는 날들을 만났던 탓이었던지 쨍쨍하게 햇살이 내리는 오늘 이 청량한 아침이 이루 말할 수 없이 어여쁘다.

새들은 맑아진 나무 둥지 위를 넘나 날아들며 고운 노래를 지저귀고 목욕을 마친 숲은 각각의 나뭇잎들이 팔랑거리며 반짝이는 춤사위를 세상에 내어놓는다. 하늘은 마치 소꿉놀이하던 소녀가 엷은 파란색 물감을 풀어 장난치며 사랑스러운 풍경을 매달아 놓은 듯하다.

집집마다 옥상 담벼락에는 눅눅한 초상을 지워 버리려는 이불 더미들이 무겁게 널려 화사한 햇살 아래서 개운한 마사지를 받을 태세로 누웠다.

혹은 갓 짜낸 옷가지들을 빨랫줄에 척척 널어가며 두 팔을 펼쳐 들고 하늘 위로 상큼하게 나풀대는 아낙의 모습도 보인다.

아파트 단지가 아닌 낮은 집들이 옹기종기한 동네여서 이러한 풍경들은 참 정답게 펼쳐진다. 아이들은 이불 속에서 누에처럼 이불을 감고 구르며 늦잠 중이다. 엊그제 학기 말 시험들도 끝이 나고 자고 싶은 만큼 자고 일어나겠다며 단단히 마음을 먹고 잠든 아이들이었다.

그러니 내 일요일 아침이 포근하고 달콤한 솜사탕 같은가 보다.

믹스 커피도 간단하게 한 잔 만들었다. 적당히 거품을 만들어 내는 커피잔 속에서 또 하나의 행복이 일렁이며 입안으로 들어 온다.

오래전에 열창하던 흘러간 가수를 깨워서 몇 조각의 노래를 간지럽게 틀어놓고 흥얼거리며 같이 부르기도 하고 나는 이 아침을 멋지게 짜 맞출 필요한 모든 준비물이 어지간히 채워졌음을 만끽하며 헤벌쭉해진다.

살포시 눈을 감아 볼까.

자, 하나둘 셋을 세어 보세요.

편안한가요?

당신은 지금 어디쯤 가 있습니까?

누군가 이런 거라도 속삭이면 멍한 기운이 가실 아침이다.

어릴 때 어느 날인가 비 온 뒤 날이 개는 것 같길래 새빨간 보자기를 어깨에 두르고 머리에는 별 모양 종이 모자를 오려가며 만들어 썼다. 아주 인상적으로 기억에 남는데 하얀색 아주 짧게 달라붙던 반바지와 빨강 장화를 신고 슈퍼우먼에 원더우먼까지 보탠 놀이를 한다고 뒷동산 낮은 언덕으로 올라갔다. 오토바이까지 타는 흉내를 내며 그 오토바이를 타고 빨강 보자기 날개 삼아 휘말리며 멋지게 날아오르려 하는 찰나 언덕 빗물 고인 흙탕물 구덩이에서 미끄러졌다. 반지르르하게 포장된 진흙 언덕배기를 주르르륵 타고 넘어져 내려와 처박혔던 것이었다.

그 나머지는 혼자서 일을 처리하느라 야단도 아니었을 것이다.

뒷산 언덕을 찾아 올라온 일이 아니 빨강 보자기를 찾으며 온 서랍을 뒤졌던 일부터가 후회스러운 파도가 되어 몰려들고 있었다. 새하얀 반바지는 엉덩이를 치켜 버리고 속옷까지 잘 담근 된장 빛으로 알다가도 모를 얼룩덜룩한 물이 배어 있었고 장화는 저만치 한 짝 날아가 뒹굴어대고 있었다.

비상의 알싸한 맛을 본 건 달랑 빨강 장화 한 짝뿐이었다. 저 지경에 닥쳤으니 아마 난처해진 표정으로 놀라 울먹이기도 했으리라.

왜 안 그랬겠는가. 벗님.

정의로운 일에도 끼어들어야 했을 것이고 지구도 앞장서서 구해야 하는데 일이 잘못 틀어지는 바람에 집에다가 혼쭐 날 때 창피스러움을 무릎 쓰고 갖다 붙여야 할 변명거리 만들어 내기에도 급급했으니.

슈퍼우먼과 원더우먼이란 멋진 두 여자를 강력하게 합체해 놓을 것 같았던 무모한 도전의 놀이는 그날 이후로는 꿈도 꾸지 않았던 것 같다.

가끔 혼자 울적해지는 그런 날이었을까. 방 안에서 갖가지 준비물들을 모아다가 여느 집 아이들처럼 거울 앞에서 나를 위한 쇼를 벌이는 정도의 무대를 꾸미는 일이 전부였다.

꼬맹이치고는 그래도 계획성 있게 놀 줄 알았던 듯해 보여서 더러 떠올리면서 피식댄다. 그리고 가끔 먼 옛날의 배우들 속에서 나의 우상이었던 그녀들을 만나면 내 오랜 기억의 상자 속에서 어린 나를 끄집어내 본다.

빨강 보자기도 휙 펄럭이며 따라 나온다. 혹시 극장가에 그녀들의 반짝이던 모습이 앙코르로 다시 한 번 걸려 준다면 다 커버렸지만 수줍게 열광하며 박수 치고 지구 살리기에 동참할 수 있을까.

꾸물대며 아이들의 몸부림치는 소리를 이불이 사각거리며 받아 준다.

일어날 기미를 보이는 것 같기도 하고. 아이들은 이 방 저 방을 차지하고 온몸으로 쓸고 다니며 꿈길을 따른다.

나도 그 속으로 다시 들고픈 걸까. 벗님.

하품이 난데없이 길게 뽑어져 나오니 말이다.

… 무지개 친 하늘에 빨래 널어 빠삭하게 말리고 싶다. …

음악실에 가면 노래를 부를 수 있다

안녕 벗님.

안녕 벗님! 이래 두고 그대에게 편지를 부치고 그대에게서 편지가 오기를 손꼽아 날 잡아 꼽고 기다리고 앉았으면 얼마나 좋을까.

그러한 행위들은 허락되는 자와 그렇지 아니하는 자가 따로 있기와 없기를 나는 거부한다네. 이 무자비한 병마가 지나고 있는 여름 초입을 어이 지내시고 계시는가.

이내 집은 나으니 그대의 식솔들께서도 강건하시길 바라나니. 그러고 보니 그대와 나도 얼추 알고 지내온 시간이 제법 되는구랴.

그대 같은 벗을 마음속 깊이 간직하고 살아오는 날들은 나도 몰래 괜히 세상에다 대고 으스댈 만큼 자랑스럽고 큰 복이고 운 좋게도 매 순간 달달할 수 있는 막연하네만 그대에게 의지를 더러 하고 쓰러지기도 한다네.

사람은 살아가면서 어떤 벗을 만나서 그 벗과 무엇을 나누고 어떤 일을 함께하여 무슨 추억을 나란히 똑같이 나누어 가진 것인가도 참 중요한 일로 일생에 꼽사리 낄 듯하네.

굳이 자주 종종 만남을 가지지 않더라도 서로를 잘 알고 파악하여 간파하고 있으니 도리에 어긋나거나 어떤 상대에게 있어서 실례가 되는 일은 일절 아니 벌이게 되는 것이지.

우리는 그리 서로를 장시간 동안 아니 만나고 있더라도 그 벗이었다만 이럴 때 저럴 때 어찌했을까 하는 다소 귀찮을 수도 있지만, 그의 곁에 가서 넌지시 그 수를 알아 내오고야 말지니.

그리 그대와 나도 길지 않은 시간을 아울러 가졌지만 만나고 헤어지고의 기간은 그리 중요치 않음을 하루 이틀 살아 보아 익히 우리는 깨우치지 않았던가.

앞으로 우리가 만나더라도 이리 긴 세월을 떨어져 살다가도 즉행으로 만남이 되면 아무 걸림돌이 아니 된다는 아무 문제가 아니 된다는 사실만은 세상에 두루두루 알려야 할 필요가 있음 직허네.

「타박네야」라는 노래를 틀어 두고 있다네.

아마도 그대는 그 열 살이 갓 넘은 소년 시절 이런 노래를 듣도 보도 못했을 거야. 그대의 스승들께서도 아마 멋지신 분들이 많았을 것이나 나도 참 만만찮은 스승들 아래에서 이러저러한 것들을 두루 섭렵할 때라 내 스승들을 자랑하고 싶은 마음이 그지없다네.

그대의 그 곧은 심성과 벗을 생각하는 아량과 넓디넓은 이해심과 이웃과 어쩌면 그대랑 아무 상관 없을지도 모르는 그저 스치는 인연마저도 마음을 나누어 신경 써주는 그러한 심보들을 바라보고 있을라치면 그대의 부모님들과 형제들과 친구들과 그리고 그대 삶에 크나크게 자리하여 늘 그대의 가슴 언저리에서 모든 인생살이를 지탱해주는 세상 어느 것과도 그대를 바꾸겠다고 선뜻 내놓는 스승이 아니 계셨을 터.

그대도 얼마나 누가 쳐다봐도 부러운 존경을 금치 못할 스승들이 곁에 함께하였는지 감히 짐작이 가고도 주리가 남음이라오.

나는 내가 만난 모든 스승들께서 그러한 분들이셨지. 뭔 놈의 복이 많아서 그리 청렴하시고 욕심 없으시고 사람을 차별치 않으시고 오히려 못난 벗들을 더 안아주시는 모습들을 늘 우리 모두에게 좋은 그림으로 내보이시던 내 스승들께서는 그리 많은 생의 본보기들을 우리네 인생 앞에 펼쳐 보이시고도 늘 말씀이 없으시고 표시를 내지 않으시고 왜 그런 말 있잖은가.

하늘을 찾기 전에 너희가 하늘이 감동할 일을 벌여서 하늘이 스스로

돕는 자를 찾아서 도우려 할 때 그때 손을 들어 보라거나, 오른손이 해두는 일을 왼손이 알아서는 아니 된다라고 멋지게 몇 마디씩 흘려 주시던 내 스승들은 도대체 무얼 믿고 저리 아이들을 케케묵어 시들어 빠진 말장난 위에 올려놓고 무방비 상태로 키우고 계신 건가 싶을 정도로 배짱들이 두둑하셨다네.

참 내가 스승들에게 있어 못된 송아지처럼 가장 먼저 눈치채고 발 빠르게 홀랑 배워 줏어 먹은 게 엎어치나 매고치나 배짱으로 밀고 나가는 버릇을 일찌감치 맛보고 배웠다네. 일단 그것이 밑바닥에 깔려 있는 나로서는 어떤 일들이 닥치면 적당히 고르고 골라서 잘 메워 지나갈 수 있었다네.

아, 아까 타박네에서 이야기가 삼천포로 빠졌구먼.

나를 포함해 나의 동문들을 그 깡촌에서 멋진 콘서트 열어 두고 늘 온 마을이 떠나가라 우리를 열정적으로 노랫가락에 실려 우리네 마음을 설레게 멋진 선율로 이끌어 주시던 최 선생님께서 계셨다네.

그녀는 늘 우리가 태어나서 처음으로 듣는 클래식과 여러 나라의 민요들과 음악책에는 나오지도 않는 이야기가 가득한 노래들과 각종 악기들의 소리들과 세계 여러 나라의 모든 음악가들과 명곡들을 온몸이 마르셔서 쓰러질 지경이 될 것 같아 보이는 그 깊은 심혈로 농촌에서 학업하는 우리를 어디 내놓아도 뒤지지 않을 만큼 온 정성으로 키우셨다네.

우리가 나중에 중학교와 고등학교에 진학하였을 때 최 선생님에게서 음악을 배웠던 우리는 타 지역에서 모여들었던 여러 타 학교 아이들보다 월등한 실력을 보였던 것이다. 그곳에서 두각을 나타내었던 우리는 그제야 최 선생님께 은혜를 갚는 듯하였지.

별의별 음악이야기를 다 퍼내어서 쏟아 주셨던 내 음악 선생님은 아마 모든 제자들에게 어디서나 회상되실 듯하다네.

그리고 나는 개인적으로 음악 시간을 너무 좋아했다네. 내 살아가는 내내 무엇인가가 언제나 우울했던 것 같아. 어린 나이라 아무리 생각해도 뭔지는 모르던 시절이고 말로는 도저히 그 시절의 나를 설명해낼 방법은 없지만 그러한 심경들을 나는 음악 시간에 최 선생님의 두 눈을 마주 보고 넌지시 무언의 가슴앓이를 내보이고 그에 최 선생님께서는 안타까이 여기시는 듯 내게 무언가를 누차 던져 주시곤 하셨다네.

그래서 나는 너무나 열심히 시간마다 귀를 쫑긋대고 있었던 바람에 다른 동문들보다도 더욱이 월등히 그 습득이 빨라서 가장 두드러져 보여서 음악 시간에는 늘 최고의 학습결과를 내놓기도 했다네.

그러할수록 나는 더욱 나를 찾아 떠나는 날이 부쩍 늘어났다네.

제자가 그러하니 스승 또한 걱정이 늘어나셨겠지. 스승께 면목이 없음이야.

최 선생님께서는 지금 무얼 하고 계시나 모르겠네. 여기서 내가 난처해지는 대목이 되기도 하네. 스승님을 좀 찾아뵙고 해야 하는데 제자가 이리 성의가 없으니 말이야. 최 선생님께서 우리 아이들을 모조리 모아 놓고 그 흔하디흔한 동요들도 중요하고 좋지만, 선생님만 알고 계시는 어여쁜 노랫마디들을 따박따박 한 소절씩 들려주시면 우리는 그 아래에서 쫑알쫑알 다시 철없는 아이들이 되어 풍금을 탔으면 좋겠다네.

송아지 나무 아래 낮잠을 잔다…는 이리 이쁜 노랫말로 짜인 음악시간을 보내본 기억이 언제인가.

최 선생님께서는 그 시절 우리에게 아주 높은 도량으로 들게 하셨으며 우리는 그 비싸고 어마어마한 선생님의 수업을 공짜로 들어 놓고도 이리 아무 곳에도 나아가지 못하고 그 열정을 뿌리지 못하고 있다네.

스승 앞에 머리 조아려 앉아 부끄러울 따름이라네.

다음에 그대 스승님의 이야기를 들려주시게. 그대를 보고 앉았으면 스승께서 굉장하실 것 같으이. 오늘 최 선생님이 정말 많이 보고 싶은 날이야.

벗님.

… 음악, 최희숙 선생님. …

애인별곡

새벽녘 텔레비전을 보고 있는데 졸졸대는 물소리를 들려주며 꿀맛 같은 피서라도 다녀오라고 시청자들에게 외치고 있는 구석구석 숨어서 이쁘다고 소문난 계곡들을 소개하는 채널을 잡았다.

참 멋지고 좋은 곳도 많구나 하는 탄식과 함께 멍하니 보고 있자니 지난봄에 들렀던 개울가에 자리 잡아 확 트인 풍광이 자랑이었던 식당이 생각났다.

한창 봄이 피어나던 5월에 이곳저곳 돌아다니다가 찾아들었던 막국숫집이었다. 말하나 마나 막국수는 사각대는 얼음가루가 섞여 빠알간 양념장과 육수를 더불어 내왔다.

슥삭 대고 비벼 먹는데 이가 시렸으며 속은 얼얼해져 왔더랬다.

쫀득대며 함께 부쳐져 나온 감자전이 그나마 찬 속을 진정시켜 주었다. 묘한 맛에 기대어 그리 푹 퍼져 앉아 있었더랬다.

아직 봄이 가시지 않은 깊은 산 계곡은 언 물이 내려오는 듯 차갑게 굽이쳐 흐르고 있었다. 틀어 앉은 자리로 보나 경치로 보나 예부터 명소였을 것이다. 머나먼 시절에도 시원스러이 시내를 이루어 놓았으니 관조하는 이들로부터 사랑을 받았음은 틀림없으리라.

그 옛날 사람들은 이곳에서 무얼 꿈꾸었던 것일까? 옛 그림이 저절로 떠오르고 있었다. 잘 빚은 술을 담아내어 나와선 벗들을 한 자리에 모아 놓기도 하였을 것이며 홀로 외롭고픈 날 아껴가며 찾았던 곳일 수도 있었을 것이며 철 따라 이야기를 엮어내느라 붓과 종이가 몇 다발은 닳아 없어졌을 것이다. 휘갈겨 쓴 사연들은 말할 것도 없이 근사했으리라.

더러 애인은, 존재하였든지 보이지 않았든지 허구의 부재였더라도 그리움으로 남는 빈혈 덩어리쯤 되는 어떤 무엇이기도 하여 갑자기 막막하게 밀려오며 답답함이 묻어 나올 때도 있었겠으나 그와 동행하였던 길이기도 했겠다.

언젠가 한 번 정도 그들은 대낮 한가운데서 마주하며 따뜻한 식사를 나누고 멋진 산책로를 함께 걸어 보거나 그 길을 걸어가다가 요즘같이 커피 자판기라도 놓여 있으면 서로 동전을 뒤져서 커피 한 잔을 들고 앉아 눈부신 태양 아래 앉았으면 좋았겠지만.

그리하여 그 종이컵이 바닥이 나도록 홀짝이고 앉아 꼼짝하지 않아도 좋았겠지만 그도 못 되었던 시대이니 어디 시원한 약수터라도 찾아들어 목을 축였을 테지. 따지고 드니 저 사람들보다 우리는 참 멋진 시대를 만나고 있구나 하는 생각에 그나마 옛날에게 덜 질투가 오른다.

벗을 앉혀 두고 정인을 옆에 끼고 행여나 말이 마음보다 덜 전해질까, 다 못하여질까 시를 지어 주고 노래 한 소절을 불러 바치거나 느닷없이 어느 시인의 근사한 시구를 훔쳐내 곁에서 읊어주고 괜히 어려운 말들을 떠들어대며 아무것도 아닌 일들을 화려하게 치장하여 밀어들을 안겼다지 않는가.

그들은 빛바랠 추억을 하나씩 접어 들이며 스스로를 안았을 것이다.

그리 애잔한 풍류가 그리워 두향은 철 따라 찾을까 말까 하는 퇴계를 어이 기다리고 살았을꼬. 매창은 애타게 보고픈 님은 아니 보이고 마음에도 없는 객만 맞으며

그 많은 날을 애꿎은 거문고만 끌어안고 어찌 버텼을꼬.

바위산에 올라 한을 타던 그녀의 거문고는 어디 가서 황량이 드러누워

있을까?

여인네들과 서늘한 바윗돌에 걸터앉아 서글피 사라진 시계추를 기억해 내며 속 시원히 걸쭉하게 막걸리나 한 사발 들이켰음 싶다.

상상에도 잡히지 않는 애수를 품고 살기는 예나 지금이나 다를 것이 없다는 걸 알아낸다.

먼 그 날을 듣고 있자면 그들도 공허로운 무언가를 좇고 있었던 건 마찬가지였다.

그래도 아주 좋은 시대를 만났던 사람들이었던 것 같다. 숨이 쉬어졌을 것 같은 것이.

철이 들려는 것인지 나를 조금은 밀어내놓고 살아 보려는 작정인지 나 스스로 고단하게 입은 노고를 따스히 쓰다듬어 주고 싶은 요즘이다.

그 옛날 멋스러웠던 선현들이 기록해 둔 전통을 다 퇴색하게 두지 말고 계승해 나가 보자고 떠들고 싶다.

축축한 바람을 타고 옛날의 이야기들이 하늘을 나는 날 같다. 오늘도 태양은 더운 날을 부릴 모양이다 싶더니 하루 내내 더웠다. 이른 새벽부터 우렁찼던 매미들의 합창도 여전하다.

제 짝을 찾지 못한 서로의 구애가 새벽녘부터 도시로 애잔히 흘러 쏟아졌다.

외로움은 늘 평행선을 긋기에 꼬여 만나지거나 스치기가 저리들 힘에 겨운 모양이다. 아침부터 어디선가 속절없이 얕은 바람이 잘 휘날리고 있었다.

필시 비 올 바람을 닮았거늘 아직 하늘의 속내를 알 리가 없음에 바람은 그저 세상 아래 부채질만 내려 놓느리라.

맑은 물 흐르는 소리 들으러 바람나고 싶다.

꽁꽁 매여 쩔쩔거리매 살고는 있다만 누군들 이 좋은 시절을 부유하지 않다 할까.

녹음이 켜켜이 나붙어 축축 늘어져 내리는 이 여름이 불어드는 날에 나를 잊고 까먹고 사는 우리는 오늘도 외로운 계단을 오를까?

아까 낮에 잠깐 들렀던 아낙은 또 오늘 저녁은 무얼 해 먹어야 하나 머리가 아프다면서 그래도 밥을 하겠다고 집으로 갔는데 뭐 맛난 걸 해 먹고 있으려나.

오늘 뭘 해 먹느냐고?

여인아 어디 그것이 어제오늘 하루 이틀 문제였더냐.

좋은 하루를 이야기하며 마무리하려는 사람들의 전화와 문자메시지를 읽는 라디오와 여름 저녁을 맞는 사람들이 제법 시끄럽다.

아이들도 소란하고 잦아드는 해거름 소리도 시끌벅적하고 내 속도 시끌시끌하다. 라디오는 계속하여 줄줄 사랑 노래를 부르고 있다.

저들의 노래를 듣고 있는 이들은 무슨 생각을 할까? 사랑, 무슨 무말랭이 비틀어지는 소리냐고 풀썩 주저앉아 있는 건 아닐까.

무말랭이 같은 사랑이면 어떠리. 사랑 속에 푹 빠져 있다는데.

아이들이랑 밥이나 먹어야겠다.

무말랭이 없어서?

나는 간다 나는 간다 황진이 너를 두고
이제 가면 언제 오나 머나먼 황천길을
서화담 그리운 님 저승 간들 잊을쏘냐
섬섬옥수 고운 손아
묵화치고 글을 짓던 황진이 내 사랑아

나는 간다 나는 간다 황진이 너를 두고
살아생전 맺지 못할 기구한 운명이라
꽃피고 새가 울면 님의 넋도 살아나서
네 무덤에 꽃은 피네
눈감은들 잊을 소냐 황진이 내 사랑아

- 우리 옛 노래 「잘 있거라 황진이」

… '먹' 갈고 앉아 졸고 싶다. …

어머니의 주소

파란 비가 내린다.

바람은 하늘 꼭대기에서 슬픈 춤을 추고

나목은 조용히 빈 가지를 흔들며

멀뚱히 제자리를 지켰으며

겨울이 곧 날카롭게 불어 닥칠 것이라고

조용히 떠오르는 태양이 귀띔 넣었다.

세상의 소리들도 잠을 잤다.

그날, 모든 일들은

온종일 어디 숨었나 어슬렁대지 않았다.

내 속에서는

수많은 칼날들이 몸속 여기저기 날며

상처에게 생색내지 못하도록

피 한 방울 흐르지 못하게

나는 내 모든 구멍들을 단단히 단속하고 있었다.

드디어 지도에 그려 넣을 그녀의 집에

우리는 일제히 도착해 눈빛을 주고받는다.

아침나절부터 집을 나선 꽃가마는

세월을 잡으러 가지 않는다.

풍요로운 북가락이 세상에 울린다.

그녀의 세월은 칭칭 중무장 당하고 편안하다.

꽃이 던져진다.

그녀는 꽃송이를 센다.

사람살이 속에서 목숨을 걸고 겨우 도망했지만

다시 내게 와서 매달릴 것을 나는 안다.

나, 고배를 마신 당신을 쉬게 하리라.

당신께 복종하리라.

그리고

해가 뜨면 하늘에 당신이 걸리고

달빛 지는 밤엔 별 곁에 당신이 빛나기를

하늘에다 대고 빌어 부치리라.

… 초상, 어머니를 묻다. 사는 게 다 그렇다. …

표류

달이 차는 날짜가 아니라 요 며칠간은 하늘도 달님 없이 어두컴컴한 밤을 보냅니다. 그러하여 새벽은 더욱 더 느직이 떠나갑니다.

겨울이 오면 더 할 테지요. 깡깡하게 파고드는 추운 바람을 떠올리니 순간 어슬해집니다.

그래서 푸른 시절이 좋긴 한데... 그렇죠? 교수님? 그래도 겨울이 매력 있는 계절이지 않은지요? 자연은 쉴 새 없이 창조되고 무너지고 다시 일어서는 것 같습니다. 자연의 섭리를 따르는 우리도 그때마다 왕성해지는 것 같고요.

감격하게 되는 순간이 자주 있는 까닭도 자연과 잘 융합하는 우리의 특성 때문이 아닐까 싶습니다.

오늘, 수많은 아이들이 수능을 치르네요. 드디어 목표의 그 날이 왔으니 다행입니다. 오늘이 지나면 지친 아이들을 좀 쉬게 놔줄 수 있으니 말입니다.

우리의 교육이 언제나 입시 위주로 이루어짐을 톡톡히 맛보는 날이라는 것을 실감하게 되는 시점입니다. 대학입시를 위한 교육이 되어서는 안 된다고 어제오늘 강조하지만 결국 아직까지도 수많은 풀지 못한 숙제가 되어 해를 거듭할수록 문제가 더 짙어지고 사교육 시장은 학교보다 더 큰 자리를 차지하려 들고 있습니다.

언젠가 재미나는 조사가 있었습니다. 우리 아이들이 그렇게 학교공부에 학원 공부를 겸해도 OECD 내에서 학습능률이 최하위권 그룹에 속한다고 하고 우리 주위에 영어유치원이 10곳이 들어서면 소아정신과가 한 군데 개원한다는 웃지도 울지도 못하는 기사를 접한 적이 있습니다.

순간 싸아해지는 것이 맥이 빠지더군요.

물론 뭐 영어도 중요하지요. 그렇지만 아무리 그래도 모국어도 터득지 못한 어린아이들까지 계속해서 몰아붙이다가는 큰일 나겠다 싶어지는. 이쯤 되면 이제는 나중에 아이들이 그저 허무감에 빠지지 않기만을 바랄 뿐입니다. 저는 거봉까지는 되지 않더라도 인생의 감격을 받을 만한 무언가를 잘 찾아내서 스스로 자신이 어떤가도 찾아내 가면서 정복해 보고 짜릿하게 행복하기를 바라봅니다.

그것이야말로 위대한 생애를 보내는 일이기도 할 테니까요.

네. 교수님. 국가 이전에 다 우리 모든 가정의 책임입니다.

가정에서 잘 훈육하고 부모들이 바른 교육관을 꽉 매고 슬슬 가르치고 해야 하는데 부모의 무릎은 인간 최초의 학교이며 부모의 모든 말과 행동들은 그대로 아이들에게 보이게 되어 아이들의 첫 스승이 되는데 말입니다.

그것도 모르고 엉뚱한 상급교육에만 골몰하고 있으니 교수님께서 보시기에도 근본이 무너져 보이시기도 하실 테지요?

하루 이틀 봐온 풍경도 아니고 너무 걱정되시지요?

"아이는 부모의 거울이다"라는 말이 저는 너무 어렵습니다. 크다 말고 철들지도 못한 저희 어린 부모들에게 큰 스승으로서 많이 꾸짖어 주시고 인간다운 삶을 형성해 아이들에게도 가르칠 수 있도록 많은 가르침을 주시기 바랍니다.

교수님은 갈길 몰라 헤매는 우리들의 든든한 배후십니다.

언제나 훈훈하고 따뜻하였던 말씀을 잘 새겨 보겠습니다.

그러나저러나 다행히 입시 한파가 없어서 다행입니다. 모두 좋은 결과가 있기를 바라봅니다.

오늘도 늦가을은 익을 대로 익어서 축축 늘어질 듯싶습니다. 남은 가을 즐겨 보내시고 감기 조심하세요. 교수님.

고맙습니다.

… 이성호 교수님께 보낸 편지글. …
내 새끼, 옆집 아줌마 말대로 키울 것인가.

흐르는 강물처럼

발길을 뗀다
강둑에 올라 본다
무리 지어 날아가는 새떼들의 허공은
물 위에서 출렁인다
물속에는 구름이 헤엄을 치고
태양이 빠져 펄떡거리며 뛰고 있다

물속은 너무나 가난하여
지나는 나그네들을 모조리 유혹했다
잡아먹힌 부유한 초상들은
할랑하게 길을 따른다

이윽고 오후가 되었을 때
아이들이 강둑으로 모여들기 시작했다
아이들은 별 모양처럼 반짝거렸다
작은 별 슬픈 별 기쁜 별 또 외로운 별
별들의 노래가 물살을 갈랐다

아! 외롭다고 소리치는 별 아이
그 슬프고 고혹한 빌어먹을 열매를

언제 따 먹었을꼬

아이는 내 치사한 말에

체기 앉은 목소리로 위대하게 한마디 한다

도망쳐 숨어 보려고

… 강둑에 앉아 달래를 캐며 놀러 나온 아이들 물끄러미 바라보다가. …

나무야 나무야

겨울 나무

나무야 나무야 겨울 나무야
눈 쌓인 응달에 외로이 서서
아무도 찾지 않는 추운 겨울을
바람 따라 휘파람만 불고 있느냐

평생을 살아 봐도 늘 한 자리
넓은 세상 얘기도 바람께 듣고
꽃 피던 봄 여름 생각하면서
나무는 휘파람만 불고 있구나

벗님.

이제 드디어 춥다는 소리가 나온다. 온 세상천지가 다 얼어붙고 있다. 겨울나무는 정말 꽁꽁 얼어서 꼼짝달싹도 못 하고 무방비 상태로 또 제자리를 지킨다.

「겨울나무」라는 동요를 아침부터 불러 본다.

『나무야 나무야』라는 책을 꽂아둔 책장 앞을 지나갈 때 눈으로 들어오면 주저 없이 입속에서 흘러나오는 '나무야 나무야 겨울 나무야…'라고 흥얼거려지는 책 제목.

그리고 어쩌면 선생을 잘 설명해주는 가시 같은 노랫말들.

나에겐 너무나 어려운 동요.

어릴 적에는 당연히 이해가 되어 즐거이 부르던 노래. 지금은 도저히 어렵고 난해해서 가사가 다 꼬여 제대로 부르지 못하는 노래.

선생과는 아무 연관이 없는 동요이지만 그렇다 하여 꼭 없다 할 수만은 없는 정말 선생과 잘 어울리는 명곡.

아마 나뿐만이 아닐 것이다. 그대를 포함해 다들 허밍을 굴리며 우리는 그것만으로도 통했을 감흥에 다시 감동한다.

선생께서는 우리 땅을 돌아보시며 설설한 마음을 드러내시고 예부터 전해져 내려오는 서러운 이 땅의 이야기들을 어찌 그리 우리에게 조각조각 가여이 들려주시는지.

대부분의 벗들은 선생께서 오래간 국토를 만나지 못하였음에 마음 아파했다. 나중에 그 땅들을 밟았을 때 귀히 여겼던 나라사랑 하는 마음과 가슴을 언어들 마디마디에서 발견한 우리는 짠 눈물이 흘렀잖은가.

벗님, 그래서 우리가 선생의 추종자들로 살아가는 것이 얼마나 다행한 일인지 모르겠다. 뉴스 너머로 선생의 몇 권 책들이 소개되면서 『나무야 나무야』 책도 지나간다.

선생께서 인생 황혼 문턱을 넘으셨다고 전하고 남은 우리는 마른 뼈마디만 남겨 놓은 겨울나무를 언 마음을 더 얼어 붙이며 높이 올려다볼 뿐이다.

그래, 눈치채셨구나. 벗님.

얼마 전 신영복 선생의 빈소에 다녀 갔다 왔다. 날씨는 조금 쌀쌀하였지만, 그냥 겨울 날씨가 그러려니 싶은 그런 날이었다.

선생을 고인으로 보내고서야 뵙다니. 언제나 이리 큰 스승들께서 떠나고서야 왜 후회를 하는가? 어찌하여 살아생전에 나를 부를 때 찾아뵙지 않는 것인가.

늘 그런 생각이 앞서고 든다.

고 안병욱 선생님이 내게는 참으로 높으신 스승이셨고 고 박완서 선생께서도 참교육을 우리에게 일일이 글로써 가르치시지 않으셨던가.

모두 고인이 되시고 나니 아직까지도 휑하다. 오래도록 그럴 테지만.

고 신영복 선생의 글들을 읽고 있노라면 나는 그렇게 속이 따끔따끔 거릴 수가 없던데.

선생만큼 글을 쓸쓸하게 써내려갈 수 있는 사람이 있을까 싶다.

예전도 아주 예전에 조영래 변호사가 전태일 평전을 써 두었을 때 쓸쓸히 마음이 후벼 파여서 혼났는데 그들의 글들은 우울의 극치에 오른다.

전태일은 내 나이 열아홉 살 때 느낀 감흥인데 신 선생님의 글을 만났을 때도 그 느낌은 여전했다.

감옥에서 추운 겨울을 보낼 때 옆 사람들의 온기는 너무도 소중해 모두를 그 꽁꽁한 겨울밤으로부터 서로를 살리는 열기가 되어 고맙고 여럿이 지내야 하는 좁은 방에서 이리저리 부딪는 끈적대는 이열치열의 한여름을 보내는 일은 푹푹 찌는 찜통의 방구석이라는 말로는 조금도 설명이 안 된다던 이야기는 그곳 생활을 전혀 모르는 우리에게 너무도 유명하다.

가족들과 너무 많은 편지글을 주고받느라 종이가 헤지고 모자라고 귀하기도 하여 종이 귀퉁이 모퉁이 빠꼼한 공간이 없을 정도로 손때를 묻혀 적어내려 갔다는. 가족들의 한 자 한 자 적힌 세상의 이런 일 저런 일들을 기록한 편지들이 들어오면 읽고 또 읽고 아껴가며 꼭꼭 뜯어 보았을 것이다.

선생과 가족들의 그 가련하고 슬픈 감옥에서의 노래들이 지금 우리에게 옥중서간으로 남아 위대하고 훌륭한 유산이 되었다.

선생께서는 햇빛 한 줌 겨우 받고 땅 한 발자국 자유로이 밟지 못하며 한 평 남짓 당신에게 허용된 그곳에서 우리를 잊지 아니하시고 우리에게 섭섭하다 내색 한 번 아니 비추시고 그 열악함을 견디어 내시고는 그 세월 동안도 내내 우리를 가르치시기에 언제나 골몰하셨던 일에 우리 모두는 몸둘 바를 모르고 있지 않은가.

그 인고의 세월을 견디어 오히려 약으로 쓰신 선생께 머리가 숙여 가는 것만으로는 부족하다.

일생 내내 나라 걱정에 후손 걱정에 밤낮을 다 바쳐 고민해 주시고 바른 길을 일일이 글로 적어서 건강한 정신을 계승할 수 있도록 훈육하신 살아있는 공자, 맹자, 노자의 노릇까지도 마다치 않으셨던 스승을 가진 우리는 그리하여 이 아침 눈물을 쏟아내며 서글피 행복해지는 이유다.

나는 내 이런 감정에 늘 감사한다. 벗님.

이럴 때 조상 탓 한번 해본다. 참을 수 없는 감정이 복받쳐 올라 힘들어지는 건 힘들어지는 거라 할지라도 멋진 핏줄을 그대로 물려주어 감사를 전한다고.

아직도 무사한 내 가슴속 아련한 깊이에 안도의 가파른 호흡을 내쉬는 것에 안심한다.

내 아이가 나를 좀 닮았나 싶어서, 이 시대의 청년이기도 하거니와 아이와 선생의 옥살이 이야깃거리나 책에 관해서 대화와 생각을 나누었던 기억이 있다.

아이도 나만큼 어느 정도는 선생을 이해했거나 감사하는 마음이었고 건방지게는 측은지심으로까지 내게 이야기를 들려주었더랬다. 내심 아이를 바라보며 선생께서는 누구에게나 저 메시지가 가슴께에 틀어박히도록 우리에게 조곤조곤히 늘 가르치셨구나 싶어졌다.

벗님, 그대도 나도 둘이 앉아서 커피를 한 모금 물며 또 선생의 다른 철학들을 샅샅이 찾아서 이리저리 책장이라도 뒤적였으면 참 근사한 말들을 낳았을 수도 있었으리라.

이렇듯 벗님. 우리는 언제까지나 선생께 배워 나갈 것이니 너무 걱정하지 않아도 될 것이다. 마음 놓고 살아가자.

우리의 배후는 든든하다.

겨울나무는, 나무는 가장 안전한 곳에서 튼튼하게 기둥이 되어 준다.

나뭇가지 사이사이로 햇살이 부서져 내리고 보약을 들이켜듯 뿌리들이 탄탄히 모인다.

… 우리들의 스승, 고 신영복 선생을 생각하며 커피 한 잔 만들다. …

콩나물국

벗님.

한동안 뜸했던 심심한 오후가 들이닥쳤다.

밀린 일거리가 없는 것도 아니고 아이들 뒤치다꺼리할 일이 없는 것도 아닌데 어찌 보면 진짜 심심한 것도 아닌데 온 마음이 싱숭 대고 울적 댄다.

차라리 슬슬 졸리기라도 해준다면 한 잠자고 일어나겠구만 어인 일로 말똥한 정신만 엮어 대고 있다. 하나 나쁘지는 않다는 생각에 미치자 모처럼 만에 느껴보는 무료함에 매혹당해 보기로 한다.

할 일이 있으나 굳이 하려 들지 않아도 될 것이라는 생각이 나붙고 나자 그냥 뒹굴어도 좋을 것이고 좋아하는 노래 곡목을 뒤적거려 몇 곡 들어냄도 좋을 것이고 시 읽기도 좋아하지 않았던가.

몇 수 골라 소리 내어 읊어도 좋을 듯하다는 생각에 이른다.

팔 베고 덩그러니 누워 이런저런 생각의 골을 파도 좋을 듯한데 그러한 일들까지도 머릿속에 그리지를 않고 손에 잡지를 않는다.

그도 싫으면 오랜만에 잠깐 잠잠했던 청승 떨어보기의 열정을 종일토록 다시 쏟아붓는다거나 공상에 들어본다거나. 생각해보니 이도 너무 거창한 일들이다. 시작할 엄두도 못 내겠다.

그도 아니면 얌전히 집에서 휴식에 빠져들었을 벗들을 불러 정답게 다과의 시간을 가지는 것도 근사할 것 같은 날이나 그냥 그만두기로 한다.

마음만 그저 부지런할 뿐이라는 쓸데없는 오지랖을 오늘도 확실히 감지하고 다시 마음만 데리고 얌체같이 빠져나와 버린다. 그래도 다행히 짜

증스러움은 묻어나 보이지 않아 좋은 날 같다. 바람도 살살 불어주어서 고맙다.

벗님.

이래저래 이렇든 저렇든 하루해는 많이 저물어 있다.

무슨 일을 얼마나 많이 해 놓았든, 아무것도 하지 않았든 우리 모두는 다 똑같은 하루를 살아낸다.

뭐 물론 다르긴 하다만 시간은 똑같다.

하기야 그 시간마저 다르단 것을 우리는 또 다 안다. 언제나 그 기호들을 풀어내기 위해 복잡미묘한 미로를 헤매고 다니는 일들이 허다하지 않던가.

해거름 무렵이면 으레 늘 똑같은 그림만 만나는 것 같은 생각. 더러 안 해 보는가? 나는 비슷하고 똑같은 일들을 자주 만난다.

그러게, 삶의 모양새가 엊그제 본 일이, 어제 본 일이, 오늘 보이고 내일 다시 만나지고 권태로운 듯하지만 둥글둥글 모남 없이 또 잘 다듬어져 지내게 되니 이도 어이 보면 근사한 시간들과의 만남이 아니겠는가.

오늘도 탈 없이 흘러가 주는 삶에 고마워진다. 어제처럼 오늘 아침처럼 쌀을 씻어두고 아이들에게 몇 마디의 잔소리인지 당부인지 모를 말들을 나누기도 하고 TV 만화 이야기를 하기도 하고 내일 학교 갈 준비물 빨리 빨리 챙기자고 으름장을 놓기도 하면서 뻔한 시간 속으로 들어가서는 감히 점쟁이 놀이를 한다.

간간이 집으로 걸려오는 몇 번의 전화도 받지 않았다.

잠깐 막무가내로 게을러 앉아 있기로 한다. 그리고 내일도 고맙게 이어질 이 행복한 일상들을 챙겨 둔다.

걸려드는 이런저런 생각과 만사가 귀찮을 즈음, 하늘은 서서히 저녁놀을 그려놓고 나를 놀려대기 시작한다.

어디 가서 저 노을과 함께 타 볼까. 같이 타고 놀아 볼까 싶은 생각이 설설하게 밀려든다. 조금만 더 저 하늘이 꼬셔준다면 눈 딱 감고 몰락해 쓰러져 넘어갈지도 모르겠다.

벗님.

초저녁, 강이 흐르고 있는 마을 구불거리는 시골길 한가운데 서서 굴뚝으로 모락거리며 피어오르는 연기 냄새를 맡고 싶다.

강 넘어 노을은 근사한 그러데이션을 그려 미련 없이 강물에 빠뜨리고는 휘휘 저어대고 있을 것이다. 노을이 흐르는 강은 한동안 아름드리 붉은 자태를 강가득 꽃같이 피워내리라.

강이 그려주는 무늬들을 맞추며 안식을 찾아 날아가는 새떼들과 하룻밤 불릴 자장가를 준비하는 별들이 피어나는 하늘을 머리에 이고 나는 따스한 위로를 지어 올린 집으로 들 것이다.

검은 밤이 남은 낮을 모조리 싸 들고 훔쳐 당도한 후에야 격정을 피우던 강은 그제야 물빛 회귀를 서두르며 서녘 하늘이 두고 간 이야기를 어둑어둑 기록하리라.

밤이 앉는다. 넋 놓고 앉아 있었더니 저녁이 많이 늦어졌다. 고등어라도 한 손 사와야겠다. 무 삐져 넣고 고추장 한 숟가락 퍼 넣고 버무려 지져 먹고 싶다.

밥술에 잘 조린 하얀 생선살을 발라 얹어가매 소곤거릴 아이들의 통통한 저녁상을 보고 싶다.

여전히 비슷하게 만나 보는 날들. 여전히 어제처럼 오늘을 살아내고 있다는 것. 여전한 것들에 고맙다.

빈 하늘이 자꾸 먼 데로 간다. 철없는 아낙의 저녁이 이리저리 어두워 온다.

… 오늘, 그 '고찰'. …

소나기

나를 옥죄는 기압이여
상심이 쳐들어오기 전
흔적없이 자멸하고 싶다

… 소나기. …

꽃 피는 초상집

점빵에 술 상자들이 줄지어 들어오고 있었다.
곧 술병들은 니아까에 실렸다.
그 뒤를 주전부리의 것들이 날라져 나왔다.
마흔 줄의 희끗희끗한 머리칼을 가진 사내가
앞서 초로하게 니아까를 끌고 간다.
사내는 한 걸음마다 노래를 부르고 있었다.
뒤에서 미는 아이들 신이 나라 힘을 보태고 논다.

집 마당 한복판에는 국민학교 운동회날 보던
높이 지붕을 올린 천막이 쳐지고 있었다.
그 아래로 명석을 깔고 아낙들은 분주히 상을 봤다.
샘터에서는 느닷없이 불귀의 여행을 떠나게 된
사지를 뒤틀며 자유를 포박당한 돼지의 초연한 노래가
마을의 심장을 찍고 멍을 때린다.
그의 하늘은 뒤집혀 땅에 떨어져 있었다.
목덜미로 낯선 칼이 춤추며 든다.
시뻘건 영혼이 터져 내린다.
남자들은 마지막 붙은 목숨으로 정력을 챙겼다.

들꽃도 만발했다.
꺾이는 일 말곤 더 이상 피어날 열정도 없는
더 붉어질 수 없는 꽃을 구제하기로 했다.
한 다발을 땄다.
몸 마디마다 엮어 화관을 만들어 쓰고
나는 말간 콧노래 부르며
산속을 헤매고 있었다.

어디서 봤더라.
어디 서 있더라.
얼른 나서 보아라.
너를 베어야 하느니 오동나무야.
너의 집에 새 들어 나 한숨 들어야 하니.

아이고
아이고
사내가 느직이 술을 데리고 왔다.

재미없는 곡조는 닥치고
내 대가리를 뜯어내서
술 좀 담가 줘.
한잔하고 갈 테야.

… 열다섯 살, 숙부를 따라 조부 초상을 치르며. …

밖은 풍요롭고 내 속은 빈곤하다

베란다에 내다 놓은 선풍기 두 대가 고개를 나란히 쳐들고 멀리 가을이 불어 들어 오는 모습에 제 몸짓을 멈추고 섰다.

한여름 바람 한 자락 부채질 돌리고는 지금은 멍히 서서 계절의 쳇바퀴를 함께 넘기는 것이다.

쌀쌀할 것이다.

여름이 한동안 뜨겁게 머물다 가는 세상에는 여름이 다 지나갈 때까지 가을바람을 부르지 않을 때도 있지만 그래도 창으로 불어 드는 바람은 조용하다.

어린 시절 나는 이즈음의 시간을 정말 싫어하기도 했지만 매력 있다 여기기도 했다. 그 강렬했던 태양은 어딘가 갈 곳이 있는 것인지 하늘은 더 이상 뜨거운 뙤약볕을 내려놓지 않는다. 그도 아니라면 태양의 일 년 중 살아 있어야 할 시간은 여름까지였으리라. 꼭 이맘때면 풀이 죽어가며 시들시들해져서는 긴 겨울까지 나를 괴롭혔다.

봄이나 와야 반짝반짝 눈부신 옷매무새를 차려입을까 아무래도 지금은 태양이 죽어가는 고뇌에만 몰두해 있을 시간임을 나는 눈치챈다.

해도 짧아지고 살갗은 트기 시작하고 내 입으로 뱉어져 나오는 모든 말들은 가두어졌다.

사람마다 차이는 있겠지만, 은근히 늦은 가을이 올 때까지 넋 놓고 먼 산만 파는 사람들이 수두룩하다. 가을을 즐기고 이기적으로 알아먹는 사람들이다. 그러면 뭐하나 가을은 독수리같이 제 계절을 채가서는 천지사방에 수를 놓느라 분주하다.

그리고 날이 더해 갈수록 여름은 엷은 바람을 남기고 가을은 제 들어올 길로 분명하게 든다. 다시 말하지만, 대개의 사람들은 계절의 순리를 잘 받아들이고 살지만, 이상한 몸부림으로 가을맞이를 해대는 사람들도 간혹 있다는 거다.

나도 그에 아주 적절하게 들어 맞는 사람이다. 가을이라서 그렇다.

가을이라서 한눈파는 거다. 달리 가을이란 이유 말고 무엇이 있을까?

나는 제때 계절을 넘겨주고 자연스러이 받아 안을 수 없는 모양새를 언제부터 갖추었던가. 하기야 무에 그리 별나게 가을이 뭐라고 이런 생각들을 떠올리는지 모르겠다.

언제나 나야 늘 그러한 꼴로 모든 오고 가는 계절을 맞이하였다가 적당히 때가 되면 내 방식대로 떠나 보내주곤 하지 않았던가.

늘 사계절이 민감하고 예민한 나는 커 오면서도 사계에서 온갖 냄새를 맡으며 나날들을 보냈었다.

봄은 편두통에 시달리도록 꽃향기들이 이리저리 뒤섞이어 한바탕 향수보다 짙은 꽃들의 유혹에 쓰러져 넘어가 내 전신은 꽃밭이 된다.

여름은 진한 초록을 입고 계절의 최고봉 산맥에 올라타 클라이맥스를 쓸어 넘기며 조용히 가을을 불러 앉히기도 하고 태풍 따위들을 불러들여 어수선한 풍채를 보이기도 한다.

이 어수선을 떨며 그리 가을이 온다.

요즘은 가을이 짧아서 그나마 그냥 몇 날 누리고 나면 도망가 버리고 만다. 안타까운 처지다. 그즈음 나의 눈에서는 반짝거리며 하늘을 응시하는 행위가 자주 들이닥치는데 볼 위에 눈물이 지나는 골이 패지는 시기이기도 하다. 그러고 헤벌쭉 거리고 있으면 겨울이 모조리 얼어붙은 것들을 앞세우고 쳐들어온다. 사람은 꼼짝 못 하고 손 놓고 앉아서 겨울의 손짓마다 어깨를 걸고 따른다. 집안 곳곳에는 빈 커피잔이나 마시다가 만 녹차

찻잔들이 식어서 옅은 향을 집안 가득 뿌리며 권태롭게 누워 있다.

내 손길을 기다리는 곳은 없다.

온몸에 난 구멍들은 근질대고 모든 것을 손에서 놓고 그 멋진 가을에 현혹되어서는 몇 줄의 글을 써 놓는다거나 역마살이라도 낀 듯 집에서 탈출하여 아무 데나 돌아다닌다.

그러나 이런 일 저런 일 다 해 보아도 인디언썸머는 언제나 나에게 싸늘한 낯빛이다. 상당히 매혹적인 얼굴로 흐릿하게 사람을 부르는 모습을 보면 누구든 왜 그토록 고혹한지 이내 알아채고 한동안 아무에게도 방해받지 않고 은근히 응시한다.

또 그와 잘못 마주쳤다가는 허한 속을 부여잡고 여러 날 열병을 앓을지도 모른다. 자, 한때 푸른 계절을 보냈던 하나 섭리를 거스르지 못해 추수를 끝낸 엷은 갈색의 쓸쓸해진 빈 들녘으로 달려가 보고 싶거나 스산히 노을이 져서 이랑거리는 강가에라도 가서 속을 토해내고 싶은 생각이 들지 않는가?

그리 가슴께가 애리도록 가을이 아름답다는 것이 우리에게 얼마나 다행한 일인지. 물론 때때로 갈팡질팡 무엇하나 고르지 못해 밤낮을 분별치 않고 수많은 고민과 고뇌와 고독으로 범벅을 뒤집어쓴 내 온몸과 정신은 혼란의 길을 떠났다.

언젠가는 이들이 나를 잉태에서 낳으면 세상에 멋지게 토해내 주리라 기대하며 살았다. 해서 나는 그들에게 얌전히 기다릴 것이라 약속도 했다. 아직도 가을이 만들어 내는 노을은 어린 날 어둑한 신작로를 걸을 때처럼 초로하다.

폼잡고 그리 사랑하는 동안 겨울이 들어 온다. 감당치 못할 계절이 엄습한다. 나머지는 각자 알아서 살아야 한다. 내게 중요한 건 오늘 가을이다.

… 가을엔 모든 것이 낙하한다. …

요기

칙살맞은 비가 내린다
하루 내 싸릿문 열어 두고 아들 오길 기다리며
빗속에서 송아지 울음을 듣노라던
오래된 남자 가수의 수더분한 노래 한 곡조가 듣고프다
불면의 밤을 시끄럽게 보냈더니
간도 쓸개도 없이 텅 빈 듯 속병이 나 있다
해장국 한 그릇이 간절해진다
홀로 식당에 든다

내 우주 구석구석을 달달하게 위로하기 위해 입술을 딴다
오랜만에 받아든 국은 낯설기까지 하다
밋밋한 어설픔이 싫어 청양고추 다대기를 더 불렀다
목구멍으로 넘어가는 국물이 매캐하다
사람의 불타는 속을 치료코저
앞질러 목숨을 버린 혼들의 내장은
두어 점 씹다가 건어내 버렸다

남자와 여자가 식당 안으로 든다
뜬눈으로 밤을 새운다는 건 초췌한 모습을 숨김없이 보이고
퀭한 눈으로 어쩔 수 없이 세상을 담아야 한다는 노릇이다

여자가 수저를 챙기는 소리가 났다
해장국 두 그릇이 식탁에 놓인다
말없이 국물 떠먹는 소리만 들린다

지난밤 새빨간 은어들을 뱉으며
구름 위에서 거짓말을 짰을진대
뜨겁고 진하게 데워진 입술은 불타고
환상으로 부풀어 발기된 여자의 젖은 달았을진대
서로를 어루만지며
깊고 적막한 외로움을 뚫다
고집을 피워버린 그 밤
시시한 마법을 부린 남자는
끝내 오르지 못한 여자의 절정에 기죽고

그릇 바닥 긁는 소리가 요란하다
우리는 허한 속들을 두둑이 채웠다
나는 빵빵해진 내 배를 두드린다
거북하다
뱃가죽을 찢어 여태 오물거리며 삼킨 가축 쪼가리들을
반쯤 덜어내고 싶었다

… 어떤 새벽 해장국 집에서 삶을 말아 먹다. …

아낙, 부엌에서 길을 잃다

어딜 촐싹대고 다녀와서 풀이 죽은 것이냐
도대체 무엇을 삼키고 왔길래
그리도 그 맛을 못 잊어
그리 안달이냐 말이다
무엇을 찾아 또다시 나서겠다는 것이냐
날뛰는 내게 심문한다

부처처럼 앉아서 소주를 따라 붓는다
말갛고 광활한 수정체가 가득 담긴다
먹다 남은 초라하고 궁상맞은 찌개를
찌꺼기까지 화려한 척 다 긁어먹었다
이리 몽롱해지고 나니
소는 앞산에다 매 놓고
어딜 또 폴랑대고 갔다 오고 싶어진다
지천에 길이니 어딘들 어떨까

바닥난 찌개 솥을 물끄러미 바라보는데
아이가 설거짓거리를 털고 있다
참 수월히도 토닥이고 있었다
오늘은 어차피 날 샜다
아이에게 내 소꿉을 빌려주고 부엌을 내준다
부뚜막이나 스산하게 닦아달라고 부탁해야겠다

마당으로 날아든 참새떼가
붙박이처럼 붙어 있다
새의 등에 올라타 오늘도 놓쳐버린
헤픈 웃음 부수고 온몸을 방랑에 들게 하는
이 빌어먹을 가을을
꽃다발 안기던 봄날에게 다시 바치러 간다

… 바람도 몹시 불어 을씨년스러운 가을 저녁, 봄에게 안부를 묻다. …

뻐꾸기

벗님.

달력을 넘겨둔 지가 엊그제 같은데 벌써 보름이나 지났다. 할 일도 다 못 해 둔 것 같은데 날짜만 까먹고 앉았으니 괜히 마음이 바쁘고 어수선하다.

많이 무더운 매일이다. 팔월 더위는 역시나 봐 주는 거 없이 세다.

태양은 연일 식을 줄 몰라 하며 이글거려서 사람들의 얇은 피부 속을 파고들고 여름 한 철을 더 큰 초록으로 키우고 들판에 알알이 나붙은 곡식을 붉게 익히거나 누렇게 살찌우는 데 일조를 한다.

태양은 그리 개구쟁이 아이들을 키워놓기도 하고 자연을 무성 지게 만들어 놓으며 매일 뜨겁게 땅으로 내리꽂힌다.

여름의 아주 일반적인 얼굴을 내밀고 있다.

육사 선생의 청포도는 어드매서 대롱이며 잘 익어가고 있으려나.

나도 포도를 따러 포도밭으로 가야 하는데 누구라도 포도를 따러 간다면 얼른 따라나설까 싶다. 주렁 달린 포도를 한 송이 따서 똑똑 알성하게 따먹고 싶은 욕심이 불러대고 있다.

벗님.

도시 속에서 여름을 보내는 아이들의 까무잡잡한 볼들이 여기저기 돌아다니며 건강한 방학을 뒹굴고 논다. 여름방학은 다 커 버린 사람들에겐 이제 와서 보니 멀리 있는 추억이다.

아이들을 보듬고 앉아 하나씩 끄집어내서 들려주는 어린 시절의 한 자락 꿈을 펼쳐 보이는 것이 전부일 테지.

그래도 얼마나 아련하고 맛깔스러운 어린 날의 이야기보따리인가.

나의 보물 어여쁜 아이들을 무릎에 앉히고 내 어린 시절을 야금거리매 그리운 옛날의 신화를 들려주어야겠다.

혹 여유가 된다면 그 속으로 아이들을 우르르 데리고 달려가서 함께 살아 보는 것도 근사한 일일 것 같다.

먼 골짜기 집 몇 채 줄지어 잡은 아득한 마을로 들어가서 이른 아침 쨍쨍한 햇살에 비친 맑은 이슬에 감탄해 하고 황토 발라 만든 아궁이에 가마솥을 걸어서 알갱이 반짝이는 쌀을 씻어 앉히고는 장작불을 지펴 뜨끈한 밥을 구수하게 지어 한 그릇 퍼 담아 후후 불어가매 나물 무침 한 접시 김치 몇 줄거리 걸쳐 그리 아침을 채우고 밥상을 물리고 한낮엔 오이에 풋고추를 한 움큼 따다가 고추장에 된장을 푹푹 섞어 비벼 맛있는 막장을 만들고 상추쌈에 깻잎 김치에 한 입 싸서 먹으며 시원한 냉수 한 사발까지 들이켰음 좋겠다.

아이들은 내가 그리워하는 그 맛을 어떻게 씹을까?

파아란 들이 허리를 하늘거리며 마을에 그림처럼 누울 때 불그시 익어 들려는 고추밭으로 고구마밭으로 김을 매러 가고 큰 논으로 키 큰 피를 뽑으러 들고 시끄럽고 우렁차게 울어대는 매미를 나무 둥우리 타고 올라가 조심스레 잡아내려 오고 고추잠자리를 잠자리채 가득 잡아다가 온 동네에 풀어서 날려 보고 시냇가에서 고무신으로 피라미와 미끄러운 메기와 새끼 붕어들을 잡으며 물장구를 치고 누렁이를 끌고 나와 신기해할 소먹이기를 선보이며 고삐를 쥐여 주고 온 들판을 싸돌아다니며 팔월의 태양과 한나절 잘 노는 방법을 가르쳐 주고 싶다.

벗님.

산은 해를 넘기고 하늘은 감빛 노을을 풀어 어슴푸레한 저녁을 데리고 들면 시원하고 맑은 콩나물 국에 열무를 한 대접 퍼 담아 내 와서 양푼에 척척 넣고 뜨끈한 밥 푸 담고 고추장 떠 넣고 스윽스윽 힘있게 비벼서 숟가락 부딪쳐가며 배 터지게 나눠 먹다가 등 따시고 배불러 좋은 밤이 내리면 마당 한가운데 평상으로 참외나 차려 나와서 별을 세고 달과 덩그러니 마주하며 까만 하늘에 총총히 수 한 수를 같이 놓아 보아도 좋겠다.

손 때 묻고 구멍 나고 허름한 국화 문양 문풍지가 발라진 방문을 열고 방으로 들어 목화 이불 속에서 식구들과 밤을 뒹굴며 흠씬 놀다가 잠들어 닭 우는 새벽을 맞아도 좋을.

그리그리 한 몇 날을 살다가 나왔음 좋겠다. 아주 달콤하고 맛있었으므로 빠져나올 무렵엔 참 눈물 나도록 아쉬워지겠다.

추석이 다가온다. 벗님.

올해는 장마에 태풍에 예년처럼 풍년을 기대하지 못할 거라는 안타까운 소식을 접한다.

낙과하고 열매 몇 개만 남아 붙은 과일 목은 간신히 과수원의 흉내만 내며 버티고 섰고 시장으로 나온 농작물들은 높은 값으로 드러누워 사람들에게 미안한 기색을 보인다.

하여 속이 타들어 갈 시골 사람들을 생각하고 있자니 마음이 싸아해지는 요즘이다. 해서 언제나 멋진 풍광만 욕심내어 잠깐씩 들리는 이기적 마음도 덩달아 꺾여져 있다.

이제 남은 푸른 계절이 잘 익어가기를 소원하며 조용히 관망하고 있을 참이다.

「playground in my mind.」

이 곡을 선곡해 본다. 여태 앉아 있던 모양새로 보아 듣고 싶어질 만도 하다.

우리에겐,

진달래 먹고… 물장구치고… 다람쥐 쫓던 어린 시절에…로 더 익숙한.

여름 한복판, 슬슬 나락이 팬다. 벗님.

… 시냇가 한 귀퉁이 숨어들어 미역이나 감았으면. …

시인의 마을

내 집은 대강대강 아무렇게나 지었다
그저 살아있는 나를 안고 살아 주면 되니까
오늘 이 땅에 지어진 너의 집이 마음에 들지 않으면
내일 너의 땅으로 옮겨 네 집을 지으라는 그는
제멋대로 자를 갖다 잰다
도저히 끼워 맞춰지지 않는 수치들이 무자비로 쏟아진다
어차피 매듭을 짓기엔 이미 헐렁하게 풀어졌다
이 시대는 운율을 잃어버린 지 오래다
기실 운율을 따지고 말고 할 때가 아니다
굳이 엮어 짜 맞추려 하지 않는다
이 땅에 사는 시인들은 그래서 자유를 기록한다
기가 막힌 곡절을 부르고 떠나간 시인은 다시는 오지 않았다
아주 옛날 유배지로 떠났던 시인들은 외로운 음률을 띄울 줄 알았다
하지만 어제까지 죽어간 시인들은
속으로 기어든 허기조차 측량해 내지 못하고
손가락만 빨다가 약간의 명성으로 내력을 통제할 뿐이다
허름한 집을 지어 놓고 나는 이미 시인과 동거 중이다
더러 그의 몸속을 샅샅이 더듬으며 타고 들어갔다 나온다.
서글픈 말 흩뿌리며 엄살을 떠는 그에게
시인들의 언어가 포만하여 시집이 헤진다고 한 적이 있다

내지른 말들이 절창을 이루니
모두가 탐할 수밖에 없다고 나는 씁쓸한 웃음을 대답했다
막연하게 쓰여지는 언어의 동맥들을 이어 놓고
여행자처럼 떠났다 초연히 나타나도 기어코 반길
우리의 말 없던 약속들을 사랑한다.
오늘 밤에도 한 발돼기 주워 모은 걸러지지 않은 노래는
만삭의 내 집을 습격한다

… 시인들 몸속에는 시인이 산다는데. …

수수께끼

벗님.

손을 뻗어 어루만져 보고 싶은 하늘이었다.

먼 곳으로 그리움을 여행 보냈다. 버거워서 당분간은 업어주지 못하겠다는 핑계를 댔다. 복에 겨운 소리를 하고 나니 피식 웃음이 흘러나온다. 배웅하는 길에 눈가도 좀 적셔 볼까 했는데 희한한 게 어찌 된 일인지 여느 날처럼 수월히 울먹여지지 않았다.

곰곰이 생각을 해봐도 모를 일이었다.

이러다 언젠가 이유 없이 스멀거리며 살아 오르는 서러움에 훌쩍훌쩍 짤 테지 하는 마음으로 더 이상 궁금해하지 않았다.

누군가는 마지막으로 살았던 집에 그리움을 매어 둔 이도 있을 것이며 누군가는 그의 몸 안 깊숙한 곳으로 그리움을 불러 놓기도 했으리라.

나는 잠깐 그를 멀리 좀 떠나 보내고 싶다는 생각에 몇 날을 끙끙 앓았다. 그를 좀 놓아주고 싶기도 했으니까.

그래서 서로에게 덜 칭얼거리고 덜 보채고 덜 울적한 나날을 보내게 될 것이라는 사실을 알게 되었다.

더러는 그리움도 짐이다.

그에게 나도 벅찰 수 있을 것이고. 모든 것을 알아는 듣겠다고 이해하고 선 그는 먹빛 얼굴을 띄고 탑승하여 어딘가를 향해서 날아갔다.

나는 겨우 숨소리만 뿜고 물끄러미 서서 손조차도 흔들어주지 않는 배웅을 하고 있었다. 순간 그가 울다가 다시 돌아와 버리면 어떡하나 싶기도 했으나 이내 다른 생각으로 옮겨 갔다. 둘은 서글피 이별했으니 한동안은 볼 일 없을 것이다.

나는 그를 보내고 이제 겨울 안에 갇혀서 살게 될 것이다.

제아무리 꽃이 만발하고 청초로운 향기를 품은 세상이 널브러져 누워 있다 해도 나는 철모르게 처박혀 살아가게 될 것이다.

모든 푸르던 청춘을 던져 버리고 기가 죽어 겨울에만 늙어버리는 플라타너스처럼 마른 가슴으로 살아갈 수도 있겠다.

아무도 초대하지 않고 아무도 보지 못할 구석진 방으로 들어 잡생각에나 빠져 살아갈지도 모른다.

생각해 보니 참 이기적이다. 저토록 욕심 많은 삶을 계획하고 있다니 말이다. 벗님.

나의 계절엔 거센 바람도 불어왔으면 좋겠고 비쩍 마른 몸속을 꽁꽁 적셔줄 언 겨울비도 많이 내렸음 좋겠다. 더러 진종일을 하얀 눈이 소복이 내리는 마당을 내다보며 울적하게 지낼 것이다.

방문 스르르 제치고 새어드는 겨울바람은 그냥 따스하게 몸 녹이라고 내버려 둘 것이다. 바람도 어지간히 외로웠던가 보지 하면서 말이다.

그래서 혹시 고독이 찾아 들어오면 꿀릴 것 없이 뻔뻔하게 마주칠 수 있음 좋겠다. 더 이상 앓지 않고도 고독과 포옹할 수 있을지도 모른다.

그러면 나는 난생처음으로 행복한 모두를 가진 자가 되어 있겠다.

그들을 어디 안전한 서랍 귀퉁이에라도 꾹꾹 눌러 넣어 두어야겠다. 어김없이 겨울이 맑게 눈뜨는 날, 나는 그들을 모조리 땅속에 심어 세상에 나가 봄을 피우고 앉아 있을 때쯤 한 다발 꽃으로 따리라.

벗님.

어느 한가로운 오후 점심상을 물리고 볕 잘 드는 벽에 기대어 앉아서 국화 꽃잎 퍼지는 찻잔을 놓고 진하지도 쓰지도 못한 흐린 향의 차 맛을 입에 물며 나는 그리움은 어디쯤에서 짐을 풀고 기대어 있을지 궁금해하고 쪼그라져 앉아 있을지도 모르겠다.

어쩌면 그는 아무도 그를 만지지 못하게 웅크리고 있을지도 모를 일이다.

나의 그리움은 나에게서 태어나서 나에게서 크고 나이를 먹고 주름이 늘어갔다.

서럽고 외롭고 아픈 일들에만 나는 그를 호출했었다. 그는 아무 말 없이 내 모든 엄살을 받아 주었다. 때로는 해 맑은 그런 날 스르르 홀로 방문해 주어 나를 놀라게 하는 날도 더러 있었지만. 그런 날은 그런대로 나름 또 개운해지기도 했다.

오랫동안 우리는 맨살로 수치스러움도 모른 채 비비고 살았다.

그래서 그는 내 품에서 은퇴해야 한다. 그가 없으면 콧노래 부를 줄 알았다. 알면서도 그와 놀아줄 수가 없었기에 그를 보낸 것이다.

하지만 이도 얼마 가지 않아 내가 떼쓰고 울며 부를지도 모른다.

할 수 없이 나는 그에게 또 빚지고 살 것이다. 그러면 그는 히죽거리며 내 허약한 대지에 다시 실크로드를 다질 테지. 벗님.

… 오늘도 나는 살아간다. …

불면증

분별력 없이 시선이 아무 데나 가서 꽂힌다.
이 밤에 안부를 물을 만한 곳은
건전지 힘으로 기계음 찰칵이는 벽시계
그곳이 유일하다.
저곳은 또 무슨 약을 삼켜야 진통이 멎을까?

아침이 오려면 멀었다.
태엽을 푼다.
자존심 구긴 새벽의 절규가 졸아 꾸벅이며
힘없이 한 발 한 발 목발을 짚고
잠결로 들어 종소리를 멈춘다.
헐렁한 것들을 조여 날개를 착취해 버린 밤은
고향 잃은 사람들처럼 비틀대고 어지럽다.

쏟아지는 네온사인들은 아직도 목이 탄다.
벗에게 한소리 맞은 졸장부 등을 밀어내고
눈이 퉁퉁, 상처 매단 여자를 토해내고.
여자는 풍요로운 어둠 속에 앉아 뼈를 추린다.
그녀의 속은 이제 빈곤하다.
검댕이 진 도시를 지나서

새벽기도라도 들면 좀 나을까?
여자는 담배 연기 속에서 나오지 않는다.

멀리 별이 난다.
하늘은 오늘따라 유난히 쏟아지는 저 별똥들을
무슨 핑계 삼아 모았던 것일까?
우울한 추락이여.
치렁거리며 목에 걸었던 모순이
죽은 다이아몬드로 붉게 익어 가는 날.
나는 하잖은 우주에 앉아 돌을 주울 손을 뻗는다.
몇 시절을 거쳐야 그대들을 맞을 수 있을까?
새치기 한 번 어떤지.

… 한밤, 잠을 설치다. 주스 한 모금 물고 밖을 내다보며. …

설탕꽃

지금까지 살아온 날들과의 삶과는 다르게 좀 더 적극적이고 구체적으로 만족하는 인생을 살아 보라고 맛있는 삶을 만나보라고 텔레비전은 떠들고 있었다.

홈쇼핑 채널을 이리저리 돌리다가 만난 프로그램이었다.

방청객들은 다른 사고를 다시 점검해 보려는 사람들 같아 보였다.

강연 내내 여러 고민 혹은 기대들이 몰려드는 것인지 방청석에서는 여기저기 옷매무새를 바로잡거나 입을 오물거리거나 눈을 진하게 깜빡이는 모습들이 스르르 텔레비전 화면 가득 비쳐 나왔다.

모두 무척이나 귀를 기울이고 있었다.

강연하는 초대된 여자의 목소리는 우렁차고 활기를 더 해가고 있었다. TV 강연의 좋은 점이 저명한 인사들을 멀리 보러 가지 않아도 된다는 것과 브라운관으로 더 자세하게 만날 수 있다는 이점이 한몫한다. 거기에 덤으로 숨겨 놓은 곶감 같은 말들을 내뱉어 줄 때 달곰하게 받아먹는 재미가 아닐까 싶다.

더러 비슷한 주제들을 지루하게 늘어놓기도 하지만 우리는 과거, 현재, 미래를 나열해 놓고 비실거리며 시간을 떼두기도 하는 단점들을 가졌기에 그들이 한 번 더 꼬집어 주어 잊지 않게 더듬을 수 있도록 일러주는 잔잔한 이야기가 듣고파서 더러는 채널을 붙들기도 하니 말이다.

모처럼 멋진 여성과 마주한 상큼한 아침이었다.

여러분에게 지금 당장 제일 하고 싶은 것이 무엇인가? 하고 묻는다면 여러분은 무엇이라고 대답하겠는가라고 질문하는데 다들 숨죽인 듯 조용했다. 나도 그 자리에 나가 앉은 사람마냥 고요한 숨소리만 폴짝 이고 있었더랬다.

하기야 저런 질문이라면 깊은 한숨부터 후욱거리고 묻어서 나올 테지. 누구나 그러하듯이 말이다. 놀라운 건 자신이 무얼 하고 싶었던 건지 정확하게 절실하게 알고 있는 사람이 의외로 많지 않았다는 황당한 통계가 얼마나 자주 우리의 귓전에 들리는가 말이다.

고개를 갸웃거리게 하는 문제 쪽으로 묶여 있다. 뻔한 문제여서 늘 풀어 보지만 아무도 답을 구해 내지 못해 오늘도 바보들로 헤맬 뿐이다.

하나 기실, 다들 해답을 다 적어 뒀는지도 모르지. 몇 점이 매겨질지가 두려워 그냥 답답해도 어울려 살 뿐이다. 어떤 선택을 기로에 두고 그 한쪽을 선택해서 몸을 밀어붙인다는 것은 모험일 수도 있고 도전일 수도 있고 자기중심에의 이기적인 행동으로 치부되기는 하겠으나 아주 절실한 행동임에는 틀림이 없는 것이지 않는가.

어찌 보면 사실 '나'보다 중요한 게 또 있는가. 중요한 것과 소중한 것은 다르다고 본다. 나 또한 잘 조율을 할 줄 안다면 필시 멋진 삶의 한 가락을 탈 수 있으리라 여겨진다.

엄청난 어려움이 들이밀고 닥쳐도 과감하게 맞짱뜨면서 정면으로 충돌하는 멋진 그대를 만나라고 강연은 계속되고 있었다.

어마어마한 인생의 고난이 들이닥치는데 앞으로 행진하라는 그 대목에서는 늘 약한 근육이 더 풀린다.

힘에 겨운데 힘이 솟을까 하는 난데없는 의구심.

당신 안의 당신에게 많은 감동 받으며 맹목적으로 그대를 사랑하며 달려가라고 텔레비전은 소리치고 있었다.

그래서 도전한 그대에게 그대 스스로 박수갈채를 보내어 멋있는 한 풍경을 하나 더 세워 두면 참 근사할 거라고 위로도 잊지 않는다.

순간, 박수가 틀림없이 쏟아졌다.

가끔 어떤 삶이 좋은 태도이고 가치가 크고 이익이 남는 것인지 손가락을 꼽아 보기도 해야 할 때 애매한 문제들은 한 바구니 아니 열두 바구니도 더 쏟아져 안기는 것 같다.

누군가가 너무 심오하게 '삶은 무엇인가?'를 아주 궁극적으로 물어 온다면 깊이 있게 대답을 보낼 수 있을 것인가.

오늘 강연이 내일이면 싹 잊히더라도 그녀의 힘찼던 언어들이 모두 날아가 버리고 없더라도 오늘 일순간 우리네 살아가는 엉겅퀴밭에 한 번 더 치생의 씨앗을 심어 놓는다.

벌써 내일이면 토요일이다.

한 주 보내는 게 금방이다. 금세 토요일이고 일요일이 닥치고 하니.

우리는 어린 날 이 반쪽짜리 휴일 같은 토요일날을 얼마나 좋아했었던가.

다 커서 보니 시간이 이리도 후딱거릴 수가 없다. 엊그제가 주말 같더니만 후딱 또 찾아들고 있다.

휙휙거리고 아주 시간 잘 잡아먹고 사는 나날들이다. 지나온 날들, 어른들의 "세월이 유수와도 같더라. "이런 말이나 "시간이 화살 같은 날이 온다"는 이런 말들을 못 알아듣기도 했는데 나는 이제 그 시절을 만나러 가고 있나 보다.

벌써부터 긁어 부스럼 만들고 앉아 있다 싶어진다.

주말이라고 안 근사해도 좋다. 마음이나 편하게 풀어 놓고 가뿐하게 쉬어야겠다.

어느 청량한 토요일 오후, 그런 날 오랜만에 벗들이나 한번 보러 나가든지. 꿈을 꾸고 산다는 건, 아주 중요한 내 몸에 필요한 비타민제 같은 건지 모른다.

나에게 애착을 가져봐야겠다. 몸서리칠 때까지.

… 살다 보면. …

회춘

근질근질한 땅은 독을 뽑아버린다
숨통이 트인 땅은
그제사 피가 돈다
골절상 입어 쑤시던 몸뚱아리
한 줌의 태양 빛살을 쬐며 휴식한다

한때 연인처럼 욕망을 뒤섞던 옛날
송이송이 하얀 과장들을 매달고
얽힌 관계들을 끊어낼 생각도 없던 산
늘어지게 드러누웠다가 운 좋게도
먼저 발을 빼는
늙은 추억을 배웅한다

약간의 향기도 품지 못한
조용한 산은
산다는 것은
어차피 울적한 연속이라고 소리친다

겨울 끄트머리 어느 날
나무꾼들이 산으로 올라갔다

사철 야시갈이 변화무쌍한 문신을 새기며
해마다 물이 오를 꽃순이 달린 나무를 질질 끌며

산은 또 빚지고 살기로 했다
하늘도 울고 있었다
기막히게 화려한 날이다
나무꾼들은 애인을 심기 시작했다

… 앞동산에 병든 아카시아를 베어내고 …
꽃나무 총총히 심는 일꾼들에게 커피를 내어 주며.

낙화

밭에 앉아 있다
한 무리 새떼가 소리도 없이 날아간다
그 뒤를 허무가 속절없이 바람을 일으키며
속도를 내고 있었다
사라지려는 것들이 질투에 만취되어 다시 살아나
그들의 영혼을 뒤따르기 시작했다

하늘이 비워지는 날
팔을 벌린 채 포도밭에 누워
알사탕처럼 꼼짝없이 처박혀 매달린
풍성한 초상을 베고
이불처럼 펄럭이며 구름을 덮는다
바람결에 습하게 스미는 유년의 기억은 가엽다.

소녀 시절, 꽃핀 치맛단을 치키고 춤사위를 벌이다
밥을 태워 먹었다
다시 춤추기 위해 춤방을 꾸며야 했다
모든 쇼는 목욕탕에서 태어난다는 사실을 알고 있었다
허구한 날 내 본부에서는 나를 낳았다
뜨거운 쾌락을 맛본 방은 찬물을 끼얹는 버릇이 생겼다

시방 그 방으로 들면 어린 날처럼 나 활활 태어날까

겨드랑이가 간지럽다
아낙이 되어 밭골 푸른 머리칼을 쓸어가며
야물고 땡글한 포도를 딴다
또 그의 청춘도 꽃답게 죽는다는 것을 일러 준다
바람난 미풍이 슬슬 귀가한다

… 포도밭 원두막에 드러누워 '이형기'님의 한 줄 극치를 욕심부리며. …

낮달

언제 만들어 놓았는지도 모르는 일회용 믹스 커피 한 잔이 덩그렇게 식탁 위에 놓여 허옇게 켜를 둘러가며 아직도 식어가고 있다는 고집을 피우고 있는 듯해 보인다. 뜨거운 커피가 마시고 싶어서 새 잔에 다시 만들어 마시는 참이다.

식어가는 그는 한 타래 추억이나 짜게 내버려 두어야겠다.

산에 올라 갔다 왔다. 벗님.

오늘같이 산에 올랐던 날에는 산길에서 우연히 발길에 차이는 소나무 둥구리, 내가 자랐던 시골에서는 둥구리라고 해서 소나무를 베어내고 남은 자리에 잘 썩고 있는 통나무 밑동을 그렇게 불렀다.

발로 차면 뿌리 가까운 부분까지 퍽 뽑혀 나오던, 시골에서는 아주 유용한 땔감이었다.

겨울에 아이들이 축구 차듯 마을 앞산 뒷산 온산에서 발길질을 날리며 한 자루씩 해서 나르던 귀한 연료였다. 산에 올랐다가 그 둥구리를 만나기라도 했던 날은 집에 와서까지도 한참을 기억해 내곤 하는 일이 잦다.

아까도 몇 개의 둥구리를 발견하고는 잘 쓰러진다, 내 발이 아프다를 걸고 내기를 하고 내려온 판이었다.

둥구리를 힘껏 찼다가 신발 속 부드러운 발가락이 아프기도 부지기수였다. 그러다 쑥 뽑히는 앓던 이 시원하게 빠지듯 땅속으로부터 분리되어 펄썩 잘 쓰러져 주는 놈을 만날 때면 그야말로 눈물이 핑 날 정도로 소싯적 만나 보았던 그 쾌감이 반짝 몰려든다.

벗님.

머지않았던 그 옛 시절.

아무래도 시골에서는 불을 때야 그 깡깡한 엄동설한을 나고, 매일매일을 먹고 살 수 있었으며 가축을 돌볼 수 있었다.

어쨌거나 1980년대 초만 하더라도 나무가 내어 주는 부분부분들의 땔감에 의지해야 우리나라는 농가생활이 영위되었던 것이다.

하긴 지금도 일부 나무를 마련해야 생활할 수 있는 농촌 마을은 아직도 지방마다 많이 남아 있다.

오히려 나무가 연료 감으로 앞으로는 더 사용될 수도 있다 한다.

어릴 적 '나무하러 간다'라는 말을 멋도 모르고 뜻도 모르고 들으며 자랐다.

나무를 하러 간다는 말을 몸으로 배워가며 산으로 들어가는 마을 아이들의, 어른들의 뒤를 쫓아 열심히 한겨울을 따라 다녔다.

둥구리를 차서 비료 포대에 한가득 주워서 채우기로 맘먹은 아이.

소나무 깔비를 긁어 누런 매상포대를 거든히 배불리겠다는 소녀.

예전엔 적당히 단풍이 든 소나무에서 떨어진 바늘 같은 솔잎을 산이 적당히 썩혀 두면 늦가을 무렵부터 소나무 아래로 가서 뱅뱅 돌며 갈퀴로 긁어모으다가 가정에서 땔감으로 많이 사용했는데 경상도 지방에서는 깔비라고 불렀다. 불쏘시개감으로 아주 인기가 높기도 했었다. 아이들이 주로 나무하기 꺼리로 많이 해 날랐던 땔감이었다.

요즘도 산길을 가다가 여러 해 동안 소나무가 쌓아 놓은 솔 이파리들을 보고 있으면 내 등이 다 근질거린다.

시원하게 한 번 할퀴고 지나가 주고 싶은 마음이 굴뚝같아진다. 그리해주면 어린나무든 노송이든 더 튼실히 자라주기도 한다.

아카시아 마른 덤불 속을 낫으로 베고 헤치고 들어가 가시 총총 나붙은 아카시아 목들을 베고 나오며 다음 해엔 산이 좀 덜 몸살이겠다며 아카시아 목은 자주 베주고 뽑아줘야 한다고 신기한 지식을 가르쳐 줘가며 아카시아 나무를 베는 족족 새끼줄로 꽉꽉 묶어서 폼나게 지게에 쌓아 올리던 동네 삼촌들.

어른들은 소나무 가지를 적당히 쳐줘야 탈 없이 자랄 수 있다는 이치를 어찌 그리 잘 아시고 잔가지들을 다듬어 내는 정원사 같은 멋진 기술을 채곡이곤 하셨다.

일석이조로 가지치기 된 소나무 가지들은 가지런히 쟁여져서는 잘 마른 땔감이 된다.

나도 깔비를 긁고 둥구리를 차고 다니느라 산길을 이리저리 왔다 갔다 하며 뛰어다녔다.

나무를 하는 내내 어떨 때는 나뭇가지에 긁히고 가시나무에 찔려 피를 짜내는 손등을 따갑게 쳐다보다 나중엔 대수롭지 않게 딱지라도 앉을라치면 그 얌전하던 딱지를 떼어내고 근질대던 손등을 벅벅 긁어대기까지도 했으니까. 그리 나무하기의 실과를 배웠던 그 옛날의 나날들이 이리 이야기를 쓰고 있자니 어제 같다. 벗님.

그렇게 날라져 마을로 내려온 깔비와 둥구리들은 쇠죽을 쑤고 올망졸망한 돼지 식구들의 밥을 끓여 먹이고 덕구의 삼 일짜리 밥을 지었으며 사랑방을 뜨듯한 찜질방으로 만들었다.

축축한 둥구리라도 잘 못 쌓아 불을 때게 되는 날에는 깔비만 제 입맛대로 홀랑 태워 먹고는 매운 연기만 피워내고 불씨 하나 제대로 피워주지 않는 못된 아궁이였다.

그 검은 굴속으로 낮을 반쯤 들이밀어 대고는 고집 그만 피우고 살아나라고 볼이 터져라 입바람을 불어대다가 끝내는 포기하고 로맨스 소설을 한 권 가져다 읽기 시작하기로 한다.

이야기도 슬픈 판국에 아궁이의 심술도 잘 들어 맞겠다 싶어 이참에 울기로 결심한다. 눈물을 흘리다 흘리다 결국엔 슬픈 이야기는 한 장씩 다 찢어져서는 불쏘시개로 사라지며 태워졌다.

희한하게도 슬픈 이야기는 장작과 둥구리를 부활시키는 재주를 가지고 있었다. 슬프게 흘렀던 이야기는 해피엔드로 따뜻하게 피어 살아나곤 했다.

어느 저녁엔 아이들의 모여 노는 소리에 귀가 솔깃하여 부지깽이를 아궁이에 걸쳐 두고는 잠깐 타작 마당에 나갔다가 돌아와 둥구리와 함께 신나게 타 들어가던 부지깽이를 쳐다보고 있다가 불씨가 너무 활활 잘 붙어 있어서 둥구리의 꼬심에 넘어간 부지깽이를 아궁이 속으로 화끈하게 던져 넣어 버렸던 해거름이 야무지게 지던 날도 있었고 소나무 생가지를 아무 데나 꺾어댄다고 혼나가며 한 막대기 구해다가 다시 부지깽이로 만들어 보겠다고 갈고 다듬으며 용을 쓰던 일.

둥구리는 이래저래 손을 많이 탔다.

벗님.

그 무렵 제 할 일을 다 마친 논바닥의 벼 밑동이야말로 싸그리 베어져 나가서는 둥구리의 모양을 많이 닮았다는 생각을 나는 겨울 동안 자주 하곤 했다. 나락 베고 남은 밑둥을 밟고 놀면 짜르르락 거리는 것이 재미도 있다.

쩍쩍 갈라지고 말라버린 칸칸이 논들은 우리네 양식을 쏟아내기 위하여 봄부터 제 몸에 푸르고 어린 살들을 심어두기 시작해서 한여름 초록의 파도를 흔들며 목가적이고도 쓸쓸한 노래를 마을에 그림처럼 걸어 둘 줄 알았던 마법의 땅이었다.

풍성하였던 제 생의 클라이맥스를 다 따내고 싹 비워져 그 겨울 둥구리처럼 뭉텅하게 남은 마른 뿌리만 세우고 있는 것이다.

지금도 내게는 그 시절이 그리워 들락거릴때 가장 먼저 떠오르는 얄미

운 큰 마당이기도 하여 가슴이 싸릿해질 때가 더러 있다.

그 겨울 땅은 아이들에게 빈 몸을 내어주고는 놀이터가 되어 술래잡기를 하게 하고 공을 차고 놀게 해 준다. 그렇게 운동장 같은 논바닥에다가 솥을 걸어 두고 둥구리와 깔비들을 한 줌씩 들고나와서 감자와 고구마를 섞어 솥에서도 찌고 아궁이 속으로도 구워 먹으며 겨울 방학을 보내는 것이었다.

왜 우리들의 방학숙제로 나왔던 탐구생활에는 고구마와 감자를 같이 쪄서 먹으면 어느 것이 더 맛있을까요? 하는 이런 실험을 해 보라는 이야기는 하나도 없냐며 그런 문제가 나와 있으면 멋진 답을 줄줄줄 잘 쓸 수 있는데, 장난스러운 원망을 나누어가매 연신 고구마의 껍질을 벗겨내며 맛있는 하루를 하늘에 걸린 태양에게 자랑하던 시절이었다.

요즘도 시도 때도 없이 한 몇 날 저러고 싶어서 속에서 바람이 나기도 한다. 내 아이들에게 그 귀한 한때를 맛보게끔 입장료를 치르더라도 어디 멋진 산골 마을로 숨어들어 따신 겨울을 때고 나오고 싶다.

하릴없이 커피는 자꾸 식어간다.

차를 만들어 놓는 일에만 열중하는 내 습관으로 언제나 찻잔은 항상 여기저기 식은 채 자리 잡고 앉아 있다. 어떤 때는 책상 위에서 한두 잔씩 구르고 있기도 하고 어떤 때는 욕실에서도 찾아들고서 꾸물대고 나오기도 한다.

이러하든 저러하든 어떠랴. 그럴 수도 있겠다 싶어진다.

벗님.

불 때고 앉아 불씨 좋은 숯 좀 모아서 찌그러진 노란 양은 냄비에 커피물 올려놓고 쪼그려 앉아 있고 싶다.

커피 한잔하며 뒷산에 넘어가는 쌀쌀한 해덩이를 배웅해 주고 싶다.

쇼스타코비치의 재즈곡이 귀를 만지고 지난다.

… 소죽 쑤며 군불 좀 때고 싶다. …

여름을 불러

벗님.

여름이 찾아오는 날의 냄새는 물 채워진 미나리꽝에서 돌미나리가 퍼뜨리는 듯한 쌔한 향기로움이 돌아서 불어 드는 것 같다.

촘촘하게 자잘하게 자란 미나리를 베어다가 찰방찰방 시원한 찬물에 씻어 내려 쌈장에 찍어서 먹거나 향긋하게 무쳐서 양푼에 밥 푸고 한 술 비벼서 먹는 맛 나게 씹히는 계절 같다.

사람들이 이제는 "덥다"는 소리를 많이들 하며 다닌다. 아닌 게 아니라 슬슬 상승하는 온도계의 숫자들이 두려워지려고 하기는 한다.

하기야 여름인데 어쩌겠는가. 마주하며 모두의 인사말이 되어버리는 무더위가 단단히 기승을 부릴 태세에 들어갔는데.

벗님.

언제나 봄을 경배하기도 전에 여름이 들이닥쳐 봄을 빼앗아 갔었다.

그래서 우리는 바쁘게 여름 속에 들어가곤 했다. 하여 장마를 걱정하고 후덥지근하게 쓴 인상들을 그렸다 지웠다 해대던 시절을 다 보내고 태양의 열정을 받아낼 채비를 다진다.

나날이 멋지게 동고동락해야 는데 그러기엔 너무 덥다.

짧은 치마를 차려입은 여인은 그마저도 더운 듯 부지런한 부채질이고 택배 아저씨의 등과 얼굴에서는 뙤약볕 뜨거움을 만나 송송거리는 땀방울을 닦아내는 모습이 눈에 보인다.

슈퍼 앞에 잘 짜여 놓인 평상에서는 몇몇 모인 동네 노인들이 한가로이

장기나 바둑을 두며 건장한 여름나기의 진수를 보이는 듯 관록이 붙어 여유롭던 모습을 자주 보였는데 어쩌면 한동안 볼 수 없으리라.

놀이터에서 뛰노는 동네 꼬마 녀석들도 입엔 줄기차게들 아이스크림과 쭈쭈바가 물려 있고 미끄럼틀을 타고 미끄러져 내려오는 아이, 하늘 높이 그네를 구르는 아이들 움직임을 조금이라도 더 내는 놈들은 구슬땀이 이내 주르르거린다.

길가 포장마차에서는 이 와중에 떡볶이 한 접시를 먹고는 매운 뒷감당을 해치우느라 물컵을 손에 들고 이리 뛰고 저리 뛰며 곤욕을 치르는 놈들도 눈에 든다.

저러다 집으로 들면 이 더운 날 왜 나가서 더위에 혼나냐고 핀잔을 잔뜩 들을 것 같은 날이다.

벗님.

나도 맨날 얼음을 얼른얼른 얼려 채우느라 나름대로 바쁘다. 얼음이라도 있어 주면 한더위 우리네 속은 좀 위로를 받지 않던가. 얼려 주는 대로 받아서 쌓아 놓아야겠다는 생각을 연신 해 본다.

그나저나 나도 참 어지간하다. 집에 앉았으니 서늘함마저 누워 앉는구만 벌써 겁 집어먹고 동동거리며 밖에서 일하는 사람들은 어쩌라고 덥다고 엄살인가 모르겠다.

차들이 달리는 도로 위는 뜨거운 기운이 이글대며 확 오르고 공사장에는 머리에 모자며 수건을 두르고 팔뚝에는 팔토시를 싸매고 속수무책으로 태양 살을 그대로 내리받고 섰는 사람들도 많고 시장 입구에서부터 나물거리며 장거리들을 즐비하게 줄 세우고 파는 노파들과 상인들의 시들어 풀 죽은 외침도 불볕 속에서 타들어 가고 있는데 말이다.

열사병에 걸리지 말아야 할 터인데 은근히 남 일이 아니다 싶다. 아직 여름답게 시작도 하지 않은 여름을 붙들고 나는 왜 이리 서둘러 두려워하고 있는지 참.

나는 올해 여름, 헉헉거리고 씩씩하게 방방 뛰며 줄줄 땀 흘리고 인상 좀 쓰고 보낼 것이며 열나는 차에 열 받는 일 좀 있으면 그 참에 더 악악거릴 것이고 어지간히 징그러울 땀띠가 나도록 뜨거운 한철을 살아 보기로 한다.

늘 그랬듯이 모두는 이번에도 잘 살아 버티리라 여겨진다.

지나간 것은 아무리 희미하고 작은 조각이라도 기억의 고리에 걸린다. 끄집어 내놓고 곱씹을 수 있도록 단단히 만들어 놓은 날들은 나중에 소리를 낼 줄 안다. 이 한 시절을 잘 보내고 나면 우리는 참 대견해하며 다음 계절에게서 달콤함을 선물 받으리라.

그 날, 일찍이 잠깐씩 보일 그 계절에게서 내 마음도 뒤섞여 흔들렸으면 좋겠다. 바늘 같은 살을 내리는 해가 따가운 날이다.

어디 큰 나무 아래 벤치로 쪼르르 달려나가 찬 깡통 커피라도 한 통 뽑아 들고 앉았으면 좋겠다.

곁을 누군가 앉아 준다면 그의 이야기를 헤벌쭉거리며 나는 그의 여름 이야기가 바닥이 날 때까지 느리게 들어주고 시원한 석양이 그려질 저녁을 기다릴 것이다.

… 여름 한낮, 서걱서걱 수박을 파먹으며. …

알코올 중독

일렁이는 술잔 속 텔레비전에서는
왕년에 잘 나가던 여가수가
늙은 가면을 걸치고 나와
변함없는 십팔번 곡을 부른다
여전히 역사 속에 살아있는
무릎 위로 올라간
다이아몬드의 꿈이 박힌
미니스커트를 두르고
맨다리를 반짝이며 절창이다
술병 주둥이는 이미
제 탁한 초상을 추방시킨 지 오래다

부어라
너의 목줄기는 신음하며 토한다
오늘도 너를 물어본다마는
날카로운 혓바닥은 낼름거리다 말고
한 번도 빼 들고 싸워 보지 않은
네 능선에 꽂힌
수많은 칼들은 꿈쩍도 않는다
지켜봐 온 내내 너의 등가시는 온순했다

나만 꺾여 누울 뿐이었다

눈두덩이 위에서
꾸벅이는 황홀한 꿈은
환락의 길로 미끄러진다
밤새 휘발하지 못하고 춤추던
유혹이 지옥처럼 떨어지고
나는 옆구리를 안고 칭얼댄다

… 밤낮으로 달콤한 술술술에게 주정하며. …

입동

두 마리의 새가 지붕 위에 앉았다
대청마루에 거울을 열어 세워 둔 여자는
계집아이 하나를 끌어 앉히고
곱게 머리를 빗어 댕기를 들이고
치마저고리를 입힌다

야시처럼 붉은 입술
먹이라도 먹인 양
검게 치킨 눈썹의 아이는 쫑알댄다
어디 가냐고

여자는 동서남북으로 손을 뻗어
무용수처럼 너울댄다
아이에게 떡을 놓아 주고
향을 꽂으라 한다

여자는 어여쁜 쪽빛으로 베 썰고 옷 지어
하늘로 피어오르게 하였다
열렬히 피어오르던 불씨가
체한 연기들을 쫓아내 버리고
약간의 세상을 소유한다

멀리 개 짖는 소리 중천을 넘지 못한다

… 나의 조상님들께 가을묘제를 올리며. …

마술비

벗님.

아주 오랜만에 내가 좋아하는 아줌마를 만났다. 정확히는 좋아하는 언니다.

언니랑은 운동이나 음악 듣기, 영화 보기 등 취향이 비슷해서 어울려 다니기도 잘했다. 그래서 보고 싶어 한 날도 많았었다.

한 3년 만에 보는 얼굴이었다. 3년을 어찌 잘 지냈는지 낯 색깔은 그대로였고 마음 씀씀이도 여전했다.

그에 비해 나는 좀 초췌했을 것이다. 주름이 좀 늘어 있었을 것이다.

내 낯빛은 좀 어두웠을지도 모른다.

그래도 언니는 그냥 무덤덤하게 봐주고 있었으리라. 안부를 묻고 주고받다가 딱히 할 말이 떠오르지 않아 서로의 아이들 이야기를 했다.

아이들은 이리 생활 속에서 무기력할 때 든든한 삶을 지탱해준다는 사실을 한 번씩 확인시켜 준다.

이야기 속에서 아이들은 무럭무럭 자라나고 있었다. 그러고 보니 초등학생이었던 놈들은 중학교에 들어가 있기도 했다. 우리는 아이들의 이런 저런 소식들을 밥그릇에 퍼담아 비비고 있었다.

매콤한 주꾸미 비빔밥은 입안이 얼얼해지면서 화끈한 뒷맛이 개운하여 먹을 만하였다. 함께 곁들여 맥주를 마시는데 이 맛 저 맛이 얽혀서 이상해진 혀를 만나야 했다.

매운기가 가시지 않았지만, 아줌마들의 이바구는 길을 헤매지 않고 있었다. 막내들은 여전히 너무 어린 아가들 같아서 늘 걱정이라는 푸념들을 나눌 때는 둘 다 든든한 배를 두드리고 있었다.

막둥이들이 동갑내기여서 비슷한 주제들을 가지고 있었다.

으레 아줌마들은 이런 것만으로도 마음이 통하여 손뼉을 치기에도 좋다.

벗님.

삼월인데 아직 봄비다운 봄비가 내리지 않았던 즈음이라 비만 내리면 모조리 봄비라 부르고 있던 차였다.

두 아줌마가 만나서 이런저런 수다로 추적거리던 날, 봄비도 추적대고 있었다.

우리는 미리 비를 피해 커피하우스에 들어 있었다. 커피를 주문하고 근사한 그림이 들어오는 자리를 찾아 앉았다. 창이 넓은 카페들이 즐비한 요즘이어서 그런지 우리가 든 곳도 꽤 창이 널찍했다.

그 덕에 각양각색의 거리 풍경들을 잡을 수 있었다.

주문한 커피를 챙겨와 한 모금 물고 바깥에 시선을 두었다.

아까부터 방울방울 떨어지던 빗줄기가 조금 세차지고 있었다. 거리에는 미처 우산을 못 챙긴 사람들이 바삐 길을 오가고 있었다. 팔짱을 끼고 가던 연인은 서로 머리맡을 감싸주느라 빙그레거리며 지나고 있었다.

학원가를 찾아드는 학생들의 교복깃은 물방울을 매단 모습이 눈에 선하여 톡톡 털어내 주고 싶어졌다. 기실 그 곁에 서서 우산 하나 못 받쳐줄 거면서 말이다.

스산하게 젖은 옷깃을 만지작거리며 학원에 들어가 책 꾸러미를 펼칠 아이였다. 비에 젖었다고 해서 수업을 그만둘 선생도 없을 것이며 꿉꿉할까 하여 봐주는 엄마도 없을 것이다.

이쯤에서 아이의 어스스한 마음을 만져줄 꿈은 이만 접기로 했다.

우리나라는 이미 너무 강해져 있다. 아이들도 무척 강하다.

무턱대고 감상적이었다가는 욕이나 먹고 큰일 난다. 매주 토요휴업일은 토요일 학원수업일로 둔갑해 오히려 아이들이 더 학원에 매달려 살아야 한다는 소식들이 들려서 안타깝다는 말들을 주고받으며 커피잔을 들었다 놨다를 반복했다.

그러면서 우리 아이들이나 무얼 하며 시간을 때우게 할 것인지를 생각하는 게 우선이라는 과제에 당도했다.

해답은 잘 놀고 행복하면 된다로 대충 얼버무려 두고 묻어놔 버렸다.

벗님.

짙은 빗자락이 지나고 있었다.

정말 오랜만에 비가 주룩거리고 내리고 있었다.

이런 날은 수다의 주제로 어떤 게 좋을까? 내 딴에는 머릿속으로 맛있는 꺼리가 따로 있나 궁리하고 있었다.

그때 언니가 대뜸 건강하냐고 물어 왔다. 나도 그 리듬에 맞추어 그녀가 버럭 놀랄만하게 많이 아프다고 답을 부쳤다. 둘은 낮게 웃었다.

언니는 마음이 아파서 무너지는 병 같은 건 죽을병 아니라고 말했다.

어찌 알았지. 마음이 아픈걸. 호호… 이 아줌마 역시 눈치 하나는 알아줘야 한다니깐.

그녀는 "나도 때때로 내가 나를 알지 못해서 감당 못 할 때가 있다면서 나를 찾아야 하는데 그게 잘 안 된다. 가끔 답답하다고 어디 한 몇 년 여행자로 떠나 살았음 좋겠다"는 말을 대신했다.

그 곁을 내가 방랑자로 동행하면 안 될까 하고 거들어 대고 싶었다.

요즘은 나이 드는 걸 감지하고 산다고 한다.

쓸데없이 긴 밤을 끌어안고 잡다한 생각들로 잠 못 이루어 울적해지기도 하고 전에 없이 콘서트나 음악회를 혼자 가는 게 괜히 다른 사람들 눈에 이상하게 비치지나 않을지 혼자 어디 식당에 들어 밥 먹는 게 궁상맞아 보이는 건 아닌지 아무것도 아닌 일에 스스로 신경을 쓰고 있다는 게 마음에 안 든단다.

결국은 솔직하게 살아가고 있는 모습에서 이탈할까 염려스럽단다. 알아들을 것도 같았다.

우리는 이러한 점들이 비슷하므로 나는 그녀를 이해한다. 사람은 누구나 다 그럴 것이라고 너무 걱정하지 말자고 말했다. 그리고 나를 잘 알아보고 나에게 잘해 주면서 사는 수밖에 없다고 한 마디 덧붙였다.

그리고 어쩔 수 없는 화두가 밀려들어 오고 있었다.

외롭지 않냐고 그녀는 물어 왔다.

순간 실팍한 웃음과 짠한 바람이 동시에 귓가를 지나는 것을 들었다.

그녀 그게 말이라고 하는 걸까.

그래, 우리는 외롭다. 나도 외롭고 그녀도 외로울 것이다.

그래서 살아갈 수 있다.

벗님.

어떤 시인은 외로우니까 사람이라고 가르쳐 주었고 감성이 줄줄 흐르는 분위기가 남달랐던 선현들로부터 외로워야 살아갈 수 있다고 들어 왔다.

그래서 살아가는 게 덜 힘겨운지도 모른다. 외롭게 몸서리치고 있으면 잘살고 있다는 증거다.

시인은 역시 기술이 뛰어났다. 한 방에 정리하고 사람들을 안심시켰다.

또 어떤 시인은 이 시대의 어지러움은 인간들이 치유하기엔 너무 버겁다고 말했다. 그러니 우리는 전전긍긍해가며 어렵게 꼬인 일들을 굳이 잘 풀어나가겠다고 너무 애쓰지 않아도 될 것이다.

부끄럽다. 벗님.

그녀와 나는 이 얼마나 아름다운 행복을 가지고도 엄살을 떨고 있는가. 외로움을 사랑하고 보듬고 덩실거리고 있음이 분명해 보인다.

까딱하다간 외로움의 힘은 얼마나 위대한지를 전도하고 나설 성싶다.

아무것도 할 일이 없을 때가 있고 아무 데도 갈 곳이 없을 때가 있고 사람으로 가득한 이 세상에서 얘기 나눌 사람조차 없을 때가 있다던 외롭게 그리 늙어 간다는 시인의 멋스러운 구절이 떠오른다.

한때 이 시구를 사람들 모두 다 사는 게 그런 건가 보다 하고 주절거려 보았었다.

이리 멋지게만 살 수 있다면 된 거다.

얼마나 근사한가.

나머지는 욕심일지 모른다. 나야말로 욕심을 꾹꾹 눌러 담고 이 밤을 포만히 안고 있다는 생각에 콧노래가 방실거려진다.

오늘 뭔가 꾸역대고 난제를 물고 있던 아낙에게 시나 한 편 써서 부쳐야겠다. 그녀가 잠깐이나마 행복하기를 소망하므로.

비바람도 쐬었으니 오늘 밤 가로수들은 서로의 몸을 만져 한 뼘씩 더 튼실해지겠다. 나도 튼튼해지고 싶다.

실컷 자고 일어나고 싶다. 잠에서 깨어나면 쨍하게 빛나는 태양을 바라보며 윙크를 보내고 싶다.

내일 하루 간은 꿉꿉하던 세상을 까실하게 말려 보송거리고 폭신한 냄새를 비비며 알차게 살아 보라고 하늘은 찬란한 시간을 한 조각 던져줬음 좋겠다.

깊고 짙은 밤이다.

잔바람이 실랑거리고 남아서 공중에 뿌리고 노는 가랑비를 데리고 간다. 우리가 살아가는 이야기들은 아까부터 자장가를 못 이기고 잠들어 있다.

… 모든 것은 순간이다. …

집에서

찢어서 내다 버린 날들은 다시 오지 않는다. 버릴 땐 미련 없이 어디에 내다 버리는지도 모르고 아무렇게나 질질 끌고 가서 그들조차 눈치채지 못하는 곳에다 내동댕이쳐 놓고는 그리 내쫓긴 그들보다 내가 그들을 더 애타게 찾게 될 때도 많다.

그들은 그제야 피식 웃으며 겨우 기억할 만큼의 시간을 허락해준다.

그래도 구원해 주려는 그들이 얼마나 고마운가.

밤에 자다가 깨어날 때가 자주 있다. 깨어나 앉아 다시 잠 못 들 때가 더러 있다. 머릿속으로는 끊어지지 않고 떠오르는 생각이 자리를 비집고 든다.

그 생각 속에 포로가 되어서 잡혀 묶이기도 한다.

새벽, 두 시나 세 시쯤, 그리 잠에서 깨어나서는 미칠 듯이 시계만 바라보다가 잠들지 못해 혼자서 오락가락할 때가 있다

무엇에 골몰해 그 밤 방황의 길로 들어섰는지. 어디까지 갈 것인가.

나는 막막한 심정에 기대어 빈손으로 나를 토닥이며 재우는 날들도 많았다.

쉬 잠들지 못하지만 나름 따스한 내 손길에 불면의 밤은 포근해진다.

문득, 어느 날 오후는, 하루의 한가운데를 싹둑 잘라 먹히거나 내가 잡아먹거나 무언가 도난당한 기분이 드는 얕은 낮잠에서 깨어 눈물 맺힌 눈을 어렴풋이 뜨며 어른대며 들어오는 흔들리던 세상 너머에는 꿈속에서 함께 울어 주지 못하고 달아난 내 마음이 춤추고 놀고 있다.

어떤 하루는 기억에도 없는 구슬픈 노래를 불러 젖히던 나를 찾으며 여기저기를 헤매본다.

그런 날도 찾아내려면 나는 여러 날 구겨서 버린 그들을 할 수 없이 찾아내야 하는데 말이다. 운 좋은 날은 어디 가서 꽁꽁 숨어들었다가도 줄줄이 손에 잡혀 나오기도 한다.

바람이 분다. (발레리의 시에 등장하는 시구)

나는 이 말이 왜 이리 좋은지 모르겠다.

쓸쓸하다, 슬프다, 아린다, 서글프다, 울고 싶다, 싸아해진다,

이런 이유가 줄줄이 나붙을 수 있는 말들에게서나 맡을 수 있는 냄새를 가지고 있는 것 같아 그런지도 모르겠다.

하루 이틀 뛰는 심장도 아닌데 오늘은 왜 이리 두근대는지 모르겠다.

가슴이 허한 탓이려니 한다. 속부터 든든히 채워야 할까 보다.

그러고 나면 빵조각처럼 마음이 부풀 거다. 쌀쌀하던 바람에 말랐던 입술, 뻑뻑해졌던 목통까지 봄기운에 뒤섞이듯 할 것이다.

그 사이사이 내 삶의 방갈로에 봄의 왈츠같이 열정으로 키워 둔 또 하나의 나를 만나리라.

아득하였던 그 속에서 튀어나온 빨간 심장은 언제나 뜨겁게 돌고 있었음을 알아낸다. 달리다가 갑자기 정지하면 그 숨 가쁨이 더 거칠어질 것이다.

붉은 꽃이 얌전해지도록 부드럽게 타일러 두어야 한다.

내 마음이니 애써 주지 않으면 힘에 겹고 묵직해질 것이다.

오늘은 무심코 방치해 두고 늘어져 있기엔 너무나 부담될 만큼 눈이 부신 일요일이었다. 가족 단위의 나들이객들과 데이트족들이 지천으로 흐드러져 길에 깔려 있던 날이었다.

햇빛은 고루 비추어 소풍하기에 좋은 날이고 미루어 둔 일을 하기에도

좋았다. 뭐 동네에 작은 음악회라도 열리면 우르르 몰려가기 좋은 함박웃음 터뜨리고 듣고 앉아 있기 좋은 그런, 모처럼 티가 나는 주말이었던 것 같다. 느직이 어둑해진 저녁은 밤을 이내 끌어다 앉히기에 바빴다. 그리 느린 저녁을 몰고 오는 탓에 요즘은 늦은 저녁 술을 뜨고 나면 금세 한밤인 듯하다.

피곤에 지친 아이는 이내 잠속으로 굴러들기도 하고 주말 숙제가 밀린 놈은 뒤늦게 부랴부랴 노트를 끼고 옆에 붙어 앉아 고스란히 도움을 청하기도 한다.

제 숙제가 엄마 숙제로 남은 양 쫑알거리며 물어 대기에 바쁘기도 하다. 그리 숙제를 마친 놈은 두 팔을 활짝 열어 하늘로 올린다.

그러곤 이불 속으로 냉큼 들었다.

그 속이 얼마나 그리웠을까.

나도 같이 치키고 파고들고픈 달콤함도 없진 않았지만, 정리정돈의 재미없는 일들이 줄을 섰기에 마음을 접었다.

그 시각 부지런히 모터를 돌리는 세탁기가 때를 비비고 있었고 말끔한 세탁 종료의 맑은 벨 소리를 들어야 했으니까.

세탁기가 밀린 빨래는 다 해 주니 알량한 사람은 기다림이란 핑계만 맞추면 되니까.

하나 두 손을 놓고는 있어도 늘 분주한 듯하다. 그러나저러나 시간은 후딱거리고 잘 간다.

주말도 금방금방 찾아들고 언제 시작하였는지 모르는 드라마들은 다 끝날 무렵이고 이내 새 시리즈가 시작된다고 한다.

시간은 형태를 보이지 않고 숫자만 세는 것 같은데도 우리는 복종하며 따른다.

오늘이 봄인지 여름인지를 시간에 묻고 달력을 꼽아서 세어 가며 또 하루를 물리고. 밤 12시가 다 되어 핸드폰을 열어보니 더욱더 세월의 빠름이 감지된다. 온몸을 비틀고 후줄근하게 몸을 푼 세탁기가 조용해지면 빨래나 탈탈 털어 널고 자야겠다.

… 불면증엔 원래 약이 없단다. 밤새워 놀다가 졸리면 잔다. …

감자

벗님.

버스를 타고 좀 돌아다녔다.

비도 오고 해서.

버스 안에 앉아서 여기저기 흐르는 대로 바깥을 보고 있는데 사랑 노래도 흘러나왔다.

'내 사랑이 어느 날 다른 사람의 사랑으로 옮겨갈 수도 있는 노릇 아니냐'고 라디오는 슬프게 노랫말을 흘리고 있다.

미희든 무희든 그녀들의 애잔한 목소리 아래 녹녹히 스며들어 이미 스러져가는 몸들도 있을 것이리라. 적당히 굽굽하여서 얌전한 날 오후, 누군가 곁에 있어 준다면 그의 어깨를 이미 빌려 쓰고 속말처럼 솔직한 노래를 들으며 함께 흥얼대고 있는지도 모르겠다.

줄줄이 더러는 들어줄 수 없을 것 같은 곡이다가도 구구절절 맞는 말들 이어서 수 없이 손바닥을 같이 부딪치며 맞장구 쳐주듯 우리는 그들의 편에 서 있어 주기로 한다.

비가 내리니 할 수 없다. 사람들의 젖은 가슴은 더 질펀한 꾸물거림을 불러들이고 싶은 모양이다.

한 옥타브 낮게 깔린 라디오의 저음은 콧방귀의 가벼운 웃음조차도 터뜨리게 해두지 않는다. 짙은 그리움이 종이쪽지로 날아들거나 가느다란 통신선에 의지해 신청된 울적한 감각들은 똑같은 모양새로 쳐들어와서 줄을 잇는 모양이다. 똑같은 노래들이 틀어지기를 기다리는 사람들이 가득

밀릴 것을 익히 알고 있는 바인 디스크자키는 바삐 입을 열어 얼른 고독한 노래를 보내주겠다는 약속을 해 두기도 한다.

이에 보태어 우울을 여기저기 묻히며 커피잔이 높게 쌓일 것이다.

그대도 네모난 세상 안에서 얼마나 처진 리듬을 연주하며 축축한 길을 엉금거릴까. 이내 그 궁금함이 커 올라서 다가가 물어보고 싶다.

오늘도 굽어 돌아서는 어느 골목길에서는 무엇을 만났는지 이제는 너무 알아버린 구석구석의 풍경들까지 죄다 속속들이 알고 있어서 하루를 살아내는 데 별 감흥이 찾아들지 않는 건 아닌지.

그래도 그대는 그대의 정성과 수고로움으로 시간 속 수많은 장면을 빛나게 만들어주고 있을 테지.

벗님.

버스 창을 치는 빗방울의 톡톡거림을 세어 가며 앉아 있었다.

그 창 옆으로 비스듬히 몸을 기댄 채 창밖을 응시하기에 좋은 날이지. 중년의 아낙은 지나온 날들을 더듬어 보기라도 하는 듯 입꼬리가 올라갔다 내려갔다 미소를 짓고 있었고 어떤 이는 말끔히 머릿속을 비워내고 비 냄새를 맡거나 비가 주는 풍경만을 받아 안고 앉아 있기만 해도 좋다는 표정을 얼굴 가득 그리고 있는 듯해 보였다.

어디를 가는지는 모르겠으나 나도 어떤 목적지를 향해 충실히 집중하고 있던 터였다.

버스가 한 바퀴 돌아주는 대로 구석들이 눈에 심고 적당히 동네로 들어서자 나는 이 생각 저 생각 엮어대는 사람들을 태우고 싣었다 내려 놓다를 반복하는 버스에서 사람들과 섞여 그만 내렸다.

빗물이 가득 떨어지는 도시 속을 버스들은 잠수함처럼 지나다니고 있었다.

아침을 희미하게 밝히려고 꿈틀대던 새벽녘부터 내리기 시작한 비는 아직도 그칠 생각이 없나 보다. 종일 비바람에 에워 싸여 킁킁대며 비 냄새를 맡고 저녁을 맞았는데 늦은 밤까지 낙숫물 떨어지는 소리를 내며 하늘은 지독하고 지루하게 울고 앉았다.

나의 고장은 아직도 더 소란스러이 부산스러이 요란한 비를 더 받아내어야 하나 보다. 얼른 마른 바람이 불어와서 고요하고 따스한 밤을 보냈으면 좋으련만.

태풍도 지난다 하니 오늘 밤 무사히 태풍이 눈 감고 졸아가며 비실거리고 슬쩍 지나가도록 원해 본다.

밤이 한참 깊어 있다. 나를 꼭 껴안아 주고 달달한 쉼을 해야겠다.

내일은 감자 좀 까서 팍삭하게 쪄먹어야겠다.

벗님.

… 감자는 숟가락으로 빡빡 긁어 깐 감자가 맛있다. …

해거름에 부쳐

오늘 같은 날은 서둘러 저녁이 오기를 기다린다. 여섯 시를 넘기는 그 무렵은 사람들을 잘 위로해 준다.

내내 열병을 앓았던 우리네 꽃밭에 해열제를 뿌린다.

와이셔츠 소매를 두어 겹 걷고 턱을 괸 사내의 마른 눈빛에도 불쑥불쑥 날아드는 새떼들의 게으른 날갯짓 속에도 쓸쓸히 서서 종일을 멍히 보낸 장독대에도 저녁은 내린다.

유년의 시절 숨바꼭질을 할 때도 슬며시 나는 저녁에 기댔다.

나를 잘 감추어 주던 무채색의 세상을 더듬거리는 게 마음에 들었다.

경미하게 어둠이 일렁이기 시작하면 식은 커피는 버린다. 허락도 없이 노신사가 불어주는 색소폰 연주곡을 걸어 두고 적당히 노을을 친 서녘 하늘을 본다.

멀리 노을이 비치는 빈 들엔 밀레의 이삭 줍는 여인들이 살아나서

자잘한 수다를 흘리며 오래된 습관으로 등이 더 굽은 것을 생각한다.

어둑해지는 골목으로 어깨를 늘이고 가는 청년은 고흐의 가난한 구두를 빌려 신고 있다. 기하학적인 무늬의 돌멩이들로 짜 맞추어진 길을 걸어가며 그는 어느 지도 끝에서 멈추어 서야 낡은 구두를 고쳐 신을 수 있을까를 고민할지도 모른다.

허한 저녁은 먹빛으로 더 서러워진다.

색소폰은 찢어지는 듯 가장 높은 고개를 넘는다.

아까 시장에서 풀죽은 생선들이 엎드려 나를 쏘아 보길래 누운 꼴이

하도 스산하여 고등어 한 손에 조기 댓마리를 얹어 샀다.

푸른 바다가 추억인 내장들을 손톱이 헐리도록 끄집어 냈다.

고등어와 조기는 한 솥에 넣고 조리하기로 했다. 내 이기로 그들은 불륜을 저지르기 시작했다. 가만히 상상한다.

구름도 서지 않을 간이역을 지나며 차창 밖을 보다 예술가같이 고집스레 뽐내고 선 강가의 나목을 곁눈질한다.

치열하게 외로움을 베낀 노을이 하늘 저편에 마지막 독백을 중얼거리고 해가 빠진 강물을 동경한 유배자의 방문을 가슴 뛰는 저녁이 마중한다.

… 저물녘, 먼 산을 팔다. …

꼬마야

누나는 과꽃을 좋아했지요… 꽃이 피면 꽃밭에서 아주 살았죠…
산에 산에 진달래꽃 피었습니다… 뻐꾹새 먼 울음도 들려옵니다…

벗님.

정겨운 한 시절이 떠오르지 않는가.

너무 가물거려서 희미하게라도 걸릴까 모르겠다.

방학이라 곤한 잠에 몰입한 아이들을 깨우려 틀어둔 이쁜 노랫가락에 오히려 나의 마음이 기울어 살랑거리던 아침이었다.

내친김에 아침 내내 몇 번 더 돌렸다. 머릿속을 휘감고 돌아다니던 아련한 노랫말의 여운이 지금도 덜 가시었나 흥흥거리며 입속을 뱅뱅 맴돈다.

아득한 꿈은 늘 끄집어내 볼 수 있어서 우리는 오늘 행복할지도 모른다.

어린 시절 음악 시간이 되면 어여쁜 선생님의 목소리 아래 노랫말을 한 구절씩 배워가며 똘똘한 눈망울과 우렁찬 목청으로 따라부르며 노래가 너무 아름다워서 온 마음을 다 빼앗겼던 소녀는 아직도 내 안에서 사는 것 같다.

가끔 뛰어나와 날개를 매달고는 그날처럼 날아오르는 듯 뭉실대며 노래한다. 때때로 그 속으로 덤벼놓고 감당도 못 하지만 자주 동경한다.

아이들을 그냥 자게 내버려 두고 동네 어귀를 돌아보았다.

꼬마 아이들은 일찌감치 짧은 방학을 끝내고 노란색 유치원 버스를 타며 엄마에게서 작별하는 모습이 보인다.

오늘은 얼마나 재미나고 신나는 이야깃거리로 블록을 쌓고 노래를 부르다 돌아올까.

바람이 간질이고 지나거나 잠에서 느직이 눈을 뜬 어느 집 아이의 칭얼거림이 창문을 넘더니 무언가 조건을 맞추고는 금세 그치는 울음인 양 멈추는 듯하고 어린아이 몇몇은 동네 놀이터를 몽땅 차지하고 그네와 미끄럼틀에 매달려 있고 슈퍼 아낙은 언제 누렇게 변색했나 하며 파 더미와 열무 다발을 풀어 나에게 흔들어 보이며 다듬어서 시래기나 삶아 내얄 것 같다 하고 있고. 슈퍼 아낙이 참 부지런하다고 여기며 난 자판기 커피를 한 잔 뽑았다.

멀뚱한 덩치로 선 네모난 기계가 만들어주는 커피 맛이 역시 일품이다라며 나는 종이컵에 받아져 나오는 커피 한 잔에 가끔 예찬을 아끼지 않는다.

뚝딱대며 다듬은 열무가 한 소쿠리 담기는 모습을 보며 쪼그리고 앉아서 커피를 홀짝대고 있었다.

아낙은 야채를 다 다듬고도 바쁜 몸을 움직이느라 동분서주했다.

어지간히 커피를 비워내려는 즈음 건너편 건물에서 하얀 바지를 바짝 당겨 입고 나오는 아가씨의 모습이 보였다.

착 달라붙은 것이 몸선도 살아나고 힘차 보였다. 빠져나온 현관문 유리에다가 비춰보는 것인지 몸을 왼쪽과 오른쪽으로 번갈아 가며 비틀어대고 있었다.

얼마 지나자 남자 친구인듯한 사람이 나타나더니 곁으로 가서 붙어 서서는 아가씨의 둘레를 한 바퀴 돌아보고는 엄지손가락을 쳐들어 멋지다고 한 분위기 거들고 있었다.

거짓말일 수도 있다. 남자 친구가 쬐끔 거짓말을 섞었을 수도 있겠다.

그러면 어떤가. 서로 기분 좋은 아침을 만나서 저리 키득거리고 즐거운 것을. 좋아하는 마음을 가진 그들은 온 세상을 가졌을 테니.

하여간 멋지긴 하다는 생각을 나는 그들에게 말로 전해주지 못한 것이 아쉬웠다.

금세 더러워지면 어떡하냐고 애교 섞으며 앙앙거리던 그녀의 가늘던 목소리가 가슴에 싸리하게 걸리는 듯 머릿속이 혼탁해졌다

하얀 바지 나폴거리며 아가씨는 경쾌하게 사라져 갔다. 땟자국 없는 깨끗한 하얀 바지를 끌며 오늘 그녀는 얼마나 많은 흙탕물과 상처들을 바짓단에 묻히고 돌아와 쓰러질까?

순수는 이쁘고 맑고 포근하고 불안하고 거북하고 불편한지도 모르겠다. 그들을 한참 뒤에서 바라보며 뒤따르다가 길이 끝나자 연인들과 헤어져서 나는 다른 골목길로 접어들어 집으로 돌아왔다.

집에 돌아와 괜히 괜히 달력을 한 번 쓸어보고 남은 아이들의 방학을 세어 보았다.

그런데 똑같은 숫자들만 가득해서 그날이 그날 같았다.

내가 바쁘거나 급한 일들이 많은 것인지 수많은 날이 서로 가시 같은 말들을 건네는 듯했다.

서로 좋은 날을 택하여 근사한 추억을 차지하겠다는 심보인지 모를 일이다. 뾰족한 날들은 만나지 않도록 마음을 가다듬고 그들의 날을 살아주어야겠다. 늦은 아침을 차리며 어디 가까운 바다라도 가서 갯벌을 파고 발이라도 빠져봐야 하는 거 아닌가 하는 생각을 끼우고 있었다.

지금쯤 바닷가에는 아이들이 꽃처럼 피어나 빠져 있겠다. 벗님.

… 아이들의 여름방학, 내가 더 신나다. …

가을에 묶어

스락한 가을
서러운 살들이 떨리는
숭숭 구멍 난 계절 앞에
스산함을 보충이라도 하듯
이 밤에 비까지 추적여
불어터진 10월은 비바람에 유괴된다

일제히 우리를 깨워
같이 외롭자 들쑤시는 그대
오늘 밤도 쓸쓸한가 보군
그래 실컷 울다가 올라가길 앙망하네
누군가 내 미세한 핏줄을 타고 들어와
선언하는 모든 말들을 헤집고 나간다

비가 내리고 포만한 밤이라 술을 챙긴다
피곤한 근육들에게 알코올을 심어
폴폴 한 올씩 녹인다
청승맞은 쓰디쓴 심연을 사발째 들이키고
추담은 직성을 풀고 있다

밤기운이 축축하다
사나운 비는 여태 창을 후려갈긴다
야윈 꼴로 냉담히 누워서
해부되는 가을
발기발기 둔갑하여
내일은 어느 나라에서
몸을 벗을까

… 할머니 제삿날 밤 열두 시. …

노인병원 남자 병동 H의 승천

말그레한 유리창은 바람을 부르고 있었다.
언제나 남자를 둘렀던 흰 그림자가 단추를 풀고 있었다.
남자에게 고향 품 같기도 하여 부드럽고 포근했던
그러나 홑겹이어서 오히려 버거웠는지도 모르는
간혹 깊이 숨고 싶었을 때도
꼭꼭 감추어 주지 않아 거슬렸을지도 모르는
불만이었던 하얀 집을 남자는 오늘 죽였다.

몸을 푼 나락 쭉정이같이 껍데기만 흐물대는 남자의 흰 손은
넋을 풀고 날아가는 오래된 집을 가여이 쓰다듬는다.
언제나 우울했던 남자의 옷소매는 기적을 부르다
꼬물거리는 낮잠을 데려와 주곤 했다.
그러면 남자는 점잖게 기대어 맘껏 졸았다.
마치 기다리던 행운을 붙든 듯이.

어디쯤 남자의 집은 또 정박해서 살아질 것인가.
제정신이 아닌 채로 날아다니다
뭉클해지는 어느 땅 한 귀퉁이에 유혹당해
그는 서둘러 몸을 웅크리고 앉아서

차가운 콘크리트 벽으로 밀어붙일지도 모른다.
남자가 묻혀놓은 냄새를 아껴 뿌리면서 말이다.

사람들이 남자 주위에 몰려들어 서성이고 있었다.
한다는 소리들이
남자에게 새 옷을 입혀야 한단다.
남자는 좋겠다
새 옷을 입고 다시 새마음으로 삶을 다질 수 있어서.
하나 이게 웬일인가.
그의 새집은 너무 불편하게 지어져 있었다.
남자의 자유를 결박하고
삐져나온 몸땡이 구석구석을 구기고 있었다.

남자는 입주하는 새집이 영 못마땅하다는 눈치다.
누군가 싸구려 자재로 지었다는 귓속말을 전한다.
당장이라도 무너져 내릴까 염려되기 시작했다.
그러나 남자는 이내 체념해 버린 듯했다.
단장되는 대로 가만히 두고 보고 있었다.
남자는 어느 때보다도 골격이 좋아져 보였다.
꼭 마징가 제트를 닮아가고 있었다.

술렁이는 인파 속으로
뽀얀 청승을 두른 꽃다발이 들어 왔다.
꽃은 여느 날보다 조금 뚱뚱해진 남자와 마주했다.
화려한 자태에 기죽은 남자는 새초롬해 했다.

한 송이의 꽃이 겁 없이 남자의 손목을 휘감았다.

그리 남자의 손을 꼭 잡고 제 온몸을

머나먼 남자의 새로운 고향 앞으로 부쳤다.

- 진광호 님께 바칩니다.

… 작은 아버지 장례를 치르며. …

빨래

북두칠성이 얼음같이 떠오른 밤
빨래를 치댄다
땟자국 잘 빼준다는 새하얀 비누를
옷가지 앞뒤로 뒤적거려 칠하는데
빨랫감이 비누더러 중얼댄다
너는 내 몸을 기어오르던 전희고 유희며
환락을 맛보게 입술을 굴려 주었다
물러터진 비누가 한마디 거든다
꿈도 못 꿀 것 같던 몽환의 풍선을 불어
앞뒤로 서러이 교접하다
내 등에서 빨아 먹을 양분이 바닥났을 때
너는 다시 한 번 탁탁 가려운 실루엣을 펼쳤다
이탈하지 않기 위해
마지막 뿌리는 홀랑 뽑히지 않으려
안간힘 쓰던 서늘히 구멍 난 청춘
더는 헤프지 못하도록 버티는
닳고 닳은 나의 가슴
축축한 물기마저 남김없이 흘려보낸
깡마른 나의 유해
그럼에도 나는 주섬거리며

흘러내린 블라우스 소매에 붙어
때 묻은 옛날을 수정한다

… 빨랫비누 바꿀 때가 되어. …

달거리

집에 앉아서 역마살을 다스린다
이는 분명
나를 부르던 날
함께 잉태되었을 것이다

어미의 오르다가 만 언덕에서 시작되어
아비의 성숙하지 못한
부실한 노래로 끝난 진흙탕 속을 달려
맨발인 채로 뛰어들던 내 고향은
그날 이후로 나를 감금시켰다

나에게 까불지 말라고 협박을 하던
나의 궁전을 난 물로 보고 있었다
혼자서도 처박혀 살 만했다
그러나 때때로 너무 캄캄하여 죽을 것 같았다

어느 날 누군가
밖에서 공주의 이야기를 들려주었다
훤한 세상에서 뛰어노는 공주가 되고 싶었다
나는 탈출하기로 작정했다

어머니는 또 한 번 흉년이다
나는 그녀를 꼭 닮았다
달마다 나도 붉은 전설을 낳는다
목숨을 건 귀신들이 다리를 절며 해방되었다

… 생리통에 비실거리며. …

줄탁동시

벗님.

여전히 봄이고 여전히 커피를 비롯한 모든 마시는 것들은 오늘도 코앞에서 그 향과 달콤함을 알짱거리며 자랑하다가 끝내는 입안으로 별맛 아닌 것이 되어 출입한다.

꽃은 잘 지고 여린 연록의 잎사귀들은 몇 번의 비와 바람과 하늘이 내려주는 햇빛으로 더욱이 싱그러우져 이젠 검푸른 숲을 이루는데 어김없이 한몫하고 나선 지 오래다.

아이들은 한 두어 달 신학기 생활을 엉덩이 땀띠 나는 짜증스러움같이 혹은 떫은 감 한입 가득 베어 물고는 아무리 뱉어내어도 그 한가득 입속에서 거북스러운 회오리의 뒤끝을 한동안 물고 있어야 하듯 어정쩡한 한 시절을 보내고 있는 것이다.

아이들은 이리 커 가는 것 같다.

부모가 옆에서 지극정성으로 보살피나 아주 아예 부모라는 자리를 내놓고 저 뒤로 물러나서 빠져서 바라보고 있거나 커가는 길 지나는 골목은 어쩌면 그냥 다 똑같은 것 같다.

나는 그러한 생각들을 여전히 가지고 있으므로 아이 곁에서는 어느 정도 덜 붙어 앉아 있는 부모들에게서 한두 가지 옳은 것들과 아이들을 위한 몇 가지 혹은 최소한의 한 가지 그 희망을 배워 보려 할 때도 있었다. 미리 이정표를 그려서 부모가 손에 쥐고는 아이들이 곁에 올 때 손에 쥔 이정표들을 한 장씩 슥슥 빼주는 것은 옳지 않은 것으로 생각하기도 하거니와 내 어릴 적 여러 방면에 앉아 계시던 나의 스승들께서도 그러한 답답한 길을 내주는 사람 곁으로는 나를 보내지 않으셨다.

가깝게는 내 집에서부터 마음 쓰시는 스승들의 염려를 눈치채셔서 하루라도 내 집은 아이들 교육하는 일에서 손을 떼지 않으셨다.

이정표를 가방 한가득 보따리 싸서 척척 내어 주는 바보스러운 행위는 애당초 존재하지 않았으므로 내가 느꼈던 그 어느 교육기관보다도 멋진 교육의 장이었다.

집에서 형제자매간에 오붓하게 앉아서 어른들로부터 질서와 예의를 배우고 가정교육을 바르게 받은 아이로 살고 싶었다.

사람들이 제 할 도리들을 못하고 언제나 바르지 못 한 일들이 자꾸 일어나고 있다는 생각을 만날 때는 소소로워졌다.

제대로 마음먹고 교육받지 못한 나를 사람들이 눈여겨볼 때 나는 그 심각함을 감지해 내고 있었다. 좀 더 확연히 그러한 일들의 심각성을 짚어내기 위해서는 무언가 시작해야 할 것 같았다.

해답은 온데간데없이 떠오르지 않고 머릿속은 텅텅 비어 간다.

드디어 공부를 시작하면 되는 건가. 이런 우라질 그것도 아니었다.

나는 아직 나를 덜 키웠으므로 더 길러내야 했다.

내가 성장하는데 더 신경을 곤두세우기로 하고 다시 공부는 미루어지고 있었다. 뭐 그렇다고 해서 공부라는 게 안 되는 건 아니잖은가.

어차피 세상사 눈에 들고 귀에 들리고 말 한마디 세상에 내뱉고프면 걸면 되는 것이고 아니면 입 떼지 않고도 예나 지금이나 세상은 모두의 중심으로 돌아가게 되어 있기 마련이었다.

벗님.

나의 스승들은 늘 언제나 나를 걱정하셨다.

많이 자라나면 좀 덜 걱정이겠지만 언제나 제자는 강가에 내놓는 어린 자식이었을 것이다. 나는 복 되게 그러한 감정들을 내가 읽어낼 수 있게 가슴이 아스라이 따스하고 안타까움을 늘 내 눈앞에 늘어놓으며 나를 염려하셨던 나의 스승들을 만났음에 깊은 감사를 올린다.

참되고 복된 스승은 아무나 갖는 것이 아니고 하늘이 내는 것이라는 말이 맞다면 나는 한 다스도 넘는 훌륭한 내 스승들께 늘 고마워한다. 그리고 그분들은 늘 나를 내버려두셨다.

그저 입도 다무시고 귀도 닫으시고 눈도 감으신 채 나를 살피는 일에 집중하셨다. 참고 참으시다가 그러다 더러 한 마디씩 떼실 뿐이셨던 가깝게는 내 조부모와 부모님들부터 그리 나를 키우시기에 늘 바쁘셨던 것으로 안다.

아이들은 어쨌거나 그들의 성장에서 약간의 온기 이외에는 어른이 해야 할 일은 없다. 해서는 안 된다. 아이들을 위한다면 어른들은 빠져야 한다.

바라보아 주기는 하여야 하니 부모가 곁을 조금만 내어 주면 어떨까?

무언가를 기른다는 것, 그 성장 옆에서 조력을 붙인다는 것이 참으로 힘겨움에 다다른다는 것을 깨우치게 될 어느 날, 나도 내 어미와 스승들께 한 마디 올릴 것이다.

당신의 그 인고의 세월과 인내를 내가 닮도록 곁에서 보살피신 것에 감히 치하를 드리고 싶음을.

… 못난 제자, 선생님 날에 부쳐. …

줄탁동시 : 병아리가 알을 깨고 나오도록 어미가 밖에서 조금 돕다.

새우깡은 짜다

여자는 입고 있던 옷가지들을 벗어 내기 싫었을 것이다.

남자는 그래도 고운 빛깔을 내는 옷 몇 벌을 끄집어내 놓고는 이리저리 재보고는 고개를 갸웃거리거나 한참을 들여다보곤 했다.

아무래도 내가 보기에는 강렬한 자태가 눈에 확 띄는 치마저고리가 가장 나아 보였다. 남자의 생각은 왔다 갔다 하는 것 같았다.

이해한다.

아마 제정신일 리 만무하리라.

남자를 돕고 싶었다.

그러나 남자는 내 도움은 별로 바라지 않을 것이었다.

나는 어렸으므로 아무것도 행하지 못할 것이라 생각할 수 있으리라.

엊그제 남자와 나는 이야기를 좀 나누었다. 여자가 자고 있는 약간은 좀 깊은 밤이었으리라.

남자의 아들들과 이야기 놀이와 단어 이어 맞추기 끝말잇기 그따위의 것들이었으리라. 남자의 아들이 나에게 단어 하나를 대며 중얼거리며 그 말이 무엇인지 내게 묻고 있었는데, 나는 그냥 내가 아는 대로 그냥 멋진 말이야 규격품이란 말은.

그리 대충 일러 주는데 남자가 끼어들어서는 좋은 말이니 아무것에나 붙여서는 안 된다며 아이들이 사용하는 말들을 잘 골라 쓰도록 단도리를 해 두었었다.

규격품이라 나는 그 깊은 밤부터 그 멋지고 폼 나 보이는 규격품이 되기로 마음먹었다. 요즘도 규격품이란 단어를 접하면 참 멍해진다.

그 어린 시절 나는 왜 그 어려운 단어를 배워가지고는 될 수 있으면 삐뚤어짐 없이 규격에 맞추어 살아 보겠다고 아무 데나 자를 갖다 대고 까불었을까?

물론 내 입장에서의 규격이 맞는 것이지 기실 나야 엉망진창 아니던가.

남자가 봤으면 껄껄 혀를 차고도 남았을 노릇이다.

남자는 나름 여자가 그녀의 규격에 맞도록 잘 골랐다고 칭찬이라도 해주길 은근히 기대하며 여자에게 입힐 옷가지를 마지막으로 쓰다듬으며 옷을 한 번 쳐다보고 여자를 한 번 내려다보곤 하는 것이었다.

남자는 여자 앞에서 무릎을 꿇고 멀리 손을 뻗어서 양말을 벗기고 있었다.

양말 정도는 나도 벗길 수 있는데

모든 일을 남자는 말없이 그냥 혼자서 다 해치우기로 한 것마냥 묵묵히 차례들을 치르고 있었다.

양말 다음엔 여자가 두르고 있던 몸빼라는 넉넉하여 편안한 두루뭉술한 고무 바지. 그 바지를 벗겨내자 누룩틱틱하게 얼룩덜룩 얼룩지고 늘어지고 한쪽 다리 부분은 고무줄마저 터져서 여성이 체모를 비집고 나와 있는 참 곱지도 어여쁘지도 못한 그 삐져나온 체모를 바라보고 섰는 딸이 차라리 내 것처럼 털이 없더라면 좋았을 것을...이라는 생각을 하고 물끄러미 여자를 바라보고 섰는 줄은 알아차리기도 했을까.

딸아이는 그래서 여자가 너무 가여웠다.

그때 남자가 여자의 아랫도리 마지막 남은 그 속옷마저 벗겨주어서 얼마나 차라리 안도였는지 모른다. 거봐. 그냥 다 벗어버려 그래야지 아름답고 오히려 더 선녀 같을 줄 알았다니깐...

딸아이는 약간 씽긋 웃고 지나갔다.

이제 남자는 윗도리를 벗겨내려 한다.

그 유명한 빨간색 내복.

여자는 목이 늘어지고 소매가 덜렁거리며 닳아서 몇 방울은 구멍이 난 누더기 같은 저 때문에 여자의 삶이 더 헐벗고 고단했을 이유가 되기도 할 한 줌짜리 속옷을 남자에 의해서 벗겨내 주었다.

한결 여자의 몸매는 두드러지게 부끄러이 드러났지만 홀가분하다는 표정도 지어 보이는 듯했다.

남자는 나체의 여인을 그리 눕혀 두고는 남자의 아들들을 깨웠다.

수정 같은 별들이 수두룩이 떠서 꽁꽁 얼어서 얼음같이 반짝이는 대도시의 산동네에서 초라한 남자의 집에서만 불빛이 대롱거리고 삐쭉대고 있었다.

온 밤을 여자는 한참을 그리 홀랑 벗고서 남자의 손에만 의지해 있었다.

남자는 그의 아들들에게 엄마의 손을 만져 보라고 이끌어 주었다.

딸 아이는 아마 마다했을 것이다.

느낌이 안 좋았으므로 그냥 무시해 버렸을 것이다.

남자는 이어서 자꾸 권하거나 고집을 부리지는 않았다.

남자의 아들들이 모든 행위를 마치자 남자는 그제야 여자가 부끄러워할 수도 추워할 수도 있다는 생각을 붙든 탓인지 속옷을 입히기 시작했다.

여자는 좀 편안해 보였다.

남자의 손길은 여자의 팔과 다리를 끼우고 남자의 손가락은 단추를 채우거나 지퍼를 여닫고 있었었다. 여자의 몸은 이제 살갗 한 점조차 보이지 않는다.

마지막으로 어서 여자의 피부를 만져 보고 싶다는 생각이 얼른 들었으나 이미 남자의 손동작이 부지런히 먼저 움직여 여자의 가난이 뚝뚝 묻어서 때가 되어 발가락 사이사이에서 꾀죄죄해 보이기까지 한 쓸쓸한 발등을 하얀 버선코를 들이밀어서 여자의 못난 발을 새하얗게 감쪽같이 어루만지는 것이었다.

나머지 다른 발 한 쪽이 아까처럼 사라지기에 남자의 딸아이는 그냥 안녕하고 대충 여자와 마지막 인사를 치렀다.

여자는 작은 집으로 들어가야 했다.

할 수 없어 보였다.

여자를 작은 집으로 들여 보내기 위해 남자는 몇몇의 다른 남자들을 불러온 모양이다. 사람들은 마당에 기대어 서서 남자의 딸아이에게 여자를 작은 집에 입주시키기 전에 여자에게 고마움과 감사함과 사랑과 사과와 이해와 아쉬움을 얼른얼른 나누도록 손짓 눈짓을 보내어 왔다.

하지만 딸아이는 듣지 않았다. 그럴 필요가 없다는 여자의 깊은 눈빛을 딸아이는 딸아이의 눈빛과 이미 주고받았기 때문이었다.

그러나저러나 집은 참 좁았다. 좁아도 너무 좁다.

여자가 그 작은 집에서 살아갈 일도 걱정이었다.

내 걱정은 다 묵살되어 버리고 그녀의 집은 지붕을 얹기 시작했으며 모서리마다 나무 못을 박아대기 시작했다.

이젠 정말 여자를 못 본다.

남자는 그러한 말들을 중얼거리며 여자를 집 속으로 자꾸만 자꾸만 숨기고 있었다. 산동네 작은 골목을 버스가 겨우 올라오는 곳까지 여럿의 사람들이 여자가 머리카락 한 올 보이지 않게 숨어버린 집채를 매고 들고는 버스에 도착해 여자를 기다란 짐칸으로 스르르 밀어 넣었다.

한 치의 오차도 없이 여자의 집은 버스 아래 칸 통에 착 들어 맞았다. 버스는 속절없이 어떤 이유도 대지 않고 그저 달리기만 했다.

느리지도 빠르지도 않게 그리 슬슬 달려서 세상에 없어야 할 것 같은 이상한 세상에 남자와 남자의 아들들과 여자의 딸아이를 내려놓고 있는 것이었다.

남자의 여자처럼 똑같은 모습으로 그곳에 당도한 사람들이 많았다.

남자는 어딘가를 다녀오더니 우리 쪽을 향하여 와서는 모두 모여서 저쪽으로 자리를 옮길 것을 권했다.

여자의 집은 아까보다 약간 한쪽으로 치우쳐졌다.

그러고는 줄을 서서 차례를 기다려야 할 것이라는 남자의 몇 마디 소리들이 동행한 자들과의 말속에서 함께 굴러다니고 있었다.

그런데 참 기절할 노릇을 보고 말았다.

여자의 집 앞에 있던 집은 커다란 쇠문인지 철문인지 그곳으로 힘차게 밀려서 스르르 들어가 버리는 것이었다.

그 집에는 남자가 들어 앉았는지 여자가 숨어들어 있는지 모를 일이어서 여자의 딸아이는 그 사실이 자꾸만 내내 궁금했었다.

한 두어 시간인가 걸릴 것이란 말을 전하는 남자가 괜스레 우리 앞을 지나가며 방금 전 우락부락하게 무섭게 두렵게 혹은 아무 생각 없게 머릿속을 휑하게 비워 버려 식은땀 흘리게 하는 저 흉물스럽고 괴이한 커다란 쇠문을 닫아 버리고 사라져 간 남자가 아니 나타나기를 은근히 바랐던. 여자의 딸아이는 그냥 높은 파란색 하늘만 올려다보고 있었다. 그러한 풍경을 여자는 보여주고 싶어 하지 않을 것이란 계산을 내고는 그저 하염없이 하늘만 고개 치켜 쳐들고 암시하고 있었다.

한동안 그러고 서 있는데 한 여자가 부지런히 서둘러 걸어오더니 여자의 딸아이와 아들에게 커다란 사과 한 알씩을 건네주고는 먹고 서 있으라는 것이었다.

딸아이는 차마 그 한 알 사과가 넘어가지 않을 것 같아서 한참을 쥐고서 손안에서 둥근 사과의 동그란 테두리를 따라서 만지작대고 서 있었다.

하도 만져대서 사과 표면이 미지근해지고 있었다.

무엇이든 제 어미를 닮아 먹기 좋아하던 여자의 딸아이는 멍뚱하게 앞을 얼마간이나 바라보다가 좌우를 살피다가 마치 심심한 아이처럼 고갯짓만 돌리고 서서 있을 뿐이었다.

그 사과를 딸아이는 먹지 않아서 그 이후로도 그 사과는 몇 번 나를 따라 다니곤 했다.

가끔 만나는 그 사과는 면접할 때마다 더 커지고 먹음직스러워져서 나타나길래 늘 그 사과는 먹지 않는다.

이것이 내가 한 차례 살아온 내가 알아볼 수 있는 내 삶의 한 꼭지 표식이다.

여자의 집이 갑자기 누군가로부터 매만져지고 있었다.

각을 잡아 놓기도 하는 것 같고 쭈글해진 부분부분을 착착 바르게 펴 놓기도 하는 것 같았다.

아까 집 하나를 밀어 넣고 문을 힘껏 닫아 버렸던 그 남자가 와서는 약간 여자의 집을 쇠문이 닫혀 있는 앞쪽으로 조금 밀어놔두고는 한 5초간 가만히 쇠문을 응시하더니 딸아이가 섞여 있는 무리들에게 말없는 눈빛과 팔 한 짝을 사선으로 들어 보이고는 잠깐 한쪽에 가서 무언가를 적어 놓고는 이내 금방 돌아왔다.

저토록 몸부림치며 어딘가로 탈출하지 못하고 성난 불덩이로 똬리를 틀어 꽃송이를 피워내며 남은 말들도 다 엮어 놓지 못하고 아무 소리도 내뱉지 못하는 가여운 망자들만 삼켜 대며 도저히 늙지 못하고 언제나 열정만 피워 올린다는 말들이 여자를 꾸역꾸역 밀어붙이며 읊어진다.

여자에게 모든 딸아이의 주위에 있던 사람들은 누구는 여자의 집을 쇠문 속으로 들어가서는 안 된다는 양 힘껏 끌어안고 통곡을 토한다.

몇몇 사람들의 제지에 모두 나가떨어지고 남자는 여자를 보내려 한다.

힘껏 밀어붙일 수도 없고 내내 멍하게 서 있을 수도 없고 남자는 참 외롭고 쓸쓸해지는 마음을 온몸으로 만나는 것 같아 보였다.

그러나 남자는 남자의 아이들이 그 광경을 보고 섰는 그 아이들의 풍경을 잠시 바라다보고는 힘없는 팔에 의지해 일각의 멈춤도 망설임도 없이 여자의 집을 반듯하게 붉은 동굴 속으로 잘 안착시켰다.

타오르던 붉은 꽃송이는 붉은 비단을 가장 먼저 맛있게 먹어치웠다.

그 순간 누구랄 것도 없이 무식하고 인정사정 봐 주지 않는 쇠문을 단단히 걸어 잠갔다.

나는 이승과 저승을 한 목에 서서 왔다 갔다 하고 있었다. 나는 여자를 꺼내어 데리고 나올 열쇠도 가지고 있지 않았다.

여자가 쇠문 속 저 동굴에 들어가도 괜찮은 것인지 저리하면 안 될 것 같은데 저대로 방치해 두어도 괜찮은지 머릿속이 아주 희한한 시냅스를 그려대며 서늘하게 기가 막히게 온몸이 턱턱 모공이며 숨구멍이며 목구멍이며 모조리 다 막히어 오는 것 같았다.

숨을 쉬고 싶은데 참 잘 안 되었다.

내 그 상태를 확인하는 사람은 그다지 없었다.

야속하기도 했지만 들키지 않아 조금은 다행이라는 생각이 들기도 했다.

헉헉대고 여자의 집이 들어간 굴속만 한참을 응시하고 있었다.

지금쯤 여자는 어떻게 되었을까? 선녀로 변모하여 지금쯤은 머리에 어여쁜 댕기를 들이고 여자가 이승에서 살 때는 한 번도 우아하지 못했던 멋진 드레스를 잡아 온몸에 두르느라고 한참 행복해하고 있을까?

여자의 멋지고 어질고 착한 마음은 선녀가 되어서는 더욱 더 반짝거리게 될 것이다. 그리해야 여자의 딸아이가 훗날 그녀를 더러 찾아갈 때 알아볼 수 있을 것임에 그리 이러저러한 생각에 빈 가슴으로 몰두하고 섰는데 아까는 보이지도 않던 한 사내가 몇 번 딸아이의 앞을 서성이다가 지나가곤 하는 것이다.

딸아이가 고개를 돌려가매 동서남북을 눈길을 보내고 있을 때, 세상에 저 광경이 무엇인고. 여태 이곳의 하는 일들로 보아 저것만큼은 아니 될 일이라는 생각이 재빠르게 떠올랐다.

집들이 줄지어 선 그 앞엔 예를 차려 놓으라 세워 두는 작은 상들이 줄줄 놓여 있었는데 사내의 상 위에도 예를 갖추라고 깨끗한 흰색 보가 깔려 있었다.

딸아이는 그런 생각을 하고 있었다.

누가 뭐 맛나는 걸 많이 싸가지고 잔뜩 올려놓으려고 아직도 빈 상일까? 그러고는 아까 제 어미가 들어간 문을 다시 물끄러미 바라보는 것이었다.

그때였다.

딸아이 앞으로 무언가가 지난다.

저것이 무엇일까?

무언가 머릿속을 쾅 때린다.

아까부터 어미에게 한 대 얻어맞은 머리통이 가슴께로 가서 서늘히 한이 되어 내 인생에 자리 잡고 앉으려는 찰나, 어쩌면 그 어미보다도 더 먹먹해 오는 이 목줄기를 타고 겨우 가슴팍에서 아픈 그림이 정지해버린.

사내는 이리저리 정신없이 맴을 돌고 있었다.

밖으로도 나갔다가 쇠문 가까이도 다가갔다가.

도대체 어린 딸아이가 보기엔 정말 정신을 못 차리고 어디에다 정신을 내다 팔아먹고서 저 걷는 꼴이나 해대는 꼬락서니가 앞 못 보는 봉사가 길을 걸어도 사내보다는 나아 보일 것 같고 고주망태가 된 초쟁이가 집에 가는 길이 사내보다는 똑바를 것 같았다.

근데 말이야,

사내를 보니 슬프고 서러워 말문이 막혀 보여서 딸아이는 사내의 주위를 가만히 살펴보기로 했다.

상차림은 없었으며 누군가 사내의 곁에 있어 주어 뭔가를 함께 대화하거나 일을 꾸릴 수 있는 상황이 아니란 걸 딸아이가 눈치채버렸다.

그 순간 사내가 보자기 하나를 쓰다듬으며 흐느끼기 시작했다.

그리 울고 어깨를 푹 숙이고 힘어리 한 조각 남아 있어 보이지도 않는 사내는 울음마저 미미해진다.

시시한 눈물은 차라리 흘리지 않는 것이 나으리란 말을 해주고 싶었다.

그 순간 누군가 사내의 흰색 보 상위에 과자를 한두어 줌 놓아주고 있었다.

사내는 그 한 줌 과자 부스러기가 무에 그리 고마운지 연신 고맙다며 머리를 숙이고 허리를 꺾는다.

이 과자가 사내의 상차림의 전부였다.

사내는 판판한 나무 판대기에 한 일곱 살이나 되었을까 싶은 아이 하나를 하얀 보자기에 보따리 싸듯 싸서는 그 큰 쇠문 앞에 아이를 누이고는 온 정신을 빼놓고 있었던 것이다.

아이가 누워서 싸이면서 아이의 윤곽은 그대로 다 드러나고 있었던 모양이다. 딸아이가 바라봐도 훤히 알겠는 것이.

왜 저 아이는 저러고 있는 것일까.

딸아이는 어미의 걱정을 놓은 지 오래다.

저 아이가 슬슬 너무나 걱정되기 시작했다. 이래 봐도 저래 봐도 아이는 여자의 딸아이와 나이며 몸 크기가 비슷해 보인다.

한 가지 애매한 것은 남자 아인지 여자 아인지 도무지 모를 일이었다. 하기야 그런 것은 중요한 것이 아니었다. 쇠문으로 어떻게 해야 아이를 들여 보내지 않아야 하는지 그 궁리를 해야 했다.

딸아이는 그곳에 허리케인이나 폭풍이 휘몰아쳐 왔으면 지금 당장 어떤 일보다도 기쁠 것 같았다.

하나 그러한 생각들은 그저 어린 계집아이의 한 조각 바람으로 남는 환상적 생각이었길래 아무도 관심을 가지지 않았다.

사내가 아까보다 더 펄펄댄다.

어쩌면 좋지 여자가 들어가 버린 옆 쇠문이 우렁차게 열리고 있었다.

아 어쩌란 말이냐, 이 아픈 가슴을.

저 여리고 가여운 아비를 누가 품어 준단 말인가.

어리디어린 날을 모조리 버려놓고 그럼에도 해맑게 웃고 있는 아이의 미소가 흰 보자기 밖으로 판화처럼 옅은 몇 가닥의 예쁜 얼굴선을 찍어내

보인다.

아이는 이리저리 손을 써 보아도 저승으로 넘어갔고 사내와 딸아이는 무슨 수를 써도 아이를 따라가지 못한다.

아이를 위해 이제 믿을 만한 곳을 찾아야 한다.

아이를 돌보아 주어야 할 누군가가 필요할 것 같았다.

가만히 생각하니 멀리 있는 것도 아니었다.

딸아이는 엄마에게 아이를 잘 부탁한다고. 아이가 슬프지 않게 잘 데려가서 함께 여생을 보내는 편이 좋을 것 같다고. 저승으로 완전히 발을 떼놓기 전에 은밀히 기별을 넣었다.

아이는 무럭대고 잘 컸고 잘 살아가고 있을 것이다.

저를 멀리 보낸 아비의 어쩔 수 없는 한 품은 인생을 하루에도 몇 번씩 가여이 쓰다듬으며 달래줄 수 있는 만큼 그 몫을 떼 놓으리라.

아이가 먹지도 못하고 남겨 놓은 과자 부스러기를 한 줌 쓸어 모으며 몇 개를 집어 먹으면서 눈물이 짠지 새우깡이 더 짠지...

누가누가 이기나 하느님한테 물어봅시다.

하늘은 언제나 나의 편!

… 눈물도 짜다. 아홉 살, 엄마를 여의다. …

선물

둘째 아이가 초등학교 시절의 마지막 겨울방학을 맞아 보냄으로써 아이의 초등학교 방학은 그것으로 마무리되었다.

그리고 이제 아이는 곧 졸업을 하게 된다.

학기 말부터 교과서를 다 뗀 아이는 주로 노는 일에 모처럼 집중을 하고 열심히 그 일에 빠져들어 있었다.

학년 말에는 선생님들과 친구들과 그리 시간을 보내는 것 참 즐거운 일이었지 않던가. 그동안 여러 가지 해 보지 못했던 수업들을 받으며 하루를 근사하게 보내는 것 같았다.

실과시간에 이론으로만 배워 들었던 뜨개질이나 옷 만들기, 케이크 만들기, 비빔밥 만들어 먹어보기, 김밥 싸보기. 아이들은 얼마나 황홀하게 재미났을까.

기분이 날아갈 듯한 어느 날, 선생님은 영화를 틀어 주신다거나 가슴 짠해지는 다큐멘터리를 보여주시며 우는 아이들을 얼러 주시기도 하셨다는 풍문이다.

그리고 그즈음 아이들은 각 중학교의 교복을 샅샅이 살펴보며 당장 걸쳐 입기라도 할 듯 들떠 있는 모습을 내보인다.

어여쁠 것이다. 교복을 쓰다듬어 반듯하게 정돈하여 입는 아이들은 힘차 보일 것이다. 얼른 교복 맞추어서 아이에게 입혀 보고 싶어진다.

아이들의 일 년간 되던 긴 소설이 이제 막바지를 향해 쓰이고 있다.

연필의 심은 몇 번씩이나 닳았었지만 깎아 쓰는 수고로움을 마다치 않았다. 새로이 뾰족하게 다듬어진 진한 연필을 들고 다시 쓰기를 열심히 한 아이들. 스스로에게 많은 것을 가르쳤고 그들 자신에게서 얻어낸 철학들도 짙으리라.

매일의 이른 아침, 아이들은 교정으로 들어서 교실을 찾아 선생님과 친구들과 책들과 한바탕 상상놀이를 펼쳤으며 머릿속에 무엇이 자리하고 있는지 현기증이 일도록 파고들어 한 가닥 감탄을 자아내는 그들의 존재를 발견하고 기뻤을 것이다.

꼬부라지는 발음 천지인 영어수업 시간에도 잘 버텨 주었을 것이고 갖가지 기호들이 복잡했던 과학 시간, 아무리 풀어도 도통 정답이 나와주지 않던 수학문제집 뭉치와 씨름하며 한 판 거나하게 싸워냈을 것이다.

그리 하루하루 자라나며 학교를 배우고 나를 알아가고 일상을 배우며 만났을 것이다.

살아가는 기술도 많이 터득한 것 같다.

친구들과도 우정을 더욱더 두텁게 만들어 놓을 줄 알고 그들과 몰려다니며 집단을 형성하는 일에도 철이 들어 보였다.

공통점을 찾아 좋아하는 벗은 더 좋아하는 것 같고 그렇지 않을 경우 유혹하는 기교도 잘 발달하여 있었다.

어른들에게서 배운 생활의 방법을 잘 이용할 줄 알았다.

기특도 했지만 약기도 해 보였다.

하지만 그게 사는 거다.

아이들은 처음으로 세상에 대한 궁금증을 가지고 졸업을 하게 되는지도 모른다. 그다음의 시작에서 또 다른 물음을 가지고 전전긍긍하겠지만 꿈을 꾸고 있으니까 달콤한 내일을 품고 있으니까 궁금증을 풀어낸다는 건 어려운 일이 아닐 것이다.

그러므로 그들은 행복할 것이고 건강한 문제풀이를 척척 풀어내어 명쾌한 해답을 써 내려갈 수 있을 것이다. 어차피 그들도 스스로에게 큰 관심과 기대를 갖고 있을 것임에.

아이들은 제 눈에 보이는 만큼만 보고 커 주면 된다.

더 큰 눈동자를 만들어 봐야 별 소용 없다.

볼 수 있는 만큼만 눈에 담으면 된다.

그 이상은 큰 현실 속에 사는 우리 어른들의 쓸데없는 이기적 욕심이다.

아이들은 아마 우리가 터무니없이 부리는 관심을 허락하지 않을 것이다. 그저 흔히 볼 수 있는 평범한 사람으로 봐 주기를 원한다면 그리하면 되는 것이다.

그 안에서는 구속도 어떤 강요도 없음을 모두가 알아가게 될 것이다.

요즘이야 유치원을 다녀서 졸업의 맛을 이미 봤을 거다만은 내 어린 시절은 국민학교 졸업이 제일 처음이었다.

꽃다발이 만발한 졸업식장, 송사와 답사 사이에서 울고불고하던 여학생들. 그 어린 나이에도 이별의 가슴 저미는 심정은 맛볼 수 있었음에. 실컷 울고 나면 속도 좀 시원하고 코도 뻥 뚫리고 개운하다는 생각마저 들었던 것 같다.

선생님들과 헤어지는 장면에서 한 번 꺼억거리며 울어야 할 때 참 힘겨웠다. 그 순간이 더 아려왔음을 지금도 생생히 기억해 낼 수 있다. 힘들여 울고 나면 뭔가 공허감에 빠져 멍하게 섰던, 그 시절에도 맛보았던 텅 빈 마음속 무엇인가를 궁금해하곤 했던 기억이 난다.

삶의 바른길을 만나 걸어가는 데는 아픈 멍치를 끌어안아야 할 때도 있다는 걸 조금은 깨닫던 순간이었다.

그리 아파야 할 곳은 아파해 가며 커 왔다.

요즘은 우는 풍경은 좀처럼 볼 수 없다지만 그래도 선생님을 뜨겁게 꽉 껴안고 운다거나 교실 바닥에 퍼질러 앉아서 펑펑 우는 아이들을 종종 볼 수 있다.

녀석은 무엇이 그리 서러운 것일까.

그리 우는 아이들을 보고 있으면 한 시절 잘 배워 깨우친 것 같은 생각에 미친다. 아이도 졸업을 맞으며 서글픔 속에서 환희를 붙안을 것이다.

평온을 안을 수 있는 아이의 졸업식을 기대해 본다.

아이는 당찬 희망을 설계할 것이고 계획표에는 큰 포부가 같이 그려질 것이다.

하지만 다 지켜지지 않을 것이다.

우리 모두가 그랬듯. 우리 모두가 그리 살아와서 여기에 머물러 있듯. 아이도 그리 살아오면 되는 것이다.

그러면 나는 아이를 두 팔 벌려 나의 성으로 맞아들일 것이다.

큰 하품하며 달달한 잠에서 깨어나듯 햇빛이 깨끗하다.

지인이 고구마를 선물했다.

좀 쪄서 먹어야겠다. 호박고구마라 그런지 속이 노릇한 것이 참 달아 보인다. 살포시 갈라가며 까서 먹으면 입안이 호강하겠다.

세상을 내려다보는 하늘은 어떤 물음에도 대답하지 않을 듯 교만하다.

… 졸업식과 땡땡이 사이 누구나 철부지다. …

푸른 잉태

분주하고 난리법석의 아침 시간을 아이들과 한바탕 어수선을 떨고 모두 뒤꿈치에 쫓겨 다 사라지고 나면 으레 이 시각이면 온 동네가 고요 속에 잦아든다.

음절도 없는 무음의 음악이라도 틀어 놓은 것 마냥 잠잠한 순수가 흐른다.

바람 소리가 쓸어주는 수풀 비비는, 풀잎 흔들리는 소리가 풀 파도를 만드는 가느다란 춤 놀림도 감상할 수 있다.

살아있는 소리들이 정겹고 다정하다.

마을을 말끔히 치워주러 오는 부지런한 청소부의 모습도 간간이 볼 수 있는데 효과적으로 치워지는 구석구석의 매무새 정리정돈을 보고 있자면 탄성이 절로 나온다. 저렇게만 치우면 반짝반짝한 살림살이가 되겠구나 싶은 욕심까지 훔쳐오기도 하니 말이다.

아이를 태운 유모차는 동네 곳곳을 훑고 다니며 아이에게 역동적 거리를 보여줄 심산인지 데구루루 잘도 굴러간다.

아이 엄마는 환희 찬 세계라도 만나는 양 연신 까꿍과 고갯짓으로 까르르 넘어가게 감동시킨다.

보고 앉았자니 그들의 세상은 폭신하고 달달해 보이기까지 했다. 하여 제 아이를 키우는 세상의 모든 어미는 맑은 약수 같은 심성을 가지게 되나 보다.

돌아서는 골목길을 점유하는 모습까지 바라보며 그들에게서 눈을 거두었다.

그즈음 늦은 아침을 먹고 차를 한 잔 우려내고 집 앞으로 보이는 낮은 산을 한참 바라본다.

한두 해전 겨울이 조금 남았던 나날에 힘 좋아 보이는 장사 몇몇이 언 땅을 힘겨이 파들어 가서 심어 두고 간 벚나무가 올해도 어지간히 꽃송이를 피워냈는데 이젠 제법 초록빛 살들을 가지마다 살살이 붙여 녹음을 이루어 그 옆의 큰 나무 혹은 잡풀들과 어울려 숲을 이루는 모양새가 대견스럽다.

차차 아름드리로 잘 자라주고 있는 것 같아 좋다.

내가 이리 멍하니 차 한 잔 만들어 들고 앉아 제 모습이랑 소곤거릴 수 있도록 탐스러운 몸선을 만들어 내보이는 것도 고마울 따름이다.

나는 그에게 물 한 모금 거름 한 줌 놓아 준 적도 없는데 성실하게 몸통을 키워내고 내 코앞에서 봄이면 뭉실대는 솜사탕 같은 뭉치 꽃 혹은 어느 시인의 말처럼 팝콘같이 통통 튀겨 낸 듯한 꽃송이를 피워 보이는 근사한 그림을 그려 낸다.

절정을 치고 올렸던 꿈은 어느 순간 고통을 동반한 이별을 끌고 온다. 환상으로 피어올랐던 몸짓이 모순이었다는 듯 낙하하기 시작한다. 바람은 꽃눈을 날리는 데 일조를 하고 새파란 싹눈은 새록하게 한 마디 더 삐죽인다.

그의 계절에 주목하고 있는 사람들에게 다시 한 번 가슴 뛰는 소생을 보인다. 하여 하릴없이 휘날리는 낙화를 애써 붙들려 하지 않는다. 그리 그는 자연의 섭리를 따라 떠나간 하얀 초상을 용서하고 이정표를 따른다.

그러하여 이리 청아한 초여름 아침, 명쾌한 초록의 머리를 빗어 햇살에 빛나는 정수리를 내 앞에서 뽐내듯 적당히 살랑거려댈 줄도 알고 있다. 시원한 베 모습을 바라는 사람들과 여름 한 철을 뜨거운 신록의 시간으로 채우고 나면 어슴푸레히 황갈색의 농염한 색깔을 만나 그제야 편안한 시절의 맛을 드디어 찍어서 맛볼 수 있으리라.

그리 멋들어진 가을에 마음을 빼앗겨도 보고 지내게 되리라.

그리하여 언제나 제 자리를 지키며 유희를 부풀리는 그의 몸짓은 신화가 되어 간다.

좀 추레한 겨울이 불어 든다고 해도 한 시절 진한 녹음에 살았고 열정으로 불사르던 낭만의 계절을 만나 본 사춘기 아이 같은 떨림도 맞아 보았으니 그 빼빼 마른 겨울이 혹독하다 하여도 의연한 버팀을 세워 둘 수 있을 것이리라.

그러고 보니 이 벗에게 내가 배워야 할 것들이 많다는 걸 알아내고 있다.

멋스러운 벗을 곁에 두고 살고 있었다는 걸 새삼 깨달은 오늘 아침이 큰 복이다.

차가 차갑게 식어 있다. 새삼 차가 식어 있다고 따로 말하지 않아도 된다. 자주 있는 일이니까.

멍히 앉았고픈 날들이 많으므로.

…푸른 아침, 사색 한 조각 따다. …

즐거운 휴일

햇살이 무르익는 가을 들녘에는
언제나 아버지의 푹신한 짚더미가
귀퉁이에 둥지처럼 길들어 있었다
무에 그리 인생에 유별난 별 무리가 있을 것 같냐고
막걸리 푸고 한 잠 자고 일어나 나락 베고
그러다 또 술 한 잔 걸치고
하루에도 몇 채씩 집을 지어 놓으신다
그러면서 나에게 한 말씀 던지신다
아가 인생 뭐 있단다

담배를 깊이 물며 실종된 애인을 찾아 나서기 위해
잔뜩 뽐을 내고 나서시는 길
거울 앞에 당신의 나날들을 걸어두고
시시한 작품 평을 쓰시던 날들
철없이 빈 유리 귀퉁이로 들어선 딸에게
물끄러미 눈빛 쏘시며 한 말씀 하신다
너의 오늘은 네가 살아온 길을 엮고 짜는
역사에 기록될 시간이란다
잘 기억해 두어라

내가 조금 더 컸을 때
혼자서도 염소와 소 떼들을 풀 마당에 풀어놓고
세월 좋게 풀피리나 불면서
폼나게 살 수 있었던 날
아버지는 조금 늙어 계셨다
그래도 늘 내게 한 말씀씩
멋진 단도리를 챙기셨다
붉은 비단을 깔아두어라
너의 아름다운 땅에 올라타라
변명을 달고 집에서 달려나가거라
팽팽한 세상 속을 뒤지는
사내에게 침범하여 집을 지어라

21세기를 살아 보지도 못하고
아버지는 돌아가셨다
나는 아버지 집에 들러 풀을 치고 꽃나무만 남긴다
술도 한 병 치며 더러 앉았다 온다
돌아오는 길에 대뜸
한 마디 되새김질하는 말 듣곤 하실까
인생 뭐가 있던가요?

… 벌초 2. …

비요일

벗님.

모처럼 비가 내린다.

쨍쨍하게 뙤약볕만 만들어 내던 세상이 어지간히 식어 있다.

곳곳에 축축하고 눅눅한 냄새들이 감돈다. 장마철 반갑지 않은 불청객들의 향기다.

그래도 다수가 비를 바라니 좀 캐캐하더라도 누근한 마음으로 비가 내리는 풍경과 함께할 것이다. 그래서 요 며칠 비가 내린 탓에 경제적으로 1,110억 원 정도의 이익을 보게 되었다는 기쁜 소식들에 함께 위로받을 것이다.

이 소리 한마디로 국토가 얼마나 메말라 타들어 가고 있었던가를 가늠할 수 있을 것 같다.

그래도 아직 바싹 말라서 타들어 갔던 땅줄기는 시원한 해갈의 기쁨을 만끽하지는 못했으리라.

비가 온다고 춤을 추며 더 많은 비가 내리도록 덩실덩실 논두렁을 탔다는 농부의 말갛던 얼굴 표정이 지나간다.

모내기를 반도 못 냈다고 이야기의 끝을 흐리기도 했었다.

여태 모내기를 못 했으니 올 농사는 지으나 마나 한 이야기를 하고 싶었는지도 모르겠다.

빈 논들은 늪처럼 풀떼기들을 키워 올리며 조용한 여름을 보낼 것이다.

그리 야위어 드는 소리를 공중에다 내뱉으며 통통하게 살을 붙이고 드는 벗의 푸른 시절을 곁눈질할 것이다.

아침에 아이 학교 가는 길을 함께 나서 주었다.

이도 비가 내리는 이유에서였다.

어른들도 주체할 수 없는 빗속을 아이들은 더 헤맬 듯하여. 알록달록한 우산들의 행렬을 오랜만에 세운 길목은 많이 혼잡했다.

저보다 큰 우산 아래서 조잘거리며 올망졸망 몇몇 동무를 이루어 가는 꼬마들.

못 미더워 아이 가방을 덜어 가며 하굣길을 동행하는 엄마들까지 길이란 길은 모두가 다 분주했다.

버스를 기다렸다가 타야 하는 학생들의 빗물 주르륵 떨어지는 우산 뭉치는 짐이 되어 그들과 함께 합승했고 아이들을 모조리 삼키고 콩나물시루를 만들어 낸 버스는 겨우 문을 닫고 빗길을 열며 출발했다.

아이들은 더러 비 오는 아침을 싫어하는데 그 까닭이 너무 어수선하고 매끄럽지 못한 그림들을 만들어내는 게 마음에 들지 않아서인지도 모르겠다.

작은 아이를 학교 교문 가까이까지 데려다주고 돌아오면서 지금쯤이면 쭈그러져 끼여 타고 있던 버스에서 아이들이 훌쩍 뛰어내려 교복을 손질하며 반가이 마중하는 학교로 가뿐하게 뛰어들어 가고 있을 것 같았다.

세탁기엔 어제부터 모아둔 빨랫감들이 채곡여져 있다.

아침 일찍 돌릴까 하다가 날이 꿉꿉해서 잘 마르지 않을 거란 생각에 한참을 갈팡질팡대고 있던 터였다.

세탁기 속에 들어 앉아 있어 봐야 더 나아질 건 없어 보인다.

집 안을 한 바퀴 돌아서 더 세탁할 것들을 찾아내 돌려버리기로 했다. 수건 몇 장과 티셔츠 한두 어장이 더 보태어져서 세탁기는 생색을 내며 돌아가게 생겼다.

세탁통 물 받는 소리를 한동안 들으며 물이 차올라 빨랫감들의 잠수를 지켜보다가 한 번 휘휘 저어 보다가 적당히 비누를 퍼부어 넣고 뚜껑을 닫았다.

나는 내 빨래를 디지털 기계가 침범이라도 하여 빼앗아간 양 무료한 시간을 보내게 되었다는 듯 집안을 이리저리 돌아다니고 있었다.

그는 청승스런 물줄기를 뒤집어쓰며 어렴풋하게 우리가 남긴 짙은 아픔 그리고 생활의 땟자국들에 입 맞추며 야무지게 비벼댈 것이다.

그리 관조하고 있다가 그가 한 바구니 토해내면 나는 습기 찬 날개들을 말려주면 되는 거다. 커피 한 스푼을 푹 떠 넣고 진한 커피를 한 잔 만들었다. 집안 공기가 똑똑하지 못하여 진한 커피라도 마실까 해서다.

코끝에 걸리는 향도 진해서 좋다.

어떤 아줌마들처럼 커피 방에 들러 맛있게 향 좋은 원두를 갈아 오지도 않는다. 부끄럽지만 커피를 배우고 폼나게 만들어 마시는 강의를 쫓아다닌 적도 없다.

게을러서이거나 그도 아니면 취향이 아닐 수도 있겠다.

그런 근사한 일들을 잘 찾아내는 사람들의 어깨너머로 좀 배워둘까도 싶다. 살아가는 이야기들 속에 커피만큼 초대하고픈 벗도 없는지 모른다.

한가로운 낮이다.

커피는 넉넉하다.

비도 잘 내린다.

음악도 좋다.

멀리 가로수도 적당히 흔들리는 모습이 포착된다.

더 욕심낼 것이 있는가. 벗님.

… 비 내리는 날, 집에서 탈출해 날궂이에 청승을 떨다. …

골목길 돌아

가을이 온다, 혹은 가을이 왔다라고 표현하는 이즈음 살갗에 닿는 바람결 너무 좋다. 무슨 일을 해도 시원하고 청량한 이 기분.

더 이상의 계절은 없는 것 같다.

무슨 일을 벌여도 다 잘 될 것 같고 무엇을 하더라도 시원스러이 해결될 것 같은 이 가을날.

나는 자연에게 따로 감사의 인사를 전하고 싶다.

지나는 바람이 창을 흔든다. 무슨 기억해야 할 일들을 묻히고 지나는 것인지 달달거려 두고 흘러간다.

한적한 도심을 좀 빠져나가서 한낮 동안이라도 먼발치에서 나 사는 곳을 바라보고 오고 싶다. 마음만 부지런하다면 무얼 못 하겠냐만은.

하긴 마음이 아니라 게을러 나앉아 있는 몸을 일으켜야 하나.

이쯤에서 나는 한 몸땡이 잘 써보기를 다짐해 본다.

휭하니 가서 뭐 하고 앉았다 오면 좋을까?

바다를 보러 가야 하나.

시골 한구석 향수를 찾아 나서야 하나.

그도 아니면 길 따라 무작정 기웃거려 보나.

마음에 수군덕거리고 바람이 들긴 드나 보다.

그 화려하게 꽃피던 봄바람도 마다하더니 어디서 불어 드는 바람이길래 가슴이 다 싸아해지고 코끝이 찡해지는 걸까.

방랑의 길을 잡는 이라도 있으면 그의 곁을 조용히 따라도 좋겠다.

멀리서 찾아온 집시여인의 미소를 보고 싶다.

세상을 다스리는 그녀의 치마 끝자락에 달라붙어 푸른 영혼을 읽고 싶다.

어릴 시절 학교 다닐 때를 떠올려 본다. 언젠가 수업은 받기 싫고 가을 바람은 살랑살랑거리며 교실 안으로 불어 들어오는데 저만치 코스모스밭에서는 벌써 내게 손짓을 하는 것이다.

그 초대를 어찌 거절할 수 있었겠는가.

학교에다가 거짓말을 치고는 코스모스에게 놀러 갔다.

코스모스는 그 가느다란 허리를 흔들며 냉큼 나를 반겨 주었다.

서로 어찌나 반가웠는지 입이 귀에 걸리고 있었다.

몇 개의 꽃잎은 내 머리 위에서 반짝이길 바랐다.

그래서 꽃잎을 따서 꽃핀을 꽂고 뽐내고 앉아 있기도 했다. 쓸쓸한 가을 한가운데에 진분홍의 빛깔로 피어난 코스모스는 세상에서 으뜸이었다.

그리 코스모스가 쫙 피어있는 길을 따라서 한참을 걸어보곤 했다.

이런저런 생각들을 파고들면서 말이다.

지금 생각하면 무슨 생각을 했는지도 모르겠지만 아무래도 그 시절 나름대로는 심오함 속에 갇혀서 해답을 구해 보려고 안간힘 쓰지 않았을까 싶어지는. 요즘은 그런 용기 있는 짓을 잘 하지 않을까?

철없을 때가 좋기도 한가보다라고 더러 생각해 본다. 무모하고 용감한 행위도 스스럼없이 펼칠 수 있는 아무것도 모를 때가 그리워지기도 하는 거 보면. 돌아오는 길에 아마 아이스크림을 먹었던 것 같던데 그 맛이 왜 그리 서글프게 지금도 남아 있는지.

해거름 무렵이었는데 시골이니 가게라고 해봐야 동네마다 가정집에서 귀퉁이에 작은 방 하나 내서 조금 구색 맞춰 파는 게 전부였다.

지금도 시골 구멍가게들은 그런 가겟집들이 많이 남은 거로 알고 있다. 그 작은 가게에서 보통 집에서 사용하는 냉장고에 아이스크림을 저장해 두고 팔고 있었는데 그걸 사서 나온 기억이 난다.

울퉁불퉁하게 녹다 말고 얼어서 그랬던지 봉투를 뜯을 때부터 묘하게 슬픔이 베어 들어서 쭈욱 찢어지고 있었다.

소심하게 들어 앉는 가을 저녁만큼이나 회색빛 탁한 맛을 두르기라도 한 듯한 입씩 깨물어 먹는 나까지 서글픈 그 맛에 넘어가고 있었다.

먹는 내내 맛나게 먹을 수도 없고 버릴 수도 없는 어정쩡한 마음에 묶여 있었던 것이었다.

을씨년스러운 초저녁, 길을 쓸고 다니는 내 발길 위에 한 조각 달콤한 벗 같기도 했으며 또 축처지고 김빠진 내 초상을 닮았다는 핑계도 한몫했으리라.

왜 나는 그 어린 나이에 그런 걸 느끼고 컸을까? 가끔은 신통하다가도 대개는 안쓰러운 생각이 들 때가 더 많다.

지금도 녹다가 만 아이스크림 통 속 하드를 보면 그날의 기억이 손에 잡힐 듯 진하다.

기억이란 잘 다스려 놓으면 끄집어내 볼 때 우수수 떨어져 한 소쿠리 밤알을 받아든 것처럼 알알이 터져 주어서 고맙다.

살면서 좋은 일 많이 하고 멋진 거 많이 경험하고 살아야 할 것 같다.

그런데 내 추억들은 나를 추억할까?

뜬금없지만 이따금 궁금하다. 추억이란 함께했으면 함께 소유하는 게 되는 거니까.

그날 가을 저녁 하늘을 달리던 구름 뭉치도 지나던 바람도 해를 넘기면서 마을로 내려왔던 산 그림자도 우리는 똑같이 한 페이지에 쓰여 추억으로 남았을 것이다.

그래서 어디로 또 한 번 나가 볼 것인가?

크면 클수록 살면 살수록 하고 싶은 것도 덜 생각하고 사는 것 같고 할 일을 덜 만들고 살고 싶어 하는 것 같다.

무뎌지는 나날이 안타깝게 밀려드는 요즘이다.

내 생활의 날들 앞에 참 미안해지는 일들이 자꾸 생겨난다.

벌여놓은 수많은 일을 마음먹고 후다닥 잘 해치우는 사람들이 너무나도 부러워지는 요즘이다. 부지런한 사람들, 열심히 사는 사람들 속에 나도 해당되어 살아지고 싶다.

정신을 어디에다 두고 사는지도 모르게 바쁘게 한 번 살아도 보고 싶다.

도대체가 까닥하다가는 코 베인다는 이 세상에서 나는 무엇으로 살아가고 있는 건지 원.

가을 들녘 누렇게 익은 논 사이로 들어 한바탕 나락이나 낫질해 베어냈으면 한다.

숙삭대고 권태로웠던 뭉탱이들도 좀 깎아 내고 나른하고 무기력하게 말라 비틀어진 일상들도 좀 정리해서 숭숭 베어내고. 노릇하게 방아 찧어 햇밥을 지어서 먹으며 세상에게서 고슬고슬한 위로를 받고 싶다.

바야흐로 무엇이든 익을 수 있는 시절이다.

욕심을 내서 나 이제라도 꾸역꾸역 익어갈 준비를 해 보리라.

어디에나 길은 나 있고 이어져 있다.

붉은 가을이 마지막으로 지상에 쏟아진다.

… 가을의 탐구. …

뻔한 겨울

올해 들어 그러니까 새해 들어 처음 맞는 일요일이다.

아이들은 요즘 겨울방학이어서 들떠 있는 모습으로 지내는 나날들이라 방학 중 일요일이란 그저 그런 휴일로 치부되기도 한다.

이불 속에서 늦게까지 뒹굴거나 늦은 새벽에나 잠드는 큰 놈은 제법 어른 행세를 하기도 하니 말이다.

어찌 됐건 일주일 중에 빨간 날이니 그에 걸맞게 늘어지는 몸 모양을 만들어 낸다.

올겨울은 추워도 너무 춥다는 소리를 줄줄 내뱉고 산다.

일 년이 어느새 후딱 가더니 다시 새로운 한해가 들이닥쳤다.

맹추위까지 함께 몰고 당도한 겨울 새해는 많은 다짐을 시작부터 떨게 한다.

나는 아직 새해 새로운 소망을 나열해 두지를 않았다. 이도 이젠 나이 한 살씩 얹어 먹어가면서 적당히 지내가게 되는 일 년 거사를 어지간히 짚을 줄 아는 노련함이 생긴 탓인지.

가족들의 건강하고 행복한 날들을 바라는 메시지를 어딘가에 빌어 부치는 정도만 제외하고는 무엇을 해야 할지 이루고 싶은 건 무엇인지 제대로 파악도 못 하고 있다.

그 어린 시절 혹은 청춘이 꿈틀대고 비집고 오르던 날 가까스로 나를 쓰다듬으며 찬찬히 뭔가를 준비하던 열정은 어디 가서 이 겨울처럼 꽁꽁 얼어붙어 있는 것일까.

멀리 지나온 시간을 거슬러 올라가 꿈같은 인생을 설계하며 정말 꿈같이 살아왔던 시간들을 다시 끌어모아 보고 싶다.

모든 생각과 철학과 긍정과 낭만의 시계가 도는 그 푸른 시절로 시간의 태엽을 감아 놓고 싶다.

더러 이러한 감성들이 이즈음 도달해 있으면 나는 으레 시디박스를 뒤져 몇 개의 트랙을 골라 노래 한 소절씩을 잘게 씹어 듣는다.

그러면 심신은 이미 과거로 흘러들어 황홀한 꽃길을 걷고 있다.

이리라도 하고 지나야 지나온 내 생에 대한 예의 같아 이따금 향수에 젖는다.

그리고 대개의 사람도 그리그리 살아가고 있다는 것을 익히 알고 있다.

창밖을 보니 해가 어지간히 머리 위로 떠올랐다.

유일하게 겨울날 하늘에서 쨍쨍한 빛을 발사하는 오늘은 쌓인 눈을 좀 녹이려나.

그의 능력이 갑자기 궁금해지는 늦은 아침이다.

사람들은 저마다의 달콤한 휴식에 들어 있는 날인 듯하다.

덕분에 푹 쉬는 자동차들이 줄지어 주차되어 동네 길가를 꽉 메운 빼곡한 모습들이 각양각색으로 눈에 들어 온다.

마치 자동차 중고시장을 방불케 하는 저 모양새는 무엇이란 말이냐.

가가호호 주차난이 심해서 겨우 제 몸을 끼우고 선 차량들을 보니 멋진 풍경은 못 읽겠다.

그래도 빛나는 햇살이 내리고 바람도 잠들어 있고 하늘도 한가로이 푸른 너울을 이고 쌀랑한 이마를 드러내고 있다.

이리하여 오늘도 참으로 맑고 찬 겨울 하루를 받아 든다.

어디 구석에 달달한 자리 잡고 앉아 햇덩이의 따스한 손길이나 받았음 한다.

겨울은 햇빛에 들어 있는 영양소가 빛을 발하는 최고의 계절이 아니던가.
우울한 커튼을 걷어치우고 반짝반짝한 태양을 불러들여야겠다.

패티 페이지의 노래를 좋아하는데 얼마 전 그녀가 생을 마감했다는 소식에 나도 안타까움을 드러냈었다.
자주 듣던 여가수의 멋진 목소리를 이젠 정말 기계음에서나 들어야 한다.
지금 흘러나오는 곡이 패티의 노래여서 그녀가 뇌리에 걸리나 보다.
그녀가 흐느껴 부르는 노래의 멜로디를 따라 나도 흥얼거리며 한 마디씩을 따라간다.
그러면서 한때 푸르름이 자랑이었던 산야를 참참이 훑는다.
얼마 전 녹음으로 주렁이며 흐드러지게 무성 진 낙원은 초록으로 내달렸었다. 하지만 요즘은 얼마나 빼빼 말라 허해 보여 안쓰러운 풍경인가.
그들의 낙하 덕분으로 가을이 지난 이 겨울이 멋스럽기는 하지만. 우리네 삶도 저렇듯 풍요로 다가와 쓸쓸해져서 넘어가는 늦은 저녁 서산의 겨울 노을을 닮은 것 같다.
겨울은 가만히 앉았다가도 으스스해지며 온몸을 떨어야 하는 계절이다.
한 차례의 겨울을 보낸 찰나지만 아직 우리는 한참의 엄동설한을 나야 한다.
지나온 가을, 울긋불긋 색동옷을 갈아입느라 단풍 들이던 산릉선은 앙상한 계절을 서둘러 내놓았으며 눈발 날리는 시절도 이내 데리고 들이닥쳤다.
일찍이 아무런 씨앗도 잉태치 못한 빈 몸으로 드러누운 벌판은 꽁꽁 한 겨울을 버텨낼 채비로 땅을 얼어 붙이고 들었고 그들은 서로 한껏 품고 한껏 사랑하다 미련 없이 다음 계절에게 모두를 내어주는 언제나 너그러운 심성을 풀어두고 떠나갔다.
사람도 그리 자연의 섭리를 따르며 살아가야 한다는 것을 늘 배우지만 발 빠르게 따르지를 못한다.

겨울이 우리 곁에 고개 들이밀고 입주할 즈음, 세상은 흔들리고 매달렸던 것들이 떨어지는 바람에 세상이 쏙쏙 투명해 보이는 그런 효과도 두르고 든다.

그 찬란하고 화려하고 풍성함이 만발하였던 꽃밭들은 어디 가서 시들어 있는 걸까?

그들은 어느 계절에 안주하여 버티고 있을까?

봄은 세상을 잉태하고 난 후로 어지럼증을 함께 뿌려둔 것 같다.

봄만 되면 현기증이 일어서 내 몸 군데군데서는 봄과 함께 아지랑이가 한데 피어올랐다.

여름은 짙은 호르몬에 휩싸여 정신없이 이마를 닦아 내며 근근이 안식처를 찾아 헤매다 어딘가에 힘없이 처박혀 살기도 한다.

그러다 어디선가 그리움에 에워 싸여 있을 때 맡은 듯한 냄새를 뿌리는 가을을 만난다.

가을은 할랑한 어깨를 드러내고 날아갈 준비를 미리 해두고 나타나는 계절이다.

이에 사람은 그저 아쉬울 뿐이다.

추락하는 모든 것을 허락해 버리는 가을.

그는 또 이곳을 떠나 어느 산맥을 힘겨이 넘어갈까를 고민할지도 모른다.

우리는 그의 품에서 강물이 흘러가고 구름이 뭉실대던 하늘을 이제는 슬슬 마음에 담아두고 기록해 두기로 마음먹는 것도 이때쯤이다.

그러고 난 후 나의 경우인데 군불 땐 따스한 골방에 틀어박혀 고구마나 한 소쿠리 쪄서 까먹으며 겨울에게 업혀 들어온 저들 모두를 풀어헤쳐 놓고 나는 그들의 시절을 동치미 국물 들이켜듯 홀짝대며 내 그림자도 어울렁대며 서려 있었다고 추억은 함께 흘러간다는 것을 그 모두의 계절에게 일러두는 욕심을 부린다.

어쩌다 우리는 커피를 한 모금 물며 지나간 봄 여름 가을에 대하여 조금 궁금해할지도 모른다.

그러면 그때는 서로 세월을 잡아먹고 사느라 바빴을 뿐이었다고 겨울은 그들에게 우리에게 겨우 아는 척해주며 지날지도 모른다.

점심때가 다가오고 있는 시각 나는 이런저런 생각들의 조각들을 모자이크 찍어 붙이듯 짜 맞추며 한파가 당분간은 주춤했다가 다시 돌아온다는 당연한 겨울 날씨를 알리는 기상캐스터의 정오 뉴스 속 날씨소식을 들으며 뱃속의 꼬륵대는 불편함을 건진다.

해마다 가난한 이야기를 많이 낳는 겨울은 아직도 문밖에서 발을 동동 구르며 멍하니 서 있다.

산 중턱에 녹지도 못하고 얼어 쌓인 눈밭에는 속절없이 햇살이 여러 날 방문 중이다.

… 햇빛 드는 담벼락에 기대어 서서 일요일을 마무리하다. …

냉이

풀이 난다
눈앞에 보이는 것들이 희미해진다
봄이 들어 앉는다

꽃무늬 치마 팔랑거리며
밭둑에 앉아 나물을 캔다
설렁설렁 봄이 뿌리째 동강 난다

잘 다듬어
맛난 양념에 쫑쫑 무쳐서
막걸리 한 잔에 걸쳐 먹음 좋겠다

술을 뿌리고
먹고
취하다
어느 집이든 파서 들리리라
시끄럽고 어지러워지면
내 무덤으로 잠시 들었다 나오리라

소쿠리에 씻어 받쳐둔
나물이
햇빛에 버무려져
반짝거린다

… 조부 무덤가에서 고사리를 꺾으며. …

내 가난한 나라

좋은 시절이다.

어지간하면 좋은 시간들을 지내려 노력해 보자고 여태껏 수없이 되뇌었지만 사실 그리 잘되지 않는 것도 있다.

그런 행위들 속에서 우리는 시간의 흐름에 따라 같이 살아간다.

계절도 어김없이 흘러 여름은 끄트머리 희미한 꼬리만 붙들고 인제야 겸손을 내민다.

슬슬 바닥난 청춘에 흥미를 잃어버린 탓도 있으리라.

불타올랐던 그의 한 시절은 서서히 철이 들어 아름다움으로 변모해 갈 것이다. 나도 그를 따라서 꿈을 꾸어 볼까.

늘 하루하루 살아가는 게 똑같은 복사본을 인쇄해 뽑아내는 것 같을 때가 있다. 열 장을 찍든 백 장을 찍든 다 내 탓이긴 하다.

그러한 이유들을 알고도 고치려 들지 않으니 말이다.

수많은 작가들은 인생을 똑바로 살라고 인생을 잘 사용해 보라고 근사한 지침서들을 세상에 내주었다.

그러함에도 나는 바보다.

그들의 말을 믿어 보려 마음도 먹지 않고 있으니 말이다.

더 거슬러 올라가 볼까?

시인 릴케는 삶에는 훌륭하고 밝은 황금의 골목이 있으니 스스로를 믿고 쓰다듬으며 꼭 그 골목을 만나보라는 멋진 말을 남겨 주었었다.

가난을 사랑했던 시인이었다.

그리고 어느 위대한 위인은 어린 시절 우리는 이미 가난을 배웠으며 가난으로 모든 것에 값을 치르고 커 왔을 때가 행복하였다고 그 순간을 자주 떠올리며 살아가라고 그러고 살면 성공한 인생을 살 것이라고 일러주고 갔다.

멋진 말만 기억할 줄 알았지 여전히 실천은 안 된다.

오늘 이리 또 기억해 내고 앉아 있으니 '가난'이란 단어가 새삼 마음에 얹힌다.

오랜만에 가슴이 더워져 옴을 함께 느끼면서 말이다.

그런데 한 쪽 가슴에서는 또 한없이 어렵고 무겁고 스산하게 보태어져 오는 것도 어쩔 수 없다.

아이가 잠들면서 꼭 쥐었던 손을 놓아주지 않아 겨우 손바닥을 펴고 그 사이로 손가락을 빼 본 사람은 안다.

그는 가난한 자장가도 불러주지 못했다는 것에 미안해할 것이다.

책꽂이 앞에서 시집을 뒤적거리다가 알 수 없는 일그러진 선들을 발견하고는 비밀스러운 말을 읽어내려 안간힘을 쓰고 있을 때 낙서의 주인공이 이 말도 저 말도 낳지 못하였던 그가 자신이었음을 알아채고는 얼마나 가난한 단어들을 찾아 지도만 그려댔던가를 책갈피 해둔 사람은 그의 가난한 심성에 애잔해할 것이다.

새벽에 잠에서 깨어 어두컴컴한 방안을 헤매며 화장실을 다녀오는 길에 물소리 똑딱이는 수도꼭지를 잠그며 순간 명치가 싸아해졌었다는 기억을 해내는 사람은 알 것이다.

욕실 바닥에 주저앉고 싶을 만큼 내일에 대한 미래에 대한 희망들이 어제의 달콤했던 꿈을 잘 먹고 커갈 수 있을지 염려가 되는. 먹먹한 마음으로 울음기 도는 눈가를 애써 훔쳐내던 불면의 밤을 가져본 사람들은 가난하여 더 세차게 돌던 시계의 심장 소리를 잊지 못할 것이다.

그런 날 밤은 왜 달도 가득 차올라 있지 못하고 찌그러져서는 가난하게 하늘 구석진 자리에 매달려 있는지 모를 일이었다.

어느 날 옷장 정리를 하다가 아이가 많이 자라서 작아져 못 입는 옷들을 정리하는데 조끼 모양의 알록달록한 체크무늬가 퀼팅된 옷이 손끝에 잡혔다.

아, 언젠가 아이가 놀이터에서 모래 장난을 치고 모래성을 쌓고 집에 돌아오는 길에 내가 사 준 포도 맛 폴라포를 먹다가 물이 들어 보랏빛 얼룩이 덜룩덜룩해져 비누로도 퐁퐁으로도 잘 지워지지 않던 작은 옷이지 않던가.

그때 묻어 지워지지 않는 작은 옷을 세탁하면서 진하게 굳어진 추억은 아무리 비벼 빨아도 순간을 벗어나지 못한다는 사실을 알았다.

그래서 고이 개어서 잘 열지 않는 서랍 속에 간직하기로 했다.

아이는 지금 더 많이 컸다.

옷은 더 작아졌다.

가끔 꺼내보는 그 옛날의 옷은 지금도 그때처럼 착하다. 멀뚱히 쳐다볼 때마다 가난한 세월을 먹고 있는 아이의 옷은 이제 탁한 색상으로 물이 빠져 지난날의 완성하다 못한 모래성을 그리워하는 것 같다.

아이를 키워 본 사람들은 알고 있을 것이다.

곳곳에 주렁이고 있을 제 새끼들의 지나간 노래들이 액자에 걸릴 때 벽에 못질을 하면서 가난한 못 한 자루가 되기로 결심했다는 사실을 말이다.

그리 쓸쓸한 행복에 겨워 사는 거다.

커피가 식어 있다.

따스하게 한 잔 더 만들어 와야겠다.

에밀로우 해리스는 한 바퀴 더 돌리기로 했다.

북쪽 하늘을 향해 날아가는 하얀 새떼들의 서글픈 날개에 올라타고 싶은 날.

서쪽 하늘을 이유도 없이 속 따갑고 아리게 물들이고 있는 노을.

산 그림자는 이미 늦가을 들녘의 이야기를 한 아름 안고 떠나버린 지 오래였을 때 그때. 논두렁에 걸터앉아 노을 지는 하늘을 바라보며 강가 기슭의 어두워 오는 광경까지 번갈아 보던 소녀적 시절이 있었다.

거기에 그러고 앉아 있으면 마을의 이모저모가 눈에 훤히 들곤 했는데

모락거리며 피어오르던 해거름 녘의 저녁연기를 뿜어대던 굴뚝들이 그렇게 멋있었다.

머리를 풀고 하늘로 올라간다는 말 그대로 연기들의 향연은 흐늘거리는 저녁에 근사한 그림으로 흘러 주었다.

연기가 흘러가는 곳은 축축 늘어진 버드나무 꼭대기를 지나기도 했고

강둑을 넘으면서 물 위에 일렁이는 그림자로 너울대며 흐르기도 했다. 추수를 다 끝내고 빈 몸으로 황량이 누운 들에 시선을 꽂고 있노라면 나도 덩달아 어딘가 텅 비어서 울적해지곤 했는데 차분해지는 계절을 바라보며 공상에 들어 있었던 일들도 나름대로 내 속에 사는 또 다른 나를 끄집어내 볼 수 있어서 좋았다.

그리 마음씨 고운 가난한 가을이 들이닥치고 있음을 알 때쯤 첫눈이 내리기도 한다.

가난할 여력이 남아 있지 않은 겨울은 비실거리며 겨우 비집고 들어 우리를 따스하게 살게 해 주었다.

따스한 커피로 말미암아 입안이 즐겁다.

덕분에 한동안 불러 보지 못했던 옛날을 넘겨 볼 수 있어서 좋았다.

우울한 바람이 지나는 소리가 들려 온다.

소나기라도 지나려는 것인지 비 냄새도 어른거리고 있다.

우리 모두는 어른이라는 사람이 되어 많은 것들을 잃어가고 있다.

어느 날인가는 가난했었던 집을 철거하고 있었다.

구체적인 가난을 배워야 했기에 그 탐실하고 가난한 과수원에서 나와야 했다. 그런데 모두 엉망진창이 되어 가고 있다. 모든 바르다고 배운 것들이 수포로 돌아가고 있다.

그래서 우리는 더 가난해져 가는지도 모른다는 말들을 주고받고 산다.

해서 이 세상 모든 가난은 사기꾼인지도 모른다.

하나 우리는 왜 겁 없이 가난을 사랑하는가.

오늘도 나는 경미한 가난으로 인해 멀미를 한다.

… 가난, 어렵고 을씨년스러운. …

매미

벗님.

며칠 전만 해도 이불이고 베개고 다 걷어차며 이마에 송송 땀방울까지 얹어가며 자던 아이들은 이제 저마다 이불을 끌어당겨 덮으며 새벽 선선한 바람과 뒹군다.

새벽은 이제 늦게까지 머문다.

늦게 해가 떠오르거나 해가 지거나 하는 일 따위의 것들로 쌀쌀해지는 계절이 닥칠 땐 한꺼번에 몰려들어 그 스산함이 진하다.

새벽부터 울어대던 매미들의 합창도 많이 줄어들었다.

늦더위가 기승을 부릴 모양을 아는 몇 마리만 한 낮, 나뭇가지 끝에 매달려 게으른 울음을 흘릴 뿐이다.

오늘처럼 일찍 일어난 아침엔 아침상을 푸짐하게 차려보고 싶었지만 아침을 무겁게 먹을 수 없다는 부담감으로 어쩔 수 없다는 듯 서둘러 핑계를 붙인다.

이어 핑계는 부랴부랴 일어난 아이들이 거칠게 오늘의 준비물들을 챙기는데 더 마음을 쏟을 것을 알기에 덜 미안해지기도 한다.

집집마다 아침은 언제나 분주한가 보다.

한때 평온한 시절을 다 보내고 아이들이 어딘가 소속되기 시작할 무렵 아침이 부산스러워기 시작하자 우리 집만 그런 줄 알고 지냈던 적도 더러 있었다.

물기 뚝뚝 흘리며 머리를 감고 나와 수건을 두르고 가방을 들고는 책을 꾹꾹 밀어 넣는가 하면 한쪽에서는 통째로 분실된 필통을 찾아서 온 집안을 들쑤셔 놓고 여기저기 지나는 놈도 있다.

이놈의 새끼! 학교에다가 두고 온 건 아닐까.

뒤집어 쓸고 지나는 자리마다 애꿎은 물건들만 위태롭게 쓰러져 놓이고 있다.

그 속으로 나까지 들어가 양말이 공중을 날아다니고 교복 넥타이는 손가락 끝에서 휘휘 대며 이런저런 잔소리들을 조심히 꺼내 가며 아이가 교복 단추를 다 채우기를 기다린다.

한 놈이 드라이기 들고 머리카락이라도 말리라치면 여태 빈둥거리며 가만히 앉았던 놈까지 가세해서 빨리하라며 줄을 선다.

굽굽하게 축축하게 늘어진 머리를 겨우 쓸어 올리고는 아침거리를 찾는 아이들. 간단하게 계란을 구워 넣은 토스를 우유와 곁들여 먹기를 원하는 놈. 콩나물국이나 된장찌개에 밥을 꼭 먹어야겠다는 놈.

그리 챙겨 먹겠다는 게 기특하여 요모조모 차려주면 몇 숟갈 뜨지도 않더라만. 밥술이 안 넘어가는지 안 당기는 날은 그도 저도 다 버리고 날아가 버리는 날도 많다.

이러니 뭐 아침상이 굳이 묵직할 이유는 없는 것이다.

하기야 맛나게 잘 차려서 내가 호식하면 좋은 일이긴 하다만은.

그냥 빙긋이 웃고 넘어가련다.

벗님.

촌에서는 부지런해지고 싶은 날 아침. 소쿠리 하나를 챙겨 든다.

갖가지 채소들을 맛있게 먹기 위해 혹은 수확하기 위해 앞 밭 뒷밭 가득 씨를 뿌려 잘 키워 놓지 않았던가.

그리 헤프게 잘 익은 밭으로 소쿠리 옆에 끼고 든다.

고추밭에는 붉은 고추가 초록의 무더기 사이에서 반짝거리며 아주 예쁜 색채를 그리고 있으리라.

풋고추를 한 주먹 따 담으며 붉은 놈도 몇 개 똑똑 딴다.

된장찌개에 넣기로 한다.

감자랑 호박이랑 송송 썰어 넣고 끓이면 구수하고 매콤한 것이 밥 말아 먹어도 좋겠다. 이슬 맺힌 무밭에 짙고 푸른 무청을 소복한 고랑마다 쓰다듬고 다니며 적당히 큰 무를 기분 좋게 한 뿌리 쑥 뽑아서 잔뜩 달려서 나온 흙을 털어내며 숟가락으로 박박 껍데기 긁어내는 시원한 소리에 흥이 잠깐 다녀가기도 할 것이다.

무청은 떼어 놓았으니 나중에 시래기로 엮을 때 다 모이게 하면 되리라.

다 깎은 무는 무청이 자랐던 쪽으로 가면 새파란 빛이 도는 것이 성큼 잘라서 먹으면 달디단 사실을 알고 있지 않던가.

내가 차지하고 우두둑 씹어 먹을 것이란 사실은 자명하다.

무 뿌리를 손가락 두 마디쯤을 잘라서 깨물어 먹어가매 채를 친다.

얇은 만두피처럼 슥슥 썰어서 샤샥 얇은 간격을 지켜가며 촘촘히 채를 친다. 큰 양푼에 무채를 넣고 찧은 깨소금 솔솔 뿌리고 고춧가루 듬뿍 뿌려 얹고 간장에 소금간 좀 살살해가며 참기름이나 쪼르륵 따라 붓고 조물조물 무쳐서 내놓으면 아침부터 밥 비비겠다고 양념 묻은 무치던 양푼 찾고 야단법석 떨건데.

벗님.

잠은 부족하고 아침 등교 시간은 정해져 있고 종일 학교에 매여 있어야 하는 뭐 한 가지 제대로 정리되지 못한 어정쩡한 매일의 아침을 준비하는 대한민국 속에서 살아가는 우리 아이들.

안타까운 현실은 어제오늘 일도 아니고. 그렇다고 어쩔 도리 없다 할 수 없지 뭐하고 팽개쳐두어서도 안 될 일일 것 같고.

머릿속이 복잡한 회로를 탄다.

바쁜 시간에 쫓겨서 가엽게 달아나 버린 아이들의 등 뒤에서 나는 잠깐 쓸쓸해 한다.

그래도 괜찮다.

아이들은 앞만 보고 열심히 도약하므로 언제나 씩씩하게 달릴 것이다. 유야무야 그 아침들이 어떠하였든 간에 오늘 하루 잘 놀다가 집으로 들었음 좋겠다.

아침이 태양을 따라서 비스듬히 넘어가고 있다.

… 아침에 일어나기 싫다. …

코스모스의 시대

겨우내 주린 뱀에게 개구리가 제 몸을 통째로 바친다
온몸으로 공양의 예를 가르치는 장엄 현장에 목련 한 그루 서 있다
갑각의 묵은 가지마다 희고 뽀얀 젖들이 눈부시다
주린 입들에게 젖을 물린다
도처에 성불이다

- <목련부처> 장석주

벗님.

톡톡하고 소복하여 흐드러지게 목련 송이가 피어 터지는 봄이 거꾸로 다시 찾아들어 활짝 개어 드는 날들이었음 좋겠다는 생각이 들던 날이었다.

아침에 집을 나서는데 가을 햇살이라기보다는 봄 내를 더 두른 듯한 날씨를 만난 탓인지 생각은 봄 속에 들어와 꽃밭을 뒹군다.

내 딴에는 꽤 좋은 날이었나 보다. 덜 쌀쌀하고 따스한 바람이 불어오기라도 한 양 경쾌했다.

글쎄, 목련 목이 꽃을 피워 놓기에 좋은 그런 날 같은. 그 때문인지 목련나무가 서 있는 자리는 죄다 떠올리고 있었다.

혹시 꽃봉오리가 탐스레 말고 들어 앉은 건 아닌지 하는 생각들까지 고리를 엮어대고 있었다.

내가 나를 관찰해도 당장 찾아갈 기세라도 보이는 것 같았지만, 또 그러지는 않고 있었다.

정말로 계절을 초월하여 꽃이 핀다 해도 감당 못 할 일이지 않겠는가.

괜히 오늘 바로 코앞의 계절이 시기하는 일도 일어나지 말아야 하며 알성하고 풍요롭게 피어오르지 못할 사실도 기억해야 하고. 그러므로 나는 한발 물러선다.

그러나 어쩔 수 없이 달콤한 아름드리를 고독하게 그려 내던 나무를 봄까지 기다려서 만나야 한다는 법칙 앞에서 나는 불우하다.

부끄럽게 몸을 열던 그를 우리는 옹호하듯 바라볼 그런 날을 기다리면 된다는 것을 알고 있으면 그것으로 되었다.

언제나 진실하게 한껏 피는 나무는 우리를 울적한 행복 속으로 밀어 넣기도 한다.

어린 시절 일찍이 교정을 들어서던 내 학생 시절의 딱딱한 회색빛 콘크리트 건물로 지어진 학교에도 그런 풍경이 몇 그루 쓰러져 있었고 조금 더 자랐던 시절 거리 곳곳에 한 그루씩 덩그러니, 우두커니 섰던 그런 청초로웠던 시절도 있었고. 아이들이 하나씩 내 성을 찾아들어서 배불뚝이가 되어 가벼운 산책을 나설 때도 수북한 목련화를 대롱이던 목련 목이 더러 보이기도 했었다.

그 아이들을 세상에 내어 놓았을 때도 세월은 유유히 흘러서 내가 아이를 키워내는 만큼 다시 그의 계절이 오기 시작하여 형형색색의 꽃 뭉치들을 피워내기 시작하면 으레, 봄꽃들 중에서 으뜸으로 목련이 다소곳이 피어올라 터지는 것이었다.

아이들에게 세상을 보여주고 자연의 이야기를 들려주며 아이와도 짙은 관계를 맺고 있다는 사실을 염두에 두도록 일러두었다.

벗님.

목련이 그냥 오늘 그립다.

그리워지는 이유는 모르겠다. 가끔 이유도 없이 무언가 그리워지듯이 오늘은 까닭 모르게 목련이 보고 싶었나 보다.

세상은 하도 변화무쌍하여 돌아올 날이 멀고 길다.

이제 우리는 여기에 남아 그가 지배할 세계, 환상의 땅 위에 설 때까지는 마비되어 있어야 한다.

밤이다. 이리 까만 밤에 어둠 속을 질러 피어나던 자태도 아련하지 않던가? 도리 몽실하고 도톰하고 볼통한 그 꽃이 그냥 떠올라 이런다.

질경대는 이야기를 주고받아 보고 싶어서 그의 모가지를 꺾어 빈 병에 담가 살려낸 밤도 수차례다.

하나 조용했다.

실은 엄밀히 말해 할 말이 없었다.

사람은 욕심꾸러기로 서글프게 취급될 수밖에 없는 이유가 되기도 한다.

사거리 편의점에서 깡통 커피를 사서 한 통 따 마셔가며 줄줄이 행렬을 늘리고 동네로 들어서는 버스들을 바라보며 외출을 마친 이웃들의 귀가를 바라본다.

나만 방방 뛰고 난리지 종일토록 안부를 물어 오지 않는 거로 보아서 그는 이제 내년에나 찾아올 사랑임이 틀림없다.

그리 동동거려도 나타나질 않는 걸 보니 필시 그의 우주에서 한가한 틈을 타서 달게 휴식 중일 것이다.

내 속과는 달리 그가 종일 무소식이었던 것도 피치 못 할 사정이 아니고서야 목련은 올 수 없는 것이다. 이런 맘 저런 맘을 한데 묶어서 그러려니 하고 생각하니 한결 속이 후련해짐을 간신히 맛볼 수 있었다.

빈 깡통이나 멀리 뻥 찼으면 좋겠다. 벗님.

혹시 알아? 깡통의 오래된 꿈일지.

목련은 그만두고 심지에 불을 댕긴 마냥 가느다란 몸뚱이에 불꽃을 피우고 섰는 코스모스들을 지금 바라보기로 하자.

제 속을 탐구해 주기를 기다리는 듯 파스텔 빛깔이 곱다.

… 편의점, 코스모스 점에서 오후를 씹다. …

여자, 쏘다니다

새 달력을 걸어 두고 머지않아 희던 계절이 물러갔다.

연하디연한 봄까지도 물러가려는 찰나 장미가 핀다.

사람들은 한창 봄꽃들에게 이미 진저리가 나 있으므로 때로는 장미가 진하게 핀다는 사실을 더러 잊고 있기도 한다.

계절을 따라 이곳까지 흘러와 피어 준다는 사실에 그저 놀랍다.

그렇게 요즈음 한창 여기저기 장미가 피고 있다.

어떤 것은 뜨겁게 어떤 것은 따갑게 또 어떤 것은 차갑게 또 어떤 것은 착하게. 열다섯 살 무렵 장미라는 꽃을 처음 보는 듯 아주 심오 있는 표정을 하고선 코를 처박고 보았다.

아름다웠다.

꽃의 자태는 사람을 유혹하기에 더할 나위 없어 보였다.

한참을 나를 붙들고 있던 꽃 넝쿨이었다.

흔하지 않았던 일로 기억된다.

그즈음 여기저기 베어진 장미 무더미들로 인하여 마땅히 장미를 볼 만한 곳이 없었던 이유가 있기도 했겠다.

누군가 처음 장미를 대하고 있는 것처럼의 나에게 다가와서는 지금은 장미의 계절이란다. 나즈막히 일러준다.

그때까지만 해도 장미가 따로 피는 계절이 있다는 사실은 까마득히 모르고 있는 일이었다.

자세히 들여다보고 있자니 동백을 흉내내고 있는 듯도 했지만 어찌 보면 찔레꽃을 닮은 것 같기도 했다.

생김새나 꽃향기나 관찰하는 내 모양새를 느끼고 있자니 우습기도 하고 재밌기도 했다.

아무래도 질풍노도의 시기를 제대로 맞아가고 있나 보다 싶어졌다.

더 고개를 들이밀고 눈을 동그랗게 부릅 뜨고 그 꽃에 대한 예의인 것 같아 먼저 내가 그에게 약점을 보이기로 했다.

허리를 굽혀 그의 얼굴에 빨려들 듯 내 온몸 속으로부터 뿜어져 나오는 호흡을 뱉으려다 들이키며 그를 내 몸속으로 먼저 들였다.

어느 시인이 가르쳐준 말대로 붉은 송이는 '아찔하다'는 말처럼 보고 있자니 정말 아찔했다.

그의 야무진 초상만큼이나 그가 가진 체취도 현기증을 일게 하였다.

그 날 이후 몇 날 간은 이런저런 일을 모두 제쳐 두었다.

그를 바라보고 현혹되어 버린 일거리가 생김으로 하여 아무 일도 하지 않았다.

요즘도 더러 어쩌다 가끔 그 날처럼 희열이 피어나 뾰족하게 고개 들고 으스대는 넝쿨을 대하기도 한다.

그때만큼 가슴이 뛰거나 사랑스러워지지는 않는다는 게 이상하다.

불툭한 장미 장대의 아슬아슬한 가시를 피해가며 그 사이로 비집고 들면 코끝이 좀 찡해지는데 요즘은 검붉게 짙은 고집을 보이기를 포기한 장미처럼 더 이상 내 감흥마저도 짜내 놓지를 못한다.

하나 눈물은 흘릴 수 있다.

그건 또 희한하게 이해할 것도 같다.

해거름 판에 담장 꼭대기에 붉게 익어가는 이야기를 걸어 두고 거짓말 같은 환상을 엮어대는 그를 읽고 있노라면 먼 산에 드리우는 석양과 마주하여 화려해진 낯빛으로 땅거미가 지는 세상에 두레박을 내려 빈곤을 끌어올려 한 번 더 사람을 위로한다.

지금도 곳곳에 장미가 흐드러져 있다.

먼 옛날에 살았던 아이는 왜 한꺼번에 장미들이 피어났을까를 궁금해 했다.

왜 그렇기는 끼리끼리 모여 있어야 우아하고 빨갛게 뽐낼 수 있고 토닥이며 안아 줄 수 있는 거 아니었겠는가.

나도 지난날 나에게 장미의 계절을 알려준 그처럼 누군가의 곁에서 허무와 공허가 꼼짝도 못 하도록 밀려와 오히려 장미의 몸살 앓이에 불감의 덩어리들이 후줄근 대도록 피어나는 건지도 모르는 일이라고 아는 척을 흘려 볼까 한다.

그리 한 차례 뜨거운 몸살이 지나고 나면 웅장한 청잎의 그늘로 들어 호쾌한 웃음을 입꼬리에 걸고 있다가 순한 잠을 벨 것이다.

오늘도 그 꽃의 소름 돋는 곡예에 온 신경을 보내 본다.

축축 그의 온몸이 담장을 휘휘 감아내고 있는 모습을 보니 내 몸이 다 근질댄다.

한 움큼 쥐어뜯어다가 아이들의 목욕물에라도 띄워주고 싶다.

내 이기적인 질투에 할퀴어진 그의 상처는 풍요로운 치유로 다시 피어나 나를 기죽일 것이다.

슬슬 해도 진다.

아닌 게 아니라 아이들을 잡아다가 한바탕 물놀이나 시키고 씻겨야겠다. 이 어스름한 저녁녘 그의 날카로운 몸뚱이에 쑤셔대는 머리 꼭대기를 시원하게 콕콕 찔리고 싶다.

그가 안쓰러워할지도 모르는 일이지만 기대고 싶다.

갑자기 밥을 먹어야겠단 생각이 불현듯 든다.

배가 고파오는 것도 아닌데 밥을 많이 먹어야겠다는 마음이 들어 온다.
비실거리는 저녁도 함께 기어들어 그의 거친 울타리를 탄다.
비틀거리며 시들어가는 그의 청춘에 물을 퍼부어 주며 안아봐야겠다.

… 꽃 한 다발 바치러 봄이 뛰어온다. …

나의 살던 고향은

언제나 술에 쩔어
십팔번 곡으로 불러 제끼던 머나먼 고향을
노래의 가수보다 더 꺾아 지르며
온 동네에 대고 애창을 하던 그의 노래 솜씨를 나는 안다.

술병을 들고 온 들판을 산과 논을 비틀대며
그 흙 사이를 타고 다니던.
높디높은 산에 밤나무를 심어 두고
날이면 날마다 술병 들고 찾아가서 앉아
제가 해 놓은 일에 뿌듯해하던.

어느 누구가 멋지다고 한 말 떼어 주지 않아도,
누가 못난이같이 잘 가꾸지 못한다고 귀띔해 두지 않아도.
그저 노랫가락 몇 소절
밤나무 사이사이 이랑을 파고 총총히 심어 놓던.

나중에 보물들이 주렁일 거라고
낮마다 밤마다
술 취해 허공에다 흐린 눈물을 흘리고
닳은 고무신짝을 스르륵 끌어대며

무에 그리 머나먼 푸르른 날들에
보석들이 주렁거릴 일이 있다고
그리 가슴께에서 높다란 산야에 울어 바치던 노래.

그에게 밤나무가 울창하게 심어진 집 뒷산은
그 당시 그에겐 모든 재산이었고
그에게는 가장 어른이었으며
그가 가질 수 있는 유일한 신이었을 것이다.

아이들을 데리고 조막조막한 작은 손들을 불러 모아
그가 만들어 놓은 파라다이스.
이리저리 어디 구르다가 집으로 들 때
그저 산먼당이 바라봐 주는
해를 감고 선 산에게 모른 척 푸념을 늘어놓고
엄살을 피우기도 했으리라.

욕심도 없어 눈멀고 귀 먼 인양
매사 술 한 병 옆구리 걸쳐 허탈히 값을 치르고
노래 한 자락 서러움 한 줄 술잔에 타서 부었으니.
세상에 관하여 피어나는 모든 희로애락은 내 모를 일.
거칠게 눈 흘긴 마음 아스라이 하늘에 뿌려 올리던.
나는 그에게 어떤 것으로도
우리가 해다 바칠 것이 없음을 안다.
그는 모든 것을 다 마다하리라.
한 줌 욕심도 없이 가벼이
마른 몸을 가까스로 얇은 홑옷에 집어넣고

매일매일을 살았으리라.

지금 그의 머나먼 남쪽 고향은
말도 못 하게 울창하고 근엄하고 기개 있고 강건하게
큰 산을 이루어 그 대범함이 이루 말할 수 없다네.
우리의 아이들이 보물같이 쑥쑥 나고 자라고 있으며
그의 그 오랜 기도를 들어 주느라 산천은 분주하니.

익히 알았으나, 알고는 있었으나
아버지,
당신의 한이 이리까지 활짝 피어나도록 외로웠을
당신의 따가운 날들에
이제야 미안해해도 될는지요.

원 없이 술독에 빠지기를 앙망하셨던 당신.
한없이 술을 따르고 오는 길에
빈 잔 쌓이듯 켜켜이 한이 차오릅니다.

… 고 진광호님을 그리워하며 …
30여 년 만에 내가 심은 밤나무를 찾아가 밤톨을 세어 보다.

입양

세상이 더러 시시해진다
그런 날 나는 허무를 따러
내 산봉우리에 올라선다
산에는 심장이 달렸다
그리고 막대사탕을 빨기 좋아하는
아이들이 살아 좋다

나도 내 어미의 펄떡이던
무성 진 푸른 산이 짜준 젖이 먹고 싶다
말라 비틀어지도록 쭉쭉 빨아 당겨 베물고
한숨 잠들리라

물컹한 살을 파고들며
처음 포태된 날을 애써 기억한다
제목도 없는 날 외롭게 빈방을 찾아
심해를 유영하다 남루하게 시작했던 삶
그래도 섬은 풍족하고 왕성했다

난 더 이상 젖이 안 나온다
아이들은 고아가 되었다

내 몸은 살을 붙이고 든다
고무줄을 뛰어야겠다

… 우르르 동네 아이들을 불러 모아 고무줄을 가르쳐 주던 날. …

편지

벗님.

이즈음 되면 여름의 존망을 따지고 드는 잔바람들로 사람들은 잠깐씩 낙원에 들기도 한다.

차 한 잔을 만들어 놨다. 지금은 뜨겁건만 좀 후이면 다 식어 시들어질 테다.

들어오는 가을같이 따스한 냄새를 풍겨대는 듯 좋기는 하다.

새벽녘과 아침엔 제법 쌀쌀하더라. 아닌 게 아니라 몇몇 나무들의 이파리들이 누런빛으로 익어 들고 있더라.

그래서 한 마디로 우리는 외치고 다닌다.

가을이 온다라고.

가을이 오면 또 으스대고 다닐지도 모르겠다.

벗님.

가을에는 쓰다남은 엽서를 뒤적거려 다시 가득 채워 부칠 수 있으리라.

가을에는 못 다 들은 노래들과 시구를 가슴에 걸고 애창할 수 있으리라.

가을에는 네루다의 애인이 소리 내 들려주는 별자리의 전설을 들을 수 있으리라.

가을에는 한 발짝도 떼어 놓지 못했던 알 수 없던 길을 나를 데리고 동행할 수 있으리라.

가을에는 걱정도 없이 흐르는 강가에 앉아서 설움을 토해내 가며 울

수 있으리라.

그저 스러져 누운 높은 하늘을 내 눈과 동등하게 평행으로 놓이고 싶다.

가을이 와 있는 만큼만 받고 싶으니까.

내 몸에서도 완전히 여름이 빠져나가 버리면 쌀랑한 마중을 나갈 것이다.

내일모레쯤 되면 모두가 다 인정하듯 나도 그럴 생각이다.

그는 그렇게 찾아와서는 심술 맞은 바람이 되어 여기저기 쏘다니며

아무 데서나 지푸라기를 날려 쓸고 다니다가 어느 구석진 골목 한가운데다 모아두곤 다시 또 지푸라길 비비러 맴을 돌아다닐 것이다.

겨울이 올 때까지는 그도 무엇인가 채비하는 일에 분주해져 있을 것이다.

봄을 위해 옷을 입고 머리를 만졌던 숲은 여름 녹음을 한껏 뽐내고 지나왔다.

사람도 자연의 뒤를 따르며 몸속에 녹음을 베어내어야 하는 것인지 어리둥절하다.

바람이 지난다.

마음 같아서는 "바람이 분다"로 쓰고 싶다.

"바람이 분다. 살아야겠다."

발레리가 이미 낳아 버린 말이므로 그의 것으로 두어야 할 것 같다.

욕심은 나지만 할 수 없다.

나 또한 바람이 지나는 것을 혹 그에게서 받은 좋은 영감일지 모르니 말이다. 좌우지간 바람이 지난다.

여름을 데리고 노는 가을바람인지 여름이 가을을 안고 속삭이는 바람인지는 모르겠으나 그리 바람은 내 앞을 지나고 있다.

벗님.

오늘 같은 날은 촌에 올라가서 앞산에 염소나 몇 마리 풀어 두고 풀 꾸

러미 베게 삼아 벌러덩 누워서 하늘이나 바라고 뒹굴었음 좋겠다.

풀 가지 꺾어 입에 무는 건 기본이다.

느직이 익어서 노란 물이 들려는 오이나 한 두어 개 따서 쫑쫑 씹어 먹으며 놀다 내려왔음 좋겠다.

너무 익었으면 맷국(오이냉국)이나 타서 밥 말아 한술 뜨든가.

쫀쫀하게 태양 살이 내려 나락이 잘 여물어 갈 이맘때의 새파란 들판을 떠올리며 가을이 좀 늦게 당도할 것을 하늘에 빌어 두어야겠단 생각이 얼른 든다.

쓸데도 없는 생각들은 오늘도 부지런히 어른거린다.

오랜만에 틀어 놓은 여가수의 높은 울림이 좋다.

노래 참 잘 불러 젖힌다.

여자 가수의 절창을 듣고 권태로운 오후를 보듬고 나는 아무 데나 넋두리를 늘어놓고.

해가 지면 여름에게 업힌 가을 저녁은 아무 데로나 들어올 것이다.

… 못 둑에 올라앉아 시나 몇 편 읊었으면. …

버스정거장

새날이다.

벗님.

온통 시끄러운 소리로 가득하다.

새날의 새 태양을 맞이하기 위해 사람들은 동서남북으로 흩어져 길을 떠났다.

그러나 그들의 모습은 네모난 모니터로 하여금 다시 한곳으로 모였다.

각자 당도해 있는 곳의 소식들을 전하느라 일사불란하게 움직이고 있었다.

아쉽게도 선명한 해를 보지 못할 것이라는 소식이 이곳저곳에서 날라져 왔다.

시청자들도 안타까운 건 매한가지였다.

날이 흐릿하니 이도 할 수 없다.

어디든 사람 사는 곳은 다 마찬가지겠지만 우리나라는 참 별의별 모양으로들 살고 있는 모습들이 잡혔다.

지형들의 이름도 재미나는 곳들이 많았고 듣지도 보지도 못한 꼭꼭 숨은 산골 동네나 산자락이나 호수 등도 잘도 찾아다 이야기를 들려주곤 했다.

정말 구석구석 여행해야 내 사는 땅을 알 수 있다는, 자부심을 느낄 수 있다는 말, 맞나 보다.

새삼 그러한 일을 직업으로 둔 사람이 부러워지기 시작한다.

언제나 마음을 배낭 가득 싸두고 꽁꽁 잠가 두고 있을 것에 언제든 떠날 수 있는 그들. 하지만 그들도 마음을 덜어내어 주고받아서 챙겨오는 선물들이 많긴 한 걸까.

새날도 밝았으니 떡국을 먹어야 했다.

떡집에서 어제저녁에 한 보따리 떡도 준비해다 놓았었다.

국거리 고깃덩이를 푹 익혀 육수를 내며 한참을 지켜 서 있었다.

솥은 김을 내며 자유로운 춤을 추고 있었다.

덩그렇게 한 해를 보내고 새로운 일 년을 또 아무렇지도 않게 덜컹 받아 안았다. 나는 가만히 생각해 본다.

어디서부터가 시작이었는지를 혹은 어디서부터 시작해야 하는지를.

벗님.

봄 냄새 휘휘 감으며 두통 일으키는 듯한 봄이 먼저 온 것 같다가도 기실 따지고 들면 겨울이 먼저 새날을 살고 있음을 누구나가 다 알게 마련이다.

다만 우리는 잘 까먹는다.

겨울이 먼저 새날을 살고 있다는 사실을 까마득하게 잊고 산다.

그의 품에서 떨어가며 살면서도 봄의 방갈로 어디쯤에선가 왈츠를 추기라도 하는 듯 봄을 예찬하며 나는 착각에 빠져 있다.

일 년을 걸어 두고 보자면 봄, 여름, 가을, 겨울이 아니라 겨울, 봄, 여름, 가을이 맞는 건지도 모른다.

달력만 달아 놓고 봐도 확연하다.

내 나름대로 떼어 놓고 보자면 그리 나누어진다. 하지만 이러나저러나 우리는 아무것도 할 수 없고 그저 막막한 심정에 기대어 아무것도 전하지 못 하는 빈손으로 살아가는 날이 많을진대 말이다.

세월이 흐른다.

그리고 때때로 세월은 흘러가기도 한다.

아무런 방어나 말려두기를 해 놓거나 제어를 걸어서 얌전해지도록 신경

써 주지 않았다면 두 말없이 무방비로 지나가는 시간과 마주해야 한다.

달리다가 갑자기 정지하면 그 숨 가쁨이 더 거칠어지는 법이다.

부드럽게 줄어들 수 있도록 지금이라도 달래야 한다.

오늘도 종일 지나간 어제가 그리워서 혼이 났던 날이었다.

내일 다시 애태우지 않으려면 꼭 손잡고 함께 잘 걸어가야 한다.

한창 무르익은 내 오늘의 기억을 내일 멋지게 곱씹을 수 있도록 잘 머물러 있다 떠나가며 내 속에 심금을 울리도록 해야 한다.

얼음이 꽁꽁 얼어붙는다.

눈이 내린다.

바람은 차갑게 세상을 후려친다.

몸도 마음도 기댈 곳 없다.

마음 둘 곳 없는 매서운 얼굴을 한 이 계절은 연일 차가운 손길을 쓰다듬는다. 그런 날은 뽀송대고 폭실한 이불더미라도 깔아주고 싶다.

달디달게 낮잠 한숨 자고 일어나도록.

벗님.

나는 시작한다.

겁 없이 달려드는 하루하루를.

순박한 빨랫비누 냄새같이 말간 향 풍기며 덤비는 그들의 시간이 참 좋다.

내 모든 날들은 기꺼이 나를 알아주고 이해해주고 내가 삐딱하여도 바로 잡아주며 나를 위로한다.

그 애써줌이 고맙고 미안하다.

철딱서니 없는 마음을 내보여도 설익은 가슴을 내밀어 티 내고 들어 앉아도 못마땅하다는 표정도 지어내지 않고 긍정의 낯빛으로 너그러이 봐주고 넘어가는 나의 나날들.

어느 날은 앞질러 달아난 그들을 좇아 나는 따라붙지 못한 내 몸뚱이를 손짓해 불러 쫓겨갔던 마음을 겨우 찾아서 데려온다.

몸은 사방팔방으로 뛰어 날뛰는데 마음 하나 붙들어다가 제 자리에 바짝 당겨 튼튼하게 매어두지 못하고 어설프게 끄트머리 헤진 끄나풀만 만지작거리고 너덜거리는 마음들을 주섬거리며 줍기에 나는 바쁘다.

그래도 나는 다시 홍청망청 화려한 오늘을 살 것이다.

버스가 사람들을 태우고 마을을 벗어난다.

내 마음도 이미 버스에 탑승했다.

꾸륵대며 뱃속이 보챈다.

햇살도 없이 비실거리는 새 아침,

나는 태양의 빛깔을 닮은 땡글한 떡국을 끓인다.

… 새해 복 많이 받으세요. …

장난

즐거운 녹음이 물러나고
숲에는 가을이 풀풀 날린다
신발 벗고 양말 벗고 찾아든 가을은
우리에게 어김없이 외롭기를 희망한다
서러운 울음을 자랑하고 나서는 시절 앞에
누구라도 속 쓰리지 않을 이가 있을까
헐벗고 쓸쓸함에 체해 작정하고 들어선
이 계절을 모른 체할 이 누구겠는가

구르는 펜을 잡는다
짜릿한 일필서의 기억이 언제였을까
그는 심통을 부리듯 아무렇게나 긁고 지나간다
또 그는 쇠한 신경을 달고 섰던 가을에게
만만히 직격탄을 날린다
슬슬 시인이 살아서 나온다
한 땅 냉큼 받아들고는 밭을 갈고 씨를 뿌린다
통쾌한 빈말들 잦아든 창고를 뒤지고 다닌다

가을은 절대 사나운 말을 낳지 못한다
감당치 못할 언어들을 닥치는 대로 끌어안고
조곤조곤 가려 쓰지도 못한다
그의 충실한 생활 덕분에 시인들이
주워 쓰는 한 잎의 말은 별이 되어 매달린다
낭만과 고독의 달인이라는 시인들
일거의 가을을 지독하게 따라 다닌다
해서 가을만 되면 시인들은 일상에서 부재다
풍성한 말 한 말씩 들이부어도
마음에 드는 시는 없다고 중얼대면서
한 소절씩 애가를 헹군다

플라타너스가 소슬히 웃음을 팔고
저물녘 쌀쌀해진 태양은 말이 없다
탐욕에 찬 눈 부릅뜬 하늘이 고개를 처박고
풍경화 속에 갇히길 기대한다
순간 등을 때리는 바람 소리 찰지다
'내가 가진 법칙은 그런 게 아니야
구급차를 불러 줘'
가을은 그제야 자수한다

… 중독된 사랑, 사랑하는 가을. …

여전히 살아가는 것에 대하여

'비니루'라는 말을 아시는가?

좀 더 가난한 가난을 표현하기 위해 '비닐'보다는 '비니루'라는 말을 쓰기로 작정한다.

천장이 새는 틈을 비니루를 대고 유리 테이프로 붙여 두지만 유리 테이프의 접착적 성질이라는 것이 물에 젖는 순간 성질 급하게 제 역할을 다해 버리기에 비니루에 붙이나 마나 한 일이 돼 버린다.

노인 박 씨는 천장에다가 포기하지 않고 그 행위를 여러 날째 하다가 유리 테이프를 다 써 버려서 그제야 포기하고 양철 양동이를 방 한가운데로 설치해 두었다.

땅 땅 따앙 양철로 떨어지는 새는 빗방울 소리가 힘차다.

노인은 동네 빈터로 모이는 벗들을 비만 오면 만나러 가지 못한 채 양동이 물 받아내는 일에만 열중하느라 달콤한 하루를 셋방 하늘에 저당 잡힌다.

나이 든 아낙 정 씨는 겨울이 더 불어 닥치기 전에 연탄 스무 장과 전기장판을 다독이고 남은 몇 닢으로 철물점에서 약간 두꺼운 비니루를 몇 마 끊어다 두었다. 연탄은 조금이라도 연료가 더 들어갈 것 같아 수중에 돈을 쪼개고 쪼개서 무리하여 들여놓았다고 한다.

한쪽 연탄 자리로 얼마나 정성스레 보관해 두었던지 그 검댕이진 둥근 초상이 서글피 손에 묻어 나오나 한 번 쓰다듬어 보고 싶었다.

조금 두꺼운 비니루는 사방 벽으로 몰아쳐서 비집고 드는 샛바람을 이겨 낼 것이라고 듬성듬성 아낙이 솜씨를 부려 여기저기 아늑히 쳐 두었다.

그래 봤자 소용없단다.

아마도 그럴 것이다.

겨울바람은 가난한 우리네만 공격한다.

할 수 없다. 맞닥뜨리는 수밖에.

전기장판은 한 10년도 넘었을 것이라며 슥슥 쓸어주며 알뜰히도 살피는 모습을 보인다.

전기세가 더 나올 것을 염려하여 지폐 몇 닢 전기장판 아래에 고이 반으로 접어서 전기세 낼 것이라고 아껴 넣어둔 청승에 10년이면 전기장판이 얼마나 위험천만한 물건으로 둔갑해 있는지 가늠하지 못하고 목숨을 담보로 살아가고 있는 아낙의 등이 휘는 삶 앞에 가슴이 갈라지고 있는 사람들이 TV 밖에서 제 가슴은 단속하지 못하고 주체를 못 한다.

가끔 그러하듯 어느 꽁꽁한 엄동설한, 우리 이웃의 이야기가 뉴스에 나왔다.

그들에게 있어 대통령이나 정치가들은 그들 삶 주변에 없는 사람들 같았다.

그 사실을 잘 알기에 그들은 늘 온화한 얼굴빛을 띤다.

하기야 우리가 어디 장사 하루 이틀 하는 것도 아니잖은가.

중학생 영희는 할매 밑에서 자라고 있다.

조손가정이라지만 엄마가 생존해 있어서 국가로부터 약간의 더 나은 혜택을 받을 수가 없다.

학교가 파하고 친구들과 들러는 떡볶이집에서 영희는 맨손만 만지작댄다. 친구들이 같이 먹자고 하지만 한 번 빙그레 웃고 생각이 없다고 한다.

소녀는 이제 자존심이 성장하고 있다.

1,500원짜리 떡볶이 한 숟가락 때문에 멋지게 자라날 수 있는 '자존감'을 꼴랑 정부가 내미는 몇 푼의 정책 앞에 이지러지고 무너져서 알량한 자존심을 습득하도록 키우지는 말아야 한다.

적어도 제 입에 넣지 못하고 까만 비니루 봉투에 싸매서 집으로 달려와 할매한테 선물할 때,

지금, 이때를 놓치면 우리의 딸은 세상을 올바르게 보지 못할 것이다.

이러한 것이 재앙이 아니고 무엇이겠는가.

그나저나 영희 엄마는 어디로 숨어든 걸까?

예부터, 산다는 게 이 집이나 저 집이나 쌀독 비는 것처럼 허하고 고독하지 않았던가. 영희 엄마.

벌써부터 영희가 쓰라린 속을 쓰다듬을 줄 아는 법을 몰랐으면 좋겠다.

요즈음 아이들은 무엇이든 왜 이리 빨리 터득하나 모르겠다.

미리 마음 묶어 둘 곳을 찾아 위로받으려는 속셈인가.

대한민국 2016년 4월 13일.

나랏일 본다는 사람들 다시 국민들을 속이고 국민들은 스스로 또 속아 놓고서 분통 터져 방울방울 눈물 흘리는 날.

대한민국은 이날 때문에 국민들이 다 죽어 나간다고 해도 과언이 아니다.

선거를 치르지 않고 국민대파업이라도 일으켜서 우리네 역사에 유구히 남겨야 하는가.

그래야 녹을 먹는 사람들 정신이 번쩍 들 것인가.

하나 우리나라 국민들은 너무 정 많고 선량하여 이들의 동냥 그릇을 공허하게 빈 그릇으로 되돌려 보내지 못할 것이다.

이 행진 계속 나아가야 할 것인가?

세종의 어명이어도 충무공의 무섭게 내리치는 불호령이어도 절대로 굴하지 않고 그들을 위해 한 표를 행사해 줄 것이다.

총선이고 대선이고 국민들은 연일 떠들어 대는 뉴스 속의 쇼잔치를 반신반의하거나 한 소리도 들으려 하지 않는 국민들이 태반이다.

필자가 생각하기에 총선이나 대선의 악마 같은 휴일은 없어져야 할지도 모른다는 생각이다.

작자들 보나 마나 뻔하게 하는 일 없이 또 한 시절을 보낼 터인데 국민들만 수고로울 필요 있을까?

휴일 없이 선거를 치러야 한다고 생각한다.

그래야 투표할 사람들이 시간이 없어서 투표를 포기하리라.

국민이 투표를 행사하지 않고도 멀쩡히 나라가 돌아가나 관조하리라.

그 귀한 한 표를 내주고 여태 나 몰라라 하는 정치인들을 언제까지 봐줄 것인가?

그 하루, 잔인하고 악독하게 억지로 '빨간 날'을 만들어 '근로기준법'을 준수하자고 부르짖다 환장해서 죽어 버린 <전태일>의 그 수 많았던 고통의 날들에게서는 빠져버린, 이상하게 국민들이 마약이라도 먹은 양 희한한 결론을 지어내는, 국민들을 나중에 애매모호하게 죽이는 투표일.

나랏일 한답시고 손수 녹봉을 매기고 뻔드럼한 집에 폼나는 세단에 곁에 두고 부리는 사람들. 그 외의 특권들까지 국민들이 지켜주느라, 머리 좋게 어디 땡땡이치고 소풍도 못 가보는. 바보 같은 국민들 등쳐서 다시 재상의 자리를 탐하느라 똥오줌 못 가리고 날뛰는 그들의 날.

니아까 끌고 병 다발 모으고 파지 주울 것 무섭고, 1톤 트럭에 채소도 팔면서 붕어빵도 구워 팔 일이 두렵고 귀찮아 난생처음으로 고개 숙이고 등 굽혀 걸인이 되어 보는 그들의 날.

총선이다 대선이다 떠들어 대며 무조건 자신을 응원하며 '한 표 던져만 달라고' 달디달게 소리치는 날.

그리 사탕발림으로 특정 세대를 운 좋게 꾀어 어느 지나간 선거인가 20만 원짜리 기초노령연금인가 하는 것으로 밀어붙여 노인들이 웃고 울었고 누리과정을 선전하여 얻은 대가로 성공에 부쳐진 것이 가장 좋은 예이다.

하나 표가 쏟아져 성공했으나 현재 해결하지 못하고 있는 가장 뜨거운 감자다.

해마다 날마다 무섭게 고령사회로 성큼대며 들어서는 우리나라 실정상 노인들을 하나하나 어찌 챙길 것이며 가까운 미래조차 안 봐도 훤하다.

노인들이야 결국에는 돌봐야 하니 그렇다손 치더라도 우리가 언제부터 자식 교육에 "꽁짜(공짜)"로 들이댔는가.

물론 나라가 나서서 아이들 키우는데 지원군이 되어주면 든든하기야 하다.

하나 예산이 부족하고 나라 살림이 사정이 여의치 않은 것도 있지 않은가.

아직까지는 함께 나서서 아이들 보육에 힘을 보태어야 할 줄로 안다.

그리고 자식 하나를 키우려면 형제자매가 희생하였고 소와 집과 논밭이 팔려 나갔었다. 사람 하나 바르게 만들어 내는 것이 뼈를 깎는 일이었었다.

나랏돈이 썩어 자빠지고 눈먼 돈이 된 지 오래라더니,진통을 거듭해 몇몇 사람들 구미에 맞게 억지로 여기저기 예산을 맞추어 놓기는 했다.

역으로는 고아원이나 보육원에서는 아이들이 부실한 식사로 올바른 성장이 이뤄지지 못하고 학용품이나 의복 등도 상당히 부족한 실태라고 여겨야 한단다. 무엇하나 풍요롭고 풍족한 것이 없단다.

퇴소 후에는 약간의 생활보조금으로 살아가기가 힘들어 미치겠다는 아이들이 우리 사회에 버젓이 함께 살아가고 있다는 사실을 우리는 알아야 한다.

왜 이들에게 조금이라도 더 나은 복지를 구현해 주지 못하는가.

무엇이 어디서 잘못된 행정인지 도무지 알 수가 없다.

늘 그 나물에 그 밥인 것은 어찌어찌 먹다 보면 맛도 나고 배도 부르겠지만 나라밥 먹는 사람들이 그리 배불리 가지고도 거기에 또 숟가락을 얹으려 진을 빼는 모양새를 보이고 있는 사람들을 보니 우리 떠먹던 밥맛도 잃는다.

개, 소, 돼지도 제 밥그릇 한 깡통 받으면 뒤로 물러나 밥 한술 얻어먹어 고마워라 꼬리 치고 절할 줄 알건만.

국가 원수, 국무총리, 야, 여 대표들이고 장관들이고 그 이하 조무래기들까지 멋지게 시원하게 일머리 하나 뻰질나게 설치는 놈 없고 일끝 박수 내는 사람 없는 꼴이라니 모두 다 능지처참 꺼리들이 아닌가 싶다.

그러고 보니 나라 전체가 미쳐 있는 것이 확연시되는 시점이 아닌가.

선거일이 다가올수록 우리나라 대한민국은 언제나 이성을 챙기는 법이 없었다.

나만 소름 끼치는 날인가? 선현들과 망나니들이 다시 살아나 날뛰어 봐야!,

그 '백성'들이 무서워 하늘을 우러러 늘 빌고 또 빌어 부쳐 백성들 밥 먹고 살게만 해달라고 그에 눈, 비를 내려주심에 감사한다는 임금들의 변함없던 애민 정신을 읽어 보려나.

하늘도 무심하시지 못 먹는 감 찌르듯, 이 정처 없이 떠도는 나라 판국에 여기저기 돌 던지는 난봉꾼들을 바라만 보는가?

이 당 저 당 대표들과 머리들만 푹신한 좌석 앉히면 썩고 고름 잡힌 이 판을 엎지 않고도 새로 안 짜도 되는 줄 알고 있다.

똥보다도 못한 인간들. 똥장군 세례도 아까운 위인들.

뭐 이러거나 저러거나 하나 마나 한소리들을 오늘도 저들에게 또 해댄다.

그래서 그랬더니, 다 뽑아줬더니 다들 어떤가?

또 잘한다기에 표 몰아 또 속아 넘어가 준 국민들한테 청와대와 국회 기타 등등은 지금 대한민국과 국민에게 무슨 짓을 행하고 있는가?

차라리 국민들이 죄인처럼 저 위인들을 안아주고 위로하고 있다.

멀쩡하게 제 자리를 지키는 자가 한 사람도 없다.

어미·아비를 잃고 앉아 울고 있는 아이 같은 국민들을 어찌할꼬.

어루만져줄 어른 하나 없이 멀뚱하게 앉은 우리는 이쯤 되면 '고아'다.

이 사태를 열성조들께 조상님들께 어찌 고할 것인가?

하긴 모두 이미 등을 돌리신 지 오래인지도 모른다.

현 정부는 국민들의 열성에 의해 탄핵이 허락되어 대통령직을 파면당했고 직권남용에 뇌물혐의 등이 적용되어 구속영장이 청구되어 수감되었다.

이에 장미대선이라는 미명하에 조기 대선을 치르게 생겼다.

각 당에서는 후보를 추켜세우기 위해 날마다 상대 진영에다 대고 신경전을 펼쳤다.

말하여 무엇할까마는 환상적인 공약들이 노래가 되어 봇물처럼 쏟아지고 있다.

국민들은 요즈음 딱히 할 일도 없는지 이러한 일을 그저 바라만 보는 일에 몰두하고 있다.

필시 바라보고 있건대 폭풍전야의 부라린 눈동자를 꼭 닮아 있다.

또다시 대한민국 2017년 5월 9일.

또 속는 셈 치고 국민들 다시 어마어마한 선택을 눈앞에 놓고 있다.

먹고 사는 일이 달린 마당에 똑바로 정신 차려보자는 사람들이 각 후보들에게 몰리고 있다.

온 마음 한뜻으로 지지해주는 국민들의 정성을 후보들은 이 봄날에 반드시 기억해야 한다.

뜨거운 봄 우리의 노고와 지혜가 모여서 큰 자랑 하나를 우뚝 세우기를 바라본다.

푸른 바다에 침몰한 지 이제 3년을 채우는 세월호.

소녀 소년답게 웃고 떠들며 여행길로 나선 삼백여 명의 아이들은 원치도 않는 바닷속으로 갑자기 이정표를 바꾸는 바람에 다시 돌아오지 않고 있다.

그 수많은 아이들을 태우고서 왜 곁눈질을 해가지고선 다신 못 올 곳으로 보내었나.

이를 두고 사람들은 크게 노하며 "아이들을 제물로 바친 대한민국은 아직도 제정신을 잡지 못한다."라고 정리한다.

아직도 아이를 삼킨 바다는 오늘도 홀로 제 새끼를 업으러 나온 어미를 보살피느라 마음 놓고 파도를 놀리지 않는다.

이 세월호 사건을 뒤로 우리 해경 및 소방방재청은 대통령 이하 국가기관 산하의 마음에 들지 않는다고 해체되어 제구실을 맡아 돌보는데 기가 죽어서 영 시원찮은 그림을 그려내고 있는 게 사실이다.

참으로 암담하고 답답한 일이 되어 있다.

몇 번의 인양 시도 끝에 세월호는 드디어 제대로 착수하여 차차 들어 올려져서는 오늘 아침 인양의 '9부 능선'을 넘었다고 전한다.

기자의 숨 가쁜 보도 속에도 아홉 구비 고개의 한이 서려 있는 듯했다. 일사천리로 인양이 이루어지는 모습에 어떤 이들은 싱거워하거나 허무해 했다. 일이 저리 수월할 것 같았으면 왜 더 일찍 해주지 않았느냐고.

가만히 생각해 보면 도무지 알 수 없는 일들이 수수께끼로 펼쳐진다.

그동안 팽목항을 지킨 미수습자인 한 소녀의 어머니는 뇌종양이 심해져서 이제는 빨리 손을 써야 한다고 하는데 소녀가 품에 안겨야 병원을 찾겠단다.

좀 더 빨리 세월호를 끌어 올렸더라면 여인의 병도 마음도 호전을 보이지 않았을까. 넋을 놓고 아이의 혼을 붙잡으려는 여인의 초점 흐린 눈빛을 TV에서 간간이 보았다.

속 편히 앉은 사람으로서 많이 미안해졌다. 하늘을 올려다보는데 온몸에 힘이 풀리고 손이 떨렸다. 하늘이 빤히 내려다보고 있었다.

오! 하늘이여!

하늘이 우리를 내려다보며 호령한다.

국민들이라도 정신을 차려야 한다고.

우리 영희 불러서 예쁜 노래 몇 곡 선곡해서 녀석 귀 간지럽게 틀어주고 떡볶이 버무려 실컷 먹고 싶다.

아직도 새벽부터 나와서 아침나절 내내 빨강 펜 파랑 펜으로 색칠을 메워 번지수를 고쳐 달며 새집들도 아닌데 새 주소를 달아야 한다며 선진국 시스템을 따라야 한다고 빡빡 우기는 사람들의 폼 잡는 말을 들어 주느라 빵 한 조각 싸늘한 우유 한 팩으로 목메고 쓸쓸한 생의 끼니를 겨우 삼키는 우리의 국민,

택배 아저씨, 우체부 아저씨!

국민들이고 언론들이고 나서서 잘못된 처사라고 그리 당부를 두었건만 끝내 새 주소로 밀어 붙인 선진국 타령하는 저 사람들, 쌀가마 어깨에 부어 주고 하루만 일 해보라고 한 잔소리 두고 싶다.

좋은 것은 지키는 것이며 우리가 선진적이라면 다른 이에 선보이면서 살아야 한다.

앞서 예산이 들었을지언정 국민들이 힘겨워 멈추어야 한다고 말할 땐 멈추어야 했다.

그렇지 않으면 더 큰 돈이 들고 더 혼란의 사태에 들리라.

온 나라가 안팎으로 시끄럽다.

우리는 너나 할 것 없이 국력에 온 심혈을 보태어야 한다.

국가는 국민들과 함께한다.

모든 일들은 오랫동안 깊이 기억이 되고 기록으로 일일이 남는다.

역사다.

지난날 쓸쓸한 곳에서 우리에게 한 자 한 자 꾹꾹 눌러 쓰시며 “역사란 과거와 현재 그리고 미래의 살아있는 대화이며 모든 역사는 현대사다.”라고 가르치신 고 신영복 선생님의 말씀을 빌려다 쓴다.

- 영희야! 아줌만 오늘도 택배를 기다린다.
  선물을 전해주는 택배 아저씨도 참 고맙다.
  대한민국 사람들이라면 다 좋아하는 벗.
  언젠가 아저씨랑 앉아서 떡볶이 도란도란 나누자꾸나.
  집에 가는 길에 아줌마가 할매 거 엄마 거 좀 싸 줄게!
  영희야 미안해!

… 파쇄, 대한민국 새 판짜기. …

부부

하루가 꺼졌다
먼 산도 어둠 속으로 빠듯빠듯 숨고
하늘도 아득히 멀리
높은 곳으로 달아나 버렸다
커튼을 친다
내 속은 출출해져 출렁인다

콩나물 비빔밥을 비벼가매
문득 떠올린다
그래도 예전엔
고추장 떠 넣어가매
슥삭 비벼주던 사람도 있었는데
숟가락 부딪쳐가매
한 술씩 떠먹여 주던 사람도 있었는데

하얀 새치 자락을 골라 솎으며
예쁜 색칠을 해주겠다던
다정한 사람도 있었는데

오늘은

머리 꼭대기를 짬짬이 긁어대며

속 따가운 빨간 밥을 비빈다

날개를 펴기도 귀찮아

불편한 평온에 빠져서는

… 남편이 밥 먹고 들어온 어느 겨울밤에. …